U0362079

湘桂走廊文化研究丛书

桂林旅游学院高层次人才科研资助项目

《看棋亭杂剧十六种》校注

〔清〕唐景崧　著

朱江勇　潘岳风　校注

南开大学出版社

天　津

图书在版编目(CIP)数据

《看棋亭杂剧十六种》校注 / 朱江勇，潘岳风校注
. －天津 ：南开大学出版社，2023.9
（湘桂走廊文化研究丛书）
ISBN 978-7-310-06452-6

Ⅰ. ①看… Ⅱ. ①朱… ②潘… Ⅲ. ①桂剧－地方戏
剧本－作品集－中国 Ⅳ. ①I236.67

中国国家版本馆 CIP 数据核字(2023)第 134868 号

《看棋亭杂剧十六种》校注
《KANQITING ZAJU SHILIU ZHONG 》JIAOZHU

南开大学出版社出版发行
出版人:陈　敬
地址:天津市南开区卫津路 94 号　　邮政编码:300071
营销部电话:(022)23508339　营销部传真:(022)23508542
https://nkup.nankai.edu.cn

天津泰宇印务有限公司印刷　全国各地新华书店经销
2023 年 9 月第 1 版　　2023 年 9 月第 1 次印刷
240×170 毫米　16 开本　16.25 印张　6 插页　242 千字
定价:78.00 元

如遇图书印装质量问题,请与本社营销部联系调换,电话:(022)23508339

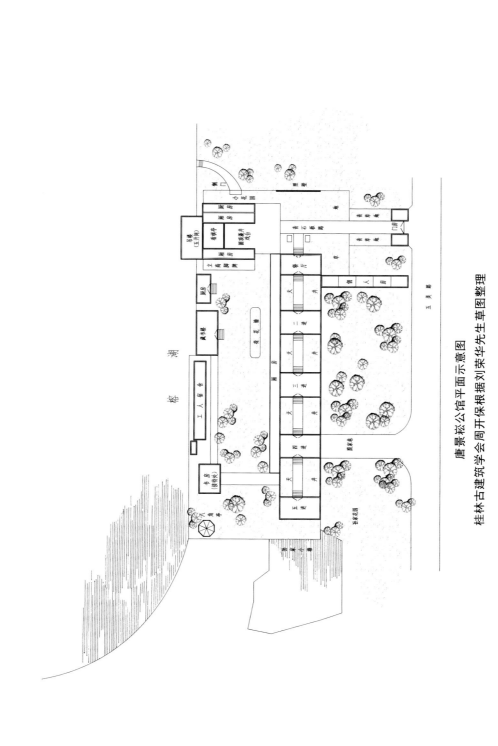

唐景崧公馆平面示意图

桂林古建筑学会周开保根据刘荣华先生草图整理

桂林榕湖边唐景崧铜像　刘涛摄

桂林逍遥湖景区内重建的看棋亭　唐玉婷摄

桂林灌阳唐景崧故居　刘涛摄

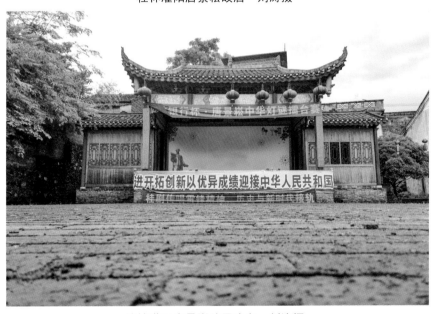

桂林灌阳唐景崧故居戏台　刘涛摄

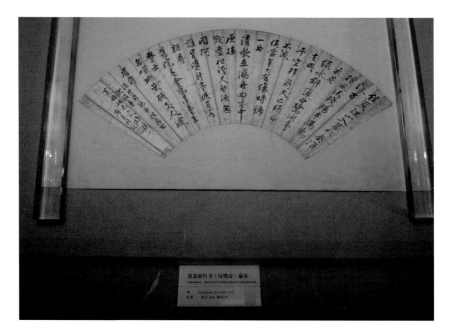

唐景崧手稿原件　桂林博物馆供

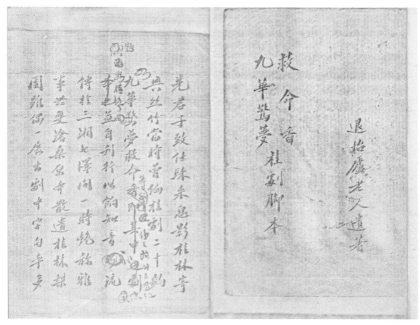

桂剧艺人手抄本　《救命香》《九华惊梦》封面和内页　何红玉供

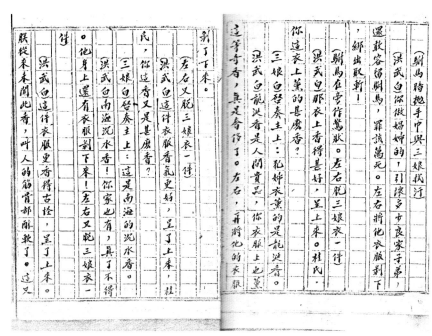

桂剧艺人手抄本 唐景崧桂剧《救命香》 何红玉供

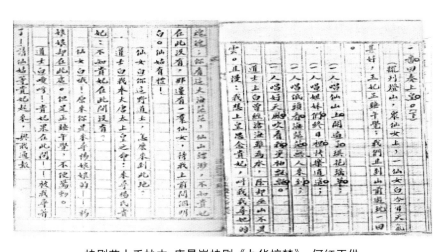

桂剧艺人手抄本 唐景崧桂剧《九华惊梦》 何红玉供

桂剧名艺人林秀甫（1869—1958），人称"压旦"，曾经参加唐景崧家班"桂林春"班　李六二供

桂剧四大名旦之一小飞燕方昭媛（1918—1949）（右）李六二供

小飞燕最擅长演出唐景崧的《晴雯补裘》，剧中饰晴雯

序

在中国近代史上，唐景崧是从广西走出去的名人，官至台湾巡抚，显赫一时，这是尽人皆知的事实。我对唐景崧没有什么研究，对他的事迹了解不多。最早知道他的名字，是从中学课本上，甲午战后《马关条约》签订，日本割台，面对日军攻势，基隆失守，"台湾巡抚唐景崧逃往厦门"。等我上了大学，在《中国近代史》教材上，同样是在这个时期，出现了他的名字，只是内容扩展了些。当时，台湾绅民群情激愤，鸣锣罢市，反对割台，并于1895年5月25日，组织抗日政府，定名"台湾民主国"，年号"永清"，寓永远隶属于清朝之意，"推举巡抚唐景崧为总统"。但过了一个星期，"曾扬言要守卫台湾的唐景崧和一些地主士绅，纷纷内渡逃命"。陈旭麓先生主编的权威辞书《中国近代史词典》，也大致讲述了同样的片段，说他"弃台乘英轮渡厦门"。要知道，中国文字是富有感情的，一个"逃"字或"弃"字，里面所蕴含的价值判断，就一目了然了。于是，唐景崧与甲午割台，就发生了推脱不掉的关系。从此以后，人们一提到他的名字，就会想到甲午战争。我想，一般人对唐景崧的认识和看法，绝大多数不过如此。

那么，作为台湾巡抚的唐景崧回到了大陆，去了哪里？干了什么事情？

他回到了家乡桂林，自号"退怡庐老人"，并在市区中心的榕湖南面，购地建园，盖"五美堂别墅"，又在园内建"看棋亭"，自拟对联："纵然局外闲身，每到关怀惊劫急；多少棋中妙着，何堪束手让人先。"不难发现，他从一个封疆大吏，个人政治生命的最高峰，因时运不济，一下子跌入低谷。命运的大起大落，可谓旦夕之间。这个遭遇，渐渐地让他明白了人生如棋局，输赢难确定。

不用说，这段期间，是唐景崧情绪低落的日子。固然，他由台湾返回大陆是奉了清政府的旨意，但在民众眼里，他没有像邓世昌那样战死疆场，没有像丁汝昌那样自杀殉国，总是不光彩的一幕。众口铄金，百口难辩，其心其情其思其绪，窝在肚里的难言之隐，我们很容易能想象得出来。不过，无论如何，太阳还要升起，生活还要继续。唐景崧压抑的心情，烦闷的思绪，总想找一个突破口，去诉说、发泄和表达。他倾心于桂剧，写起了剧本，组织了戏班，演起了桂剧。命运捉弄人，也会造化人，正所谓失之东隅，收之桑榆。涉足桂剧的唐景崧，不经意间，成了桂剧发展史上一个绕不过去的人物。

中国幅员辽阔，文化多元，反映在戏剧上，亦是如此。山东吕剧、高密茂腔、河南豫剧、安徽黄梅戏、福建高甲戏等，都深受当地群众的喜爱。同样，在广西，桂剧有悠久的历史，是当地的重要剧种，有着广泛的市场，成为广西文化符号之一。

旧时，戏剧是人们的主要娱乐方式，是不可缺少的文化。台上的吹拉弹唱，台下的如醉如痴，让人体验到"子在齐闻《韶》，三月不知肉味"的感觉。20世纪80年代，学术界兴起"文化热"研究，著名学者庞朴先生提出文化具有民族性、时代性两大特点，成为人们的一个基本共识。实际上，文化包罗万象，特点各异，不可一概而论。"一个门口一个天""一方水土养一方人"，地域性，是文化一个十分鲜明的特点。

桂剧是地方文化，深入挖掘桂剧资源，研究桂剧人物和桂剧作品，这是学术界的重要使命。可喜的是，我的同事朱江勇博士、教授，长期致力于桂剧研究，在这个领域取得了公认的令人瞩目的成就。他与学校图书馆潘岳风老师合作，投入大量的时间和精力，查考资料，采访调研，对唐景崧桂剧作品进行了认真、严谨和详尽的校注，以《〈看棋亭杂剧十六种〉校注》（以下简称《十六种》）为名即将付梓，这是桂剧研究的又一项重要成果。

第一，有助于还原一个更加全面的唐景崧。魏源说过，著述之难史为最。就历史人物研究而言，确实如此，因为人的一生是复杂的、多变的，人性是幽微的、难以捉摸的。我们对历史人物的盖棺定论，往往流入"箭垛式"的评判，好者如尧舜，坏者如桀纣，一叶障目或以偏概全，并非鲜见。但这样的评判，无论对学术研究的求真，还是对社会风气的导向，都是十分有害的。在多数人的心目中，唐景崧就是一个逃跑将军、弃台巡抚，是一个胆小如鼠的人，但这不是全面而真实的唐景崧。我们评判历史人物，既要听其言，又要观其行，从客观存在的事实出发。有时，我们能看到的东西只是一些表象，必须透过表面看到背后的实质。研究一个历史人物，不但要读档案、回忆、日记、别人的记载，而且要读本人创作的作品，包括小说、诗词、戏剧、散文。《十六种》的校注出版，为我们进一步研究唐景崧，了解唐景崧，提供了不可多得的第一手资料。我们从《十六种》的篇目和内容中，可以看到唐景崧的创作，或根据前人作品改编，或根据历史、文学故事编写，他是有选择的，有用心的，他赋予剧中人物形象，诸如杨玉环、晴雯、林黛玉、杜十娘、杜丽娘、关盼盼、莘瑶琴、陈淑媛等，以深厚的感情，他是在借剧抒怀，表达情感，意在剧中。明末戏曲家孟称舜论及戏剧人物形象时说："因事以造形，随物而赋像""笑则有声，啼则有泪，喜则有神，叹则有气"，且"非作者身处于百物云为之际，而心通乎七情生动之窍"。作者不是剧中人，但"化身于曲中之人"，与剧中人惺惺相惜，心有灵犀，通过所塑造的人物形象，表达了自己是非爱憎的倾向。莫言说过，要真正了解一个作家，一定要读懂他的作品。同样，我们要了解一个真正的唐景崧，就要读懂他的《十六种》。非此，对他的定论都是不足为训的。

第二，有助于推进桂剧的研究。根据现有的研究成果，我们知道，桂剧大约形成于清乾嘉年间。江勇在《桂剧演出百年流变研究》一书中指出："桂剧是在清代地方戏曲勃兴的大背景下，在祖国南疆美丽的山水城桂林生根发芽，成为中国地方戏曲百花园里的一枝独秀。"桂剧作为一个地方剧种，经过了从外地输入、萌芽、改革与发展的历程。其间，最重要的是桂剧人的推动，包括剧作家、演出家、曲作家、器乐家等，融合了广西文化。正是由于他们的努力，桂剧才不断趋于完善和壮大，并在中国戏曲史上独树一帜，拥有了不可动摇的地位。可以肯定，在推动桂剧发展进程中，唐景崧是一个绕不开的人物。因为在他之前的桂剧，没有独立的剧本，都是"拿来主义"，借助其他剧种的剧本。唐景崧涉足桂剧，创作"看棋亭杂剧"40余出，这是桂剧自有剧本之始，他是一个开先河者。有了自己的剧本，唐景崧搭建戏台，组织戏班，将其搬上舞台。固然，他没有自觉地推向社会，局限于他交往的小范围，属于自娱自乐的行为。但是，他留下的《十六种》，他召集的戏班人员，他培养的学生，成为桂剧发展的驱动力量。正是由于他们，桂剧不断改革着、前进着。围绕着《十六种》的创作和演出，一些艺人崭露头角，一些观众包括来桂讲学的康有为，都受到了感染。此后的桂剧剧作家，都或多或少地受到唐氏的影响。所以，唐景崧与《十六种》及其演出，在推动桂剧发展中的作用，都值得后人深入挖掘和研究。

第三，展现了一幅丰富多彩的历史文化画面。校注，是一项文化创造，是一项既博又专的工作。所谓博，要对原著涉及的背景、制度、人物、典故等，必须有系统的了解，否则无从下手；所谓专，必须对作者的生平事迹有研究，才能有的放矢。我们读"二十四史"，都离不开校注。比如《三国志》裴松之注，其文字超过原著好几倍，同样是研究三国历史的重要史料。校注之校，即校勘、校对，要对原著一些错漏、别字、不准确之处，进行考据和修正；校注之注，要对原著所及内容和线索，进行大量的注释、解释。江勇在《十六种》"后记"中提到，唐景崧创作的桂剧剧本，曾经刻印出版，并在一些桂剧艺人和文化人中收藏，或有手抄本。但抗战期间桂林沦陷，《看棋亭杂剧》逐渐流失。1982年广西戏剧研究室编印内部刊物《看棋亭杂剧十六种》，是"根据艺人口述整理而成的"。一部书稿，何况不是公开出版的，在流传过程中，时间久了，出现错误、错漏是难免的。至于剧本所及人物、名词、制度、地名，等等，既多又繁杂，如果没有解释，读者阅读起来，既不方便又花费工夫，还很不好懂。江勇和岳风以内部印出的底稿进行"校注"，他们用心专，用力勤，一一做出了注释、说明，并有古意今意之别。可以说，《十六种》兼具《辞海》《辞源》之风。

第四，对于弘扬桂剧有着重要的现实价值。2006年，桂剧被列入"国家非物质文化遗产名录"。作为一项重要的文化遗产，桂剧在今天面临着保护、传承与发展的重要命题。文化是一种无形的软实力，具有凝聚力、同心力和向心力。所谓民族共同体，核心是民族文化共同体，首先是在文化上的认同。中华民族多元一体，主要体现在文化上多元一体。桂剧是广西的，也是中华民族的，是中华民族戏曲大家庭中的重要成员。研究桂剧，弘扬桂剧，传播桂剧，其现实价值不可估量。因此，《十六种》的校注出版，意义非凡。

2019 年，我和几个朋友去过唐景崧的故里：灌阳县新街乡江口村，参观过他的故居，村子因唐氏而有了名气。又知道了唐景崧好"设谜解谜"，著《谜拾》一书，因此江口村的一条主街被称为"中国猜谜一条街"。这里是灌江、马山江、叶官江汇合处，因唐景崧兄弟三人考取功名，得中进士，成为"兄弟翰林"，故有"三江汇合处，必有状元出"之说。还有状元井、状元桥和鲤鱼跳龙门之迹。

季羡林先生说过，交友不在时间长短，贵在交心。有的人相处时间很长，但交面不交心；有的人只见过几次面，就成为知心朋友。我跟江勇的交往，属于后一种：知己之交。江勇年轻有为，潜心治学，心无旁骛。他沉默寡言，不事张扬，在桂剧研究上，成果宏丰。我们每次在一起聊天，讨论最多的是学问，敞开心扉，无拘无束，天南海北，无所不谈。我们虽研究领域不同，但志趣相投，美美与共。我们都深信，做学问需要静下心来，尽心竭力，深耕下去，推出标志性的成果，别人要涉足这个领域，不能绕开你的成果；还需要坐得住冷板凳，耐得住寂寞，切忌浮躁。学术是靠扎扎实实的努力，站得住脚的成果，不是靠自吹自擂，自我感觉良好。任何成就的取得，都是天道酬勤，水到渠成。我为有这样的知己而愉悦，为他取得的学术成就而高兴。

我是不懂戏剧的，什么这腔那腔，这旦那净，二流慢皮、起板赶板、四功五法等，一概不懂。再说，书末附有江勇早就公开发表的《论〈看棋亭杂剧十六种〉的思想倾向与艺术成就》一文，对唐景崧剧作有了全面的介绍和论述。所以，我实在是没有资格也没有能力，对江勇和岳风老师校注的《十六种》，再来一番班门弄斧。可能，我稍微懂一点历史和文化，也去过唐景崧的故里，他们就把初稿给了我，让我谈点自己的看法。我勉为其难，诚惶诚恐，说了上面一些外行的话，不过是我发自内心的话。

　　是为序。

周其厚

2023 年 1 月 16 日壬寅年腊月二十五

于桂林三里店

目　录

一缕发 ………………………………………………… 1

马嵬驿 ………………………………………………… 12

九华惊梦 ……………………………………………… 27

游园惊梦 ……………………………………………… 37

晴雯补裘 ……………………………………………… 46

芙蓉诔 ………………………………………………… 55

绛珠归天 ……………………………………………… 69

中乡魁 ………………………………………………… 82

独占花魁 ……………………………………………… 95

杜十娘 ……………………………………………… 119

救命香 ……………………………………………… 139

桃花庵 ……………………………………………… 153

燕子楼 ……………………………………………… 171

曹娥投江 …………………………………………… 186

虬髯传 ……………………………………………… 192

高坐寺 ……………………………………………… 215

附录　论《看棋亭杂剧十六种》的思想倾向与艺术成就 ……… 237

后记 ………………………………………………… 247

一缕发①

人物

唐明皇　太　监　高力士　杨贵妃　执　御

杨国忠　家　院　小太监　宫　女　丫　环

〔高力士、太监等引唐明皇上。

唐明皇②　　（念）

佳人情性多娇纵，

百计调停不遂心。

（白）寡人李隆基在位，国号开元，改称天宝。自从杨

玉环入宫，恩宠已极。怎奈这女子十分骄妒，寡人百般

---

① 本剧写唐玄宗和杨贵妃的一次情感风波，借一个小矛盾演绎了唐玄宗和杨贵妃的爱情，描写了两人情深意重、难分难舍的情愫。《旧唐书·玄宗杨贵妃列传》对本事有记载："五载七月，贵妃以微谴送归杨铦宅。比至亭午，上思之，不食。高力士探知上旨，请送贵妃院供帐、器玩、廪饩等办具百余车，上又分御馔以送之。帝动不称旨，暴怒箠挞左右。力士伏奏请迎贵妃归院。是夜，开安兴里门入内，妃伏地谢罪，上欢然慰抚。""天宝九载，贵妃复忤旨，送归外第。时吉温与中贵人善，温入奏曰：'妇人智识不远，有忤圣情，然贵妃久承恩顾，何惜宫中一席之地，使其就戮，安忍取辱于外哉！'上即令中使张韬光赐御馔，妃附韬光泣奏曰：'妾忤圣颜，罪当万死。衣服之外，皆圣恩所赐，无可遗留，然发肤是父母所有。'乃引刀翦发一缕附献。玄宗见之惊惋，即使力士召还。"本剧糅合了这两次历史事件。清人洪昇《长生殿》的第八出《献发》也是演绎此事。本剧部分内容与其相同。

② 唐明皇（685—762）：即唐玄宗李隆基。在位前勤政爱民，励精图治，任用姚崇、宋璟等名相，安抚靺鞨、回纥等国，开创了"开元盛世"。后期懒于朝政，宠爱杨贵妃，相继宠信李林甫、杨国忠，重用安禄山，使其拥兵自重，导致了"安史之乱"的爆发，唐朝由盛转衰。因唐玄宗谥号"至道大圣大明孝皇帝"，清人避康熙帝玄烨之讳，不能直称玄宗，故称其为"唐明皇"。文学作品多称唐玄宗为唐明皇，如白朴《梧桐雨》、洪昇《长生殿》等。事详见《旧唐书·玄宗本纪》《新唐书·玄宗本纪》。

另，桂剧将唐明皇尊为始祖。

　　　　　　忍耐，她却叫人忍耐不住。今日须将她撵出宫去。高力
　　　　　　士①，宣杨贵妃②上殿。

高力士　　领旨。主上有旨宣杨娘娘上殿。

杨贵妃　　（内白）领旨。

　　　　　　〔宫女引杨贵妃上。

杨贵妃　　（唱）

　　　　　　忽听得有圣旨传宣上殿，

　　　　　　整凤冠③和鸾带④缓步上前。

高力士　　圣上大怒，娘娘须要小心。

杨贵妃　　（惊）呀！（接唱）

　　　　　　高力士说圣上龙颜改变，

　　　　　　但不知为何事心内茫然。

　　　　　　（跪。白）妾杨玉环见驾，吾主万岁！

唐明皇　　杨玉环，你自从来到宫中，寡人恩宠已极，你胆敢屡次
　　　　　　忤⑤旨，寡人不能再容。高力士，速速送她回家去罢！

杨贵妃　　圣上逐妾出宫，但不知妾妃身犯何罪？

唐明皇　　你自己有罪，岂有不知，还来问我！

高力士　　（跪）娘娘虽然有罪，还求万岁开恩。

唐明皇　　今日断⑥没有恩典了。快备轻车送她出去。（下）

────────────────

　　① 高力士（684—762）：唐玄宗宦官，一生对唐玄宗忠心耿耿，深得唐玄宗宠信。本姓冯，
因被宦官高延福收养，故改名高力士。事详见《旧唐书·高力士列传》《新唐书·高力士列传》。

　　② 杨贵妃：即杨玉环（719—756），号太真，唐玄宗贵妃。幼丧父，随叔父杨玄璬，后为
寿王李瑁看中，封为寿王妃。后唐玄宗听闻杨玉环之天生丽质，召入后宫，为避嫌命其出家为
女道士，道号"太真"，还俗后被册封为贵妃，甚是宠爱。天宝十五（756）年，唐玄宗与杨贵
妃因"安史之乱"逃到马嵬驿，士兵哗变，称杨贵妃为祸首，要求处死，遂被赐死。事详见《旧
唐书·玄宗杨贵妃列传》《新唐书·杨贵妃列传》。

　　③ 凤冠：古代后妃戴的冠饰。王嘉《拾遗记》："（石崇）使翔风调玉以付工人，为倒龙
之佩，萦金为凤冠之钗，言刻玉为倒龙之势，铸金钗象凤凰之冠。"

　　④ 鸾带：也作銮带，是一种两端有排须的宽腰带。《水浒传·第二十一回》："（宋江）
腰里解下銮带，上有一把压衣刀和招文袋，却挂在床边栏杆子上。"

　　⑤ 忤：违背，不顺从。范晔《后汉书·鲍永传》："后大司徒韩歆坐事，永固请之不得，
以此忤帝意，出为东海相。"

　　⑥ 断：绝对。

　　杨贵妃　（惊极伏地。唱）

　　　　　　见万岁发雷霆心中害怕，
　　　　　　总是我杨玉环自己做差①。
　　　　　　今日里出宫去被人笑话，
　　　　　　含着愁忍着泪我且回家。

　　高力士　娘娘不必悲泪。且回府中再作道理②。（陪杨贵妃下）

　　　　〔杨国忠③与家院④上。

　　杨国忠　（念）

　　　　　　天有不测风云，
　　　　　　人有旦夕祸福。⑤

　　　　　　（白）下官杨国忠。自从吾妹玉环入宫，册立贵妃，权
　　　　　　势日盛。不料今早忽传贵妃忤旨，被逐出宫，未知何故。
　　　　　　且到门前迎接去者⑥。

　　　　〔高力士随侍杨贵妃乘车上。

　　杨贵妃　（唱）

　　　　　　出宫来一路上愁肠宛转，
　　　　　　不觉得回到了丞相门前。

　　杨国忠　（跪）臣杨国忠迎接娘娘。

　　高力士　丞相快请娘娘进府，咱家⑦还有话说。

　　杨国忠　院子，快叫丫环扶娘娘到后堂去。

────────────────

　　① 做差：做不好。

　　② 作道理：做打算，做计划。

　　③ 杨国忠（？—756）：蒲州永乐（今山西省芮城县西南）人，杨贵妃族兄，本名杨钊，后
得唐玄宗赐名"国忠"，遂名杨国忠。杨国忠因杨贵妃得宠且善于钻营，得到唐玄宗宠信，官
至宰相。天宝十五年（756），杨国忠与唐玄宗、杨贵妃逃到马嵬驿，与杨贵妃一道被士兵称为
"安史之乱"的祸首，遂被杀死。事详见《旧唐书·杨国忠列传》《新唐书·杨国忠列传》。

　　④ 家院：古代富贵人家的男仆。

　　⑤ "天有不测风云"二句：比喻灾祸无法预料。吕蒙正《破窑赋》："天有不测风云，人
有旦夕祸福。蜈蚣百足，行不及蛇；雄鸡两翼，飞不过鸦。"

　　⑥ 者：语气词，表祈使。

　　⑦ 咱家：本为和尚、道士的自称，这里是宦官的自称。

〔丫环上，扶杨贵妃下车，并下。

〔杨国忠、高力士、家院随下。

〔丫环扶杨贵妃上。

杨贵妃　（唱）

自昨日出宫门神魂不定，

思想起昭阳院①事事伤心。

无情绪坐家中恹恹②纳闷，

可怜我这芳容隔夜凋零。

（诗白）

君恩似水付东流③，

得宠翻添失宠愁。

莫向樽④前奏花落，

凉风只在殿西头。⑤

（白）我杨玉环，自入宫帏⑥，得蒙宠眷，只道君心可托，百岁⑦为欢。谁知妾命不犹⑧，一朝被谴⑨。金门⑩一

---

①　昭阳院：后妃所住的宫殿。《三辅黄图·长乐宫》："武帝时后宫八区，有昭阳、飞翔、增成、合欢、兰林、披香、凤凰、鸳鸯等殿。"白居易《长恨歌》："昭阳殿里恩爱绝，蓬莱宫中日月长。"

②　恹恹：精神萎靡的样子。刘兼《春昼醉眠》："处处落花春寂寂，时时中酒病恹恹。"

③　付东流：把东西扔在水里往东流走，比喻希望落空，前功尽弃。高适《封丘作》："生事应须南亩田，世事尽付东流水。"

④　樽：古代盛酒的器具。《玉篇·木部》："樽，酒器也。"

⑤　"君恩"四句：李商隐《宫辞》："君恩如水向东流，得宠忧移失宠愁。莫向樽前奏花落，凉风只在殿西头。"

⑥　宫帏，应为"宫闱"。宫闱：古时后妃的居所。范晔《后汉书·皇后纪上》："后正位宫闱，同体天王。"

⑦　百岁：终生，一生。叶宪祖《丹桂钿合》："愿齐眉厮守，百岁和睦。"

⑧　不犹：不同寻常，意为比平常坏。《诗·召南·小星》："抱衾与裯，寔命不犹。"毛传："犹，若也。"

⑨　谴，应为"遣"，据后文"将她遣出宫闱"校。

⑩　金门：即金马门，本意是汉代学士待诏之门，这里是皇宫之门。《史记·滑稽列传》："金马门者，宦者署门也。门傍有铜马，故谓之曰'金门'。"《三辅黄图·长乐宫》："金马门，臣召署，武帝得大宛马，以铜铸像，立于署门，因以为名。"

出，如隔九天①。（流泪）天呀！禁中②明月，已无照影
之期：苑外落花，已绝回春之望。思想起来，怎不伤感
人也！（唱）

　　罗衣上御炉香至今未尽，

　　梦魂中一阵阵断雨残云③。

　　那君王本来是百般依顺，

　　怎奈我性情丑负了深恩。

　　不提防霎时间龙颜怒甚，

　　一辆车便将我送出宫门。

　　虽然是丞相家亦非下等，

　　怎比得宫闱里妃子称尊。

　　抬头看昭阳院杳无形影④，

　　不由人思旧事泪下盈盈⑤。

（白）丫环，此间可有地方望见宫中？

丫　环　前面御书楼上，向西北望去，便是宫墙了。

杨贵妃　你随我上楼去。

丫　环　是。（引杨贵妃登楼）娘娘请看，这一带琉璃瓦，不是九
　　　　重宫殿么？

杨贵妃　唉，正是的呀！（唱）

　　那一旁丹凤阁祥云照影，

　　这是我侍君王饮酒谈心；

　　那一旁紫金台珠帘玉镜，

---

　　① 九天：天的中央和八方，形容极远。《离骚》："指九天以为正兮，夫唯灵脩之故也。"
王逸注："九天谓中央八方也。"

　　② 禁中：皇宫，因皇宫守卫森严，禁止常人进入，故称"禁中"。《史记·秦始皇本纪》：
"于是二世常居禁中，与高决诸事。"

　　③ 断雨残云：云雨：本指自然界的云和雨，后来隐喻男女之事。宋玉《高唐赋》："妾在
巫山之阳，高丘之岨，旦为朝云，暮为行雨。"断雨残云：比喻男女的情爱遭到阻断，难以继
续。刘克庄《西楼》："短松明月易陈迹，断雨残云难觅踪。"

　　④ 形影：影踪，迹象。

　　⑤ 盈盈：充满的样子，意为泪流满面。张孝祥《雨中花慢》："神交冉冉，愁思盈盈，
断魂欲遣谁招。"

这是我侍君王同听歌声；

那一旁宜春苑①一条芳径，

这是我侍君王坐辇②同行；

那一旁是后宫间间齐整，

三千③女貌如花让我承恩。

从东看、从南看、从西看、

从北看、看之不尽，

九重天犹未远记得分明。

〔高力士骑马过场。

丫　环　娘娘，你看远远的一个公公，骑马而来，想是来召娘娘
的了。

杨贵妃　唉！哪里是来召我的，恐怕是祸事来了。我们且下楼去。

（与丫环下楼）

高力士　（上。念）

暗将怀中事，

报与贵妃知。

（白）来此已是相府。管家在哪里？

家　院　（上）原来公公到此。

高力士　有事要见娘娘。

家　院　娘娘在御书楼，我引公公觐见。丫环，高公公要见娘娘。

丫　环　禀娘娘，高公公要见。

杨贵妃　哦，他来了，叫他进来。

〔丫环传话，引高力士进内。

高力士　高力士叩见娘娘。

杨贵妃　高力士，你来何事？

---

① 宜春苑：唐代著名苑囿，即今曲江池，在今陕西省西安市。

② 辇（niǎn）：古时用人拉或推的车。许慎《说文解字》："挽车也。从车，从扶，在车
前引之。"段玉裁注："谓人挽以行之车也。"

③ 三千：虚指，意为很多。《史记·孔子世家》："孔子以诗书礼乐教，弟子盖三千焉，
身通六艺者七十有二人。"张守节《史记正义》："颇受业者甚众。"白居易《长恨歌》："后
宫佳丽三千人，三千宠爱在一身。"

高力士　奴才回宫复旨，万岁细问娘娘回府光景①，似有悔心。现今独坐宫中，长吁短叹，一定是思念娘娘。因此特来报知。

杨贵妃　哎，哪还想着我！

高力士　娘娘不可任性。需要一件东西，付与奴婢，待奴婢无意之中进与万岁。或可感动圣上，也未可见得。

杨贵妃　高力士，你叫我进甚么东西？哦有了。（剪发）我想一身之外，皆君王所赐。只这一缕头发，是妾本来所有。高力士，拿我这一缕发，回宫进与万岁。我尚有话吩咐呀！
（唱）
这一缕青丝②发在奴头上，
剪下来你替我献与君王。
想当初同宿在芙蓉锦帐③，
这头发曾亲近万岁身旁。
对玉镜挽乌云④娇羞模样，
蒙君王在帘下细看梳妆。
只这件是妾身骨肉⑤一样，
上沾着脂和粉格外芬芳。
料想着见龙颜此生无望，
你替我带进宫聊表衷肠。
（以红绫裹发，交与高力士。哭白）你说杨玉环罪该万死，此生此世，不能再见万岁。呈献此发，以表依恋之心。

---

① 光景：情况，景况。

② 青丝：黑头发。上古时以青色为黑色，故青丝指黑发。李白《将进酒》："君不见高堂明镜悲白发，朝如青丝暮成雪。"

③ 芙蓉锦帐：绣着莲花（即芙蓉）的帐子，形容帐的精美。白居易《长恨歌》："云鬓花颜金步摇，芙蓉帐暖度春宵。"

④ 乌云：女子的头发像黑色的云朵，比喻女性乌黑茂密的头发。郑仅《调笑转踏》："舞钗斜亸乌云发。一点春心幽恨切。"

⑤ 骨肉：身体。《礼记·檀弓下》："骨肉归复于土，命也。"

高力士　娘娘不必愁闷，奴婢就此去了。有好音①时，再来回报。
　　　　（捧发下）
　　　　〔杨贵妃流泪。与丫环下。
　　　　〔两太监伴唐明皇上。
唐明皇　（念）
　　　　无端惹起闲烦恼，
　　　　万种深情强自持②。
　　　　（诗白）
　　　　辇路生春草，
　　　　上林花满枝。
　　　　几多难说话，
　　　　未有侍臣知③。
　　　　（白）只因杨贵妃骄妒，一时气忿，将她遣出宫闱。自
　　　　她去后，左右之人不如意。唉！欲待召取回宫，却又难
　　　　于出口；若不召她回来，寡人怎样过得。叫王如何是好
　　　　呀！（唱）
　　　　一时间错生气遣她出去，
　　　　这佳人难再得自悔糊涂。
　　　　宜春苑虽然是风光明媚，
　　　　不由人对花鸟短叹长吁。
　　　　后宫中虽有那三千佳丽，
　　　　比起那杨玉环个个不如。
　　　　这愁肠说不尽千丝万缕，

---

① 好音：好消息。《诗·桧风·匪风》："谁将西归？怀之好音。"
② 自持：自我克制，自我把持。《史记·儒林列传》："（倪）宽为人温良，有廉智，自持，而善著书、书奏。"
③ "辇路生春草"四句：李昂《宫中题》："辇路生秋草，上林花满枝。凭高何限意，无复侍臣知。"上林：上林苑，汉代著名皇家园林，这里泛指皇家园林。《汉书·东方朔传》："（汉武帝）举籍阿城以南，盩厔以东，宜春以西，提封顷亩，乃其贾直，欲除以为上林苑，属之南山。"司马相如有《上林赋》，即写上林苑之景象。

怎能够施妙计合浦还珠^①。

〔小太监上。

小太监　请万岁进膳。

唐明皇　（怒）胆大的奴才，谁叫你来请？来，拿下去打一百御^②棍！

〔两太监带小太监下。内叫打声。两太监即上。

宫　女　（上）启禀万岁，后宫众嫔妃请万岁用膳。

唐明皇　甚么嫔妃，敢来请我。拿下去打一百鞭！

〔两太监带宫女下。内叫打声。两太监再上。

高力士　（上）万岁发怒打人，总是思念贵妃。但我不敢冒失进去，如何是好？且慢，我且在此探听消息。

（站在宫门外）

唐明皇　（万绪千愁地）左右退下。

〔二太监退出。示意高力士留意。遂下。

唐明皇　唉！寡人在此思念贵妃，不知贵妃可还思念寡人。高力士说贵妃出去，眼泪不干，教寡人寸心如割。高力士，你这奴才不到寡人跟前，好生可恨！

高力士　（忙进宫跪下）奴才在此。

唐明皇　你到哪里去了？

高力士　奴才到了杨娘娘府中。

唐明皇　你私到她家何事？

高力士　奴才曾经侍候娘娘，于今娘娘被遣出宫，奴才前去看看，尽点主仆之心。

唐明皇　呀！你有主仆之心？唉，难道寡人没有夫妻之爱吗？你手中拿着何物？

---

① 合浦还珠：同"合浦珠还"，合浦的珍珠迁徙到别处，后来又回来，比喻物失而复得或人去而复还。《后汉书·循吏列传·孟尝列传》："（合浦）郡不产谷实，而海出珠宝，与交阯比境，常通商贩，留籴粮食。先时宰守并多贪秽，诡人采求，不知纪极，珠遂渐徙于交阯郡界。于是行旅不至，人物无资，贫者饿死于道。尝到官，革易前敝，求民病利。曾未逾岁，去珠复还。"

② 御：原意是驾车，引申为对帝王所用物和所作所为的敬称。

高力士　　是娘娘的头发。

唐明皇　　（大惊）娘娘的头发？缘何剪下，拿来何事？

高力士　　娘娘说她有罪该死，此生此世，不能重见龙颜，谨献此
　　　　　发，以表依恋之心。

唐明皇　　（变色）原来如此。呈了上来！（接发。唱）

　　　　　这一缕青丝发在她头上，

　　　　　曾在那鸳鸯枕亲近芬芳。

　　　　　又曾在镜台边仔细观望，

　　　　　才舍得剪下来献与君王。

　　　　　（白）唉，你看此发，十分光润，后宫哪得有此呀！（唱）

　　　　　真果是天生成美人模样，

　　　　　一缕发引动了万种思量。

高力士　　娘娘在外，日夜愁烦，倘有不测①，反为不美，想娘娘
　　　　　既蒙恩幸，万岁何惜宫中片席之地，使娘娘得以容身。
　　　　　还求万岁三思②。

唐明皇　　只是寡人已经传旨遣出，怎好召她回宫？

高力士　　有罪遣出，悔过召还，正是如天度量。此时天色已暮，
　　　　　开了安庆坊，从太华宫进来，谁能知道？

唐明皇　　好！高力士，依着你迎取贵妃回宫便了。（下）

高力士　　领旨。（命众宫女提灯、驾辇，往接贵妃。遂引众宫女走
　　　　　圆场）圣旨到！

　　　　　〔杨国忠、杨贵妃上。

杨国忠　　看香案③。

高力士　　圣上有旨，杨国忠与杨贵妃跪听宣读。

　　　　　〔杨国忠、杨贵妃跪。

---

　　① 不测：预料不到的事情，多指祸患。《新唐书·奸臣传下·蒋玄晖》："帝自出关，畏
不测，常默坐流涕。"

　　② 三思：多次思考，形容做事小心谨慎。《论语·公冶长》："季文子三思而后行。"

　　③ 香案：放置香炉烛台的桌子。高明《琵琶记》："勑书已来近，看街市乱纷纷。咱每只得
忙前奔，备香案，接皇恩。"

高力士　朕准高力士面奏，谕旨召贵妃还宫。

杨国忠　龙恩万岁！（接旨）

杨贵妃　叩谢天恩！

高力士　请娘娘登辇。

　　　　〔贵妃登辇。杨国忠送过遂下。

　　　　〔高力士引宫女、贵妃走圆场。

高力士　启奏万岁，贵妃进宫。

唐明皇　（上）妃子哪里？

杨贵妃　妾杨玉环叩谢天恩！（跪）

唐明皇　（扶贵妃起）寡人一时性急，叫妃子出宫。妃子休得抱
　　　　怨。

杨贵妃　（呜咽地）贱妾该死，怎敢抱怨万岁。

唐明皇　但是妃子以后的脾气，也要改过。

杨贵妃　妾愚陋无知，还得万岁爷重召进宫，真是恩重如山也。
　　　　（唱）
　　　　从今后求君王少加恩典，
　　　　免得人妒忌妾诽谤多端。
　　　　今日里进宫来再见天面，
　　　　妾纵死冷宫中却也心甘。

唐明皇　妃子不必啼哭，随寡人这里来罢。哈哈哈！（偕贵妃同下）

高力士　你看堂堂天子，被人献了一缕头发，便打动了心肠。要
　　　　是被妇人一哭，岂不心更软了？可见英雄好汉，都打不
　　　　过女色一关，真真奇怪！但是我高力士也是天下第一个
　　　　拉马扯皮条①的了！（笑。下）

　　　　〔剧终。

---

① 拉马扯皮条：原意是给妓女拉客，这里指高力士促成唐玄宗与杨贵妃和好。

马嵬驿①

人物

唐明皇　杨贵妃　陈元礼　杨国忠　高力士
四将官　四军士　太　监　宫　女　使　者
车　夫

〔陈元礼②戎装贯甲③，率领将官甲、乙和禁卫军④同上。

陈元礼　（念）

慌忙避贼就征途，

十万雄兵护帝舆⑤。

---

① 马嵬（wéi）驿：古地名，在今陕西省兴平市西。相传古代马嵬在此筑城，故名"马嵬驿"。本剧写"安史之乱"爆发，唐玄宗和杨贵妃等人为避战乱，逃到马嵬驿，禁军首领陈元礼发动兵变，杀死宰相杨国忠，逼迫唐玄宗杀杨贵妃。唐玄宗对杨贵妃一往情深，不忍下手，可是迫于形势，不得不赐死杨贵妃。二人生离死别，悲痛至极。《旧唐书·玄宗杨贵妃列传》对此事记载："及潼关失守，从幸至马嵬，禁军大将陈玄礼密启太子，诛国忠父子。既而四军不散，玄宗遣力士宣问，对曰'贼本尚在'，盖指贵妃也。力士复奏，帝不获已，与妃诏，遂缢死于佛室。时年三十八，瘗（yì）于驿西道侧。"《旧唐书·玄宗本纪》记载："丙辰，次马嵬驿，诸卫顿军不进。龙武大将军陈玄礼奏曰：'逆胡指阙，以诛国忠为名，然中外群情，不无嫌怨。今国步艰阻，乘舆震荡，陛下宜徇群情，为社稷大计，国忠之徒，可置之于法。'会吐蕃使二十一人遮国忠告诉于驿门，众呼曰：'杨国忠连蕃人谋逆！'兵士围驿四合。及诛杨国忠、魏方进一族，兵犹未解。上令高力士诘之，回奏曰：'诸将既诛国忠，以贵妃在宫，人情恐惧。'上即命力士赐贵妃自尽。"白居易《长恨歌》、陈鸿《长恨歌传》以及洪昇《长生殿》第二十五出《埋玉》也都叙写此事。

② 陈元礼（生卒年不详）：即陈玄礼，唐代名将，清人为避康熙帝玄烨之讳，故改名陈元礼。陈玄礼年轻时助唐玄宗诛杀韦后、太平公主，官至禁军龙武大将军。"安史之乱"时发动马嵬驿事变，诛杀杨国忠，迫使唐玄宗赐死杨贵妃。后被封为蔡国公，后辞官，不久病逝。事详见《新唐书·陈玄礼列传》《旧唐书·陈玄礼列传》。

③ 贯甲：穿上铠甲。《晋书·李歆传》："士业亲贯甲先登，大败之。"

④ 禁卫军：保卫皇帝和皇宫的军队。

⑤ 舆：车子。许慎《说文解字》："舆，车舆也。"段玉裁注："车舆，谓车之舆也。"

西出长安百余里，

不知何日抵成都。

（白）下官，右龙武将军①陈元礼。只因安禄山②造反，破了潼关③，圣上避兵幸蜀，命俺统领禁军保驾。行了一程，已到马嵬驿了。那边车声辘辘，想是圣驾与娘娘来了。御林军④，小心在此伺候。

〔唐明皇、杨贵妃坐车上，走圆场。众宫女随上。

唐明皇　（唱）

霎时间弃宫闱泪珠齐下，

杨贵妃　（接唱）

坐玉辇⑤侍君王出了京华⑥。

唐明皇　（接唱）

陈元礼统禁军保护銮驾⑦，

杨贵妃　（接唱）

望成都好一似远在天涯。

太　监　来此已是马嵬驿，请万岁暂驻銮驾。

唐明皇　这……

陈元礼　有臣在此护驾。

〔唐明皇偕杨贵妃下车，进坐。

〔陈元礼与众军两边下。

---

① 右龙武将军：唐代禁军龙武军的将领。《新唐书·百官志四上》："左右龙武大将军各一人，正二品；统军各一人，正三品；将军各三人，从三品。"

② 安禄山（703—757）：营州柳城（今辽宁省朝阳市）人，粟特族胡人，"安史之乱"发起者。天宝年间受唐玄宗宠信，拜杨贵妃为义母，身兼平卢、范阳和河东三镇节度使。天宝十四年（755）发动叛乱，给唐朝造成巨大灾难，致使其由盛转衰。至德二年（757）被其子安庆绪杀害。事详见《新唐书·安禄山列传》、姚汝能《安禄山事迹》。

③ 潼关：古关名，在今陕西省潼关县东北。当陕西、山西、河南三省之要冲，历来为军事要地。

④ 御林军：即禁卫军，见前"禁卫军"注。

⑤ 玉辇（niǎn）：皇帝乘坐的用玉装饰的车。潘岳《籍田赋》："天子乃御玉辇，荫华盖。"

⑥ 京华：京城，首都。杜甫《梦李白二首·其二》："冠盖满京华，斯人独憔悴。"

⑦ 銮驾：皇帝的车驾，因车上有銮铃，故称"銮驾"。许慎《说文解字》："銮，人君乘车，四马镳，八銮铃，象鸾鸟声，和则敬也。"

唐明皇　寡人误用贼臣，悔之不及。只是连累妃子奔波，如何是
　　　　好？

杨贵妃　臣妾自应随驾，哪敢辞劳。只愿官兵齐心破贼，圣驾早
　　　　日还都，那便好了。

唐明皇　如此，随王来。（偕杨贵妃下）

　　　　〔将官甲、乙带领禁军同上。

将官甲　禁卫军，可恨杨国忠专权误国，应该杀死。尔等要杀杨
　　　　国忠的，快随我等前去。

众军士　我等久有此心。

将官甲　如此大家一心，杀奸贼去！（率众下）
　　乙

　　　　〔杨国忠被众军赶上。

杨国忠　唔！尔等这般行为，敢是想造反吗？

军士甲　要杀你这专权误国的奸贼！（亮刀）

　　　　〔杨国忠逃下，众军追下。

　　　　〔众军复赶杨国忠上。杀死杨国忠。

将官甲　国忠虽诛，贵妃还在。我等杀杨贵妃去！

众　军　好，杀杨贵妃去！（同下）

　　　　〔内作喊杀声。

　　　　〔唐明皇、杨贵妃同上。两边听，惊惶。

　　　　〔高力士暗上。

唐明皇　高力士，外面为何这般喧嚷？宣陈元礼觐见。

高力士　主上有旨，陈元礼见驾。

　　　　〔陈元礼率领众军同上。

陈元礼　尔等退下，不要造次①。

　　　　〔众军同应声下。

陈元礼　臣陈元礼见驾。

唐明皇　陈卿家，众军为何这等喧嚷？

---

① 造次：乱来，胡来，胡闹。

陈元礼　启奏陛下，杨国忠专权误国，激怒众军，竟将太师①杀
　　　　了！

　　　　〔唐明皇吃惊。杨贵妃拭泪。

唐明皇　有这样事？（沉吟）这也罢了！传旨抚慰他们，杨太师
　　　　已经杀死，既往不咎，赦他们擅杀之罪，作速启行。

陈元礼　六军②听者，万岁有旨，杨国忠既已杀死，赦尔等擅杀
　　　　之罪，作速启行。

　　　　〔众军在内喊：国忠虽诛，贵妃还在；不杀贵妃，不能
　　　　启行。

陈元礼　候旨发落③。启奏陛下，六军异口同声：国忠虽诛，贵
　　　　妃还在；不杀贵妃，不能启行。

　　　　〔杨贵妃失色，俯首暗泣。

唐明皇　哎呀，这话如何说起！

陈元礼　陛下，事关社稷④安危，望陛下割恩断爱，速将贵妃正
　　　　法。

　　　　〔杨贵妃惊避唐明皇身后，牵唐明皇衣。

杨贵妃　万岁，万岁呀！

唐明皇　唉，陈将军，此话从何说起？（唱）
　　　　杨国忠他有罪已经杀死，

杨贵妃　（接唱）
　　　　一声声逼我死却为怎的？
　　　　（惊恐万状，泣不成声）

唐明皇　（唱）
　　　　陈将军快出去传旨抚慰，

---

① 太师：古代官职，多为元老大臣的荣衔。杨国忠得到极大的恩宠，官至宰相，故称“太师”。

② 六军：即禁军，保卫皇帝和皇宫的军队。《周礼·夏官·序官》：“凡制军，万有二千五百人为军。王六军。”《新唐书·百官志四上》：“左右龙武、左右神武、左右神策，号六军。”

③ 发落：处理，处置。

④ 社稷：原意是土地神和谷神，引申为国家。《韩非子·难一》：“晋阳之事，寡人危，社稷殆矣。”

陈元礼　军心已变，六军不发，如之奈何？

唐明皇　（接唱）

众将士太无礼大胆妄为。

杨贵妃　哎呀，万岁呀！妾兄国忠，业已被杀，众军又苦逼妾命。
　　　　圣上龙体要紧，望陛下舍了妾罢！

唐明皇　妃子不必着急，你又何罪之有。寡人与陈将军再有商量。
　　　　（转向陈）陈将军。

　　　　〔众军在内喊：不杀贵妃，我等断不启行。

陈元礼　启奏陛下，贵妃虽然无罪，但杨国忠是她亲兄。今贵妃
　　　　在陛下左右，军心不安。还求陛下三思。

唐明皇　（沉吟）卿家且退，容朕三思。

陈元礼　领旨。（愤愤然下）

杨贵妃　万岁呀，事已至此，无可奈何，陛下还是舍了臣妾罢了
　　　　啊！（唱）

众将士喊杀声心惊胆怕，

霎时间只听得四面喧哗。

妾今日断不能再随龙驾，

这件事求陛下仔细详察。

唐明皇　爱妃呀，（接唱）

朕本是九五尊①一统天下，

难道是为天子不及民家？

一妇人保不住岂非笑话，

朕情愿与妃子同死黄沙②。

杨贵妃　哎呀，陛下呀！陛下虽则恩深，怎奈事已至此，无路求

---

① 九五尊：本是《周易》里的一个卦爻，因象征鼎盛和至尊，引申为皇帝。《周易·乾》：
"九五：飞龙在天，利见大人。"王弼注："龙德在天，则大人之路亨也。夫位以德兴，德以
位叙，以至德而处盛位，万物之睹，不亦宜乎？"孔颖达疏："正义曰：言九五阳气盛至于
天，故云'飞龙在天'。此自然之象，犹若圣人有龙德飞腾而居天位，德备天下，为万物所瞻
睹，故天下利见此居王位之大人。"

② 同死黄沙：意为像普通人一样共赴生死。

生，若再留恋不舍，恐惊圣驾，更加妾罪。望陛下舍妾此身，以保社稷。（流泪跪下）

唐明皇　妃子说哪里话来，你若一死，寡人虽有四海之富[①]，九五之尊，要它则甚[②]！寡人情愿国破家亡，断不能割舍妃子你呀！（与妃子拥泣）

高力士　（引众太监、众宫女同跪）启奏陛下，娘娘既然愿舍一命，望万岁以社稷为重，就舍了娘娘罢！

唐明皇　唉！寡人如何舍得妃子！你等且起来。

　　　　〔高力士、杨贵妃等起立。

　　　　〔众军蜂涌[③]齐上，喊杀连声：还不动手，我们要亲自动手了！

陈元礼　（急上阻止）不得无礼！待我转奏。启奏陛下，大事不好，六军鼓噪，不杀娘娘，他们要亲自动手了！（众军喊杀连声）

唐明皇　陈将军呀，你你你快去传旨，朕立刻赐贵妃自尽。

陈元礼　六军将士听着，万岁传旨，即刻赐贵妃自尽。

众　军　（同白）万岁恩典，我等且退下。（同下）

唐明皇　妃子既愿一死，寡人也做不得主了！

杨贵妃　（惊伏在地。唱）

　　　　身伏在尘埃地泪流满面，

　　　　（哭。白）君王，万岁，哪呀，妾的万岁爷呀！

　　　　（接唱）

　　　　这是我杨玉环前世孽缘。

　　　　御林军要把妾碎尸万段，

　　　　谢万岁赐自尽恩重如山。

　　　　（跪，叩拜）

---

　　① 四海之富：皇帝享有全国的一切财富，形容皇帝是国家的主宰。《荀子·宥坐》："富有四海，守之以谦。"

　　② 则甚：做什么。

　　③ 蜂涌：现作"蜂拥"，形容许多人一拥而前，似蜂成群而飞。

〔唐明皇挽起杨贵妃。杨贵妃泣牵唐明皇衣到台口。〕

杨贵妃 （唱）

曾记得妾在那昭阳正院，

千般宠万般爱常在君前。

芙蓉帐春宵暖梦魂迷恋，

海棠花睡未醒比妾容颜①。

舞羽衣唱霓裳月宫游遍②，

每日里酒筵上急管繁弦③。

沉香亭看牡丹召妾陪伴④，

长生殿看双星共倚香肩⑤。

---

① "海棠花"句：杨贵妃喝醉未醒，唐玄宗将她比作海棠花睡未醒。惠洪《冷斋夜话》："事见《太真外传》，曰：上皇登沈香亭，诏太真妃子。妃于时卯醉未醒，命力士从侍儿扶掖而至。妃子醉颜残妆，鬓乱钗横，不能再拜。上皇笑曰：'是岂妃子醉，真海棠睡未足耳。'"

② "舞羽衣"句：传说唐玄宗与道士会面，道士做法术带唐玄宗游月宫，唐玄宗见月宫仙女的乐舞极美。在回到人间后，根据仙女的乐舞编成了《霓裳羽衣曲》。《龙城录·明皇梦游广寒宫》："开元六年，上皇与申天师、道士鸿都客八月望日夜，因天师作术，三人同在云上游月中，过一大门在玉光中飞浮，宫殿往来无定，寒气逼人，露濡衣袖皆湿，顷见一大宫府榜曰广寒清虚之府，其守门兵卫甚严，白刃粲然，望之如凝雪。时三人皆止其下不得入，天师引上皇起跃，身如在烟雾中，下视王城崔峨，但闻清香霭郁，下若万里琉璃之田，其间见有仙人道人乘云驾鹤往来若游戏。少焉步向前，觉翠色冷光相射目眩，极寒不可进，下见有素娥十余人皂皓衣乘白鸾，往来笑舞于广陵大桂树之下，又听乐音嘈杂亦甚清丽。上皇素解音律，熟览而意已传。顷天师亟欲归，三人下若旋风，忽悟若醉中梦回尔。次夜上皇欲再求往，天师但笑谢不允，上皇因想素娥风中飞舞袖被编律成音，制霓裳羽衣舞曲，自古泊今清丽无复加于是矣。"白居易《长恨歌》："渔阳鼙鼓动地来，惊破霓裳羽衣曲。"

③ 急管繁弦：形容各种乐器同时演奏的热闹情景。晏殊《蝶恋花》："绣幕卷波香引穗，急管繁弦，共爱人间瑞。"

④ "沉香亭"句：意为唐玄宗和杨贵妃在沉香亭观赏牡丹，并命李白写诗描写杨贵妃和牡丹。李濬《松窗杂录》："开元中，禁中初重木芍药，即今牡丹也。《开元天宝》花呼木芍药，本记云禁中为牡丹花。得四本红、紫、浅红、通白者，上因移植于兴庆池东沉香亭前。会花方繁开，上乘月夜召太真妃以步辇从。"李白《清平调之三》："名花倾国两相欢，长得君王带笑看。解释春风无限恨，沉香亭北倚阑干。"

⑤ "长生殿"句：长生殿，唐玄宗和杨贵妃欢会的宫殿。《旧唐书·玄宗本纪下》："新成长生殿，名曰集灵台，以祀天神。"双星：牵牛星和织女星，唐玄宗和杨贵妃在七月七日（即七夕）欢会，传说这天是牛郎和织女踏鹊桥相会的日子。白居易《长恨歌》："七月七日长生殿，夜半无人私语时。"

更沾着雨露恩一家贵显①，
姐和妹兄和弟锦簇花团②。
怪不得妾玉环招来人怨，
今日里若不死哪得安然！
妾死在马嵬坡灵魂不散，
暗地里随君王同到西川。

唐明皇　哎呀，妃子，玉环，爱妃呀！（唱）
　　　　我哭哭了一声薄命的杨妃子！

杨贵妃　（接唱）
　　　　妾叫叫了一声多情的万岁爷！

唐明皇　（接唱）
　　　　曾记得昭阳院恩爱不浅，

杨贵妃　（接唱）
　　　　哪知道今日里不得周全。
　　　　杨玉环只哭得肝肠寸断③！
　　　　〔唐明皇、杨贵妃同哭。众太监、宫女暗泣。

唐明皇　（唱）
　　　　看大家都哭得泪如涌泉！
　　　　〔内众军鼓噪、喊杀。

唐明皇　（接唱）
　　　　罢罢罢任凭她前往佛殿，

---

　　①"更沾着"句：意为杨贵妃的亲人依靠杨贵妃变得显贵。《旧唐书·玄宗杨贵妃列传》："韩、虢、秦三夫人与铦、锜等五家，每有请托，府县承迎，峻如诏敕，四方赂遗，其门如市。"白居易《长恨歌》："姊妹弟兄皆列土，可怜光彩生门户。"
　　②"姐和妹"句：意为杨贵妃的兄弟姐妹与杨贵妃一道沾光。《旧唐书·玄宗杨贵妃列传》："玄宗每年十月幸华清宫，国忠姊妹五家扈从，每家为一队，著一色衣，五家合队，照映如百花之焕发，而遗钿坠舄，瑟瑟珠翠，灿烂芳馥于路。"杜甫《丽人行》："三月三日天气新，长安水边多丽人。态浓意远淑且真，肌理细腻骨肉匀。绣罗衣裳照暮春，蹙金孔雀银麒麟。头上何所有？翠微盍叶垂鬓唇。背后何所见？珠压腰衱稳称身。"
　　③肝肠寸断：肝和肠断成一寸一寸，比喻伤心到极点。《战国策·燕策三》："吾要且死，子肠亦且寸绝。"

　　　　　　（无可奈何地白）事到如今，也只好罢了！高力士，你
　　　　　　引娘娘到后殿佛堂去罢！（惨然以白绫交付高力士。昏倒）
杨贵妃　　（依恋哀婉，一去两回头）万岁，妾妃今日无辜而死，
　　　　　　生离死别，就在顷刻，万岁连看妾妃都不看了吗？万岁
　　　　　　呀，（哭）万岁！妾妃还有几句未尽之言，可容妾妃讲吗？
　　　　　　万岁连听都不听了吗？（哭）哎呀，万岁呀！此番圣驾，
　　　　　　前往成都，一路之上，不见妾妃，千万不要触景伤情，
　　　　　　愿万岁善保龙体，不要使妾妃死在九泉之下，罪上加罪。
　　　　　　妾妃魂魄，一定前来与万岁梦中相见。哎呀！千言万语，
　　　　　　说也无益。妾妃要到佛殿礼佛去了。（跪别）请万岁珍重，
　　　　　　从此永无再见之日。妾妃玉环去了！妾妃玉环去了！哎！
　　　　　　哎！罢！（唱）
　　　　　　愿君王早破贼重整江山。
　　　　　　悲切切别万岁前往佛殿，
　　　　　　昏惨惨抛撇了幻海尘寰①。
　　　　　　（二回头，哭白）舍了！（下）
　　　　　　〔高力士捧白绫，率众宫女下。
唐明皇　　（哭）呀，呀，呀！妃子呀！（唱）
　　　　　　此别后除非是黄泉相见，
　　　　　　哭得我泪如雨肠断心酸。
　　　　　　万乘②尊到今日方寸③已乱，
　　　　　　为社稷保不住绝代红颜。
　　　　　　（白）正是：六军不发无奈何，宛转蛾眉④马前死。

────────────────

　　① 幻海尘寰：比喻人间。权德舆《送李城门罢官归嵩阳》："归去尘寰外，春山桂树丛。"
　　② 乘（shèng）：兵车。万乘：原意是一万辆兵车，引申为皇帝。《孟子·梁惠王上》："万
乘之国，弑其君者，必千乘之家。"赵岐注："万乘，兵车万乘，谓天子也。"
　　③ 方寸：内心。陈寿《三国志·蜀书·诸葛亮传》："今已失老母，方寸乱矣。"
　　④ 蛾眉：蚕蛾之须状触角弯曲细长，比喻女子长而美的眉毛。后借指美女。《诗·卫风·硕
人》："螓首蛾眉，巧笑倩兮。"

哎，妃子呀！（接唱）

你当初在宫中何等宠幸，

又谁知宫闱里忽起烟尘①。

你一门受皇恩虽然太甚，

却不曾作威福干②犯朝廷。

安禄山那胡儿心肠太狠，

杨国忠他早已识破奸情。

他几次奏寡人寡人不信，

猛然间在渔阳③动了刀兵。

看起来这长安定然不稳，

没奈何与妃子走出了京城。

自古道承恩宠招人忌恨，

可怜你兄妹们死得伤心。

这都是朕无道用人不慎，

是忠臣是奸党辨不分明。

王眼前若有那姚崇④宋璟⑤，

定能够与寡人奠定乾坤⑥。

杨玉环也不过是宫中爱幸，

又何至惹起了四路烟尘？

做天子也不免背时倒运，

---

① 烟尘：烽烟和征尘，比喻战争。高适《燕歌行》："汉家烟尘在东北，汉将辞家破残贼。"

② 干：冒犯。许慎《说文解字》："干，犯也。"

③ 渔阳：古代地名，今天津市蓟州区。

④ 姚崇（650—721）：陕州硖石（今河南省陕县）人，唐代宰相、政治家，在唐玄宗执政前期担任宰相，整顿吏治，发展生产，提出《十事要说》，促进了"开元盛世"的开创。事详见《旧唐书·姚崇列传》《新唐书·姚崇列传》。

⑤ 宋璟（663—737）：邢州南和（今河北省邢台市南和区）人，唐代宰相、政治家，与姚崇同为唐玄宗时期宰相，辅佐唐玄宗开创"开元盛世"。事详见《旧唐书·宋璟列传》《新唐书·宋璟列传》。

⑥ 乾坤：本意是《周易》的乾卦和坤卦，意为天地，引申为国家。《周易·说卦》："乾为天，坤为地。"《旧唐书·宋璟列传》。

眼睁睁断送了倾国倾城①。

（二回头。哭）妃子，玉环，寡人实实对不住你、你、你了呀！（下）

〔贡荔使者穿马褂，骑马，二小使捧荔枝果盒同上。

使　者　（念引）

一骑红尘妃子笑，

无人知是荔枝来。②

（白）俺，蜀中进贡荔枝使者。一路而来，听说安禄山造反，万岁夜出京城，现在马嵬坡。我不免赶紧到那里献了荔枝，以便回程。（下）

杨贵妃　（内唱）

霎时间乱纷纷要人性命，

〔杨贵妃上。高力士捧白绫与二宫女随后上。

杨贵妃　（哭，接唱）

杨玉环割不断万岁恩情。

进佛堂只觉得阴风阵阵，

顶门上失却了七魄三魂。

手扶着宫娥③女双膝跪定，

对菩萨三叩首顶礼虔诚。

杨枝水④洒不遍红尘滚滚，

求慈悲引度⑤我孽海⑥群生。

---

①　倾国倾城：倾覆国家和城邦，形容绝世的美貌。《诗·大雅·瞻卬》："哲夫成城，哲妇倾城。"郑玄笺："妇人，阴也。阴静故多谋虑，乃乱国。"孔颖达《正义》："若为智多谋虑之妇人，则倾败人之城国。妇言是用，国必灭亡。"《汉书·外戚传上》："北方有佳人，绝世而独立，一顾倾人城，再顾倾人国。"

②　"一骑"两句：杜牧《过华清宫绝句三首·其一》："长安回望绣成堆，山顶千门次第开。一骑红尘妃子笑，无人知是荔枝来。"

③　宫娥：宫女。

④　杨枝水：佛教术语，比喻能使万物复苏的甘露。《晋书·佛图澄传》："澄取杨枝沾水，洒而呪之，就执斌手曰：'可起矣！'。"

⑤　引度：佛教术语，指点度化，把人从痛苦的此岸度到圆满的彼岸。

⑥　孽海：佛教术语，由于种种恶因而使人沉沦之海，比喻充满痛苦的尘世。

前世孽今生爱诉之不尽，

高力士捧白绫也暗自伤心。

（白）高力士。

高力士　奴婢在。

杨贵妃　你看娘娘自进宫来，并未干犯国法。今日众军要我兄妹性命，真是太无理了。

高力士　（将白绫呈与贵妃）请娘娘早升天界，以免万岁龙体受惊。

杨贵妃　哎，苦呀！（唱）

接过了白绫带牙关咬紧，

（口咬头发，手抛白绫，移步横走。接唱）

不由人肝肠断珠泪如倾。

（注视白绫，仰天悲痛。接唱）

这带儿活活的要人性命，

杨玉环造下了孽海冤深。

站立在佛堂下四面观定，

（手指梨树。白）呀！（接唱）

好一株梨花树玉立亭亭①。

高力士将带儿系在树顶，

（将白绫交高力士）

〔高力士接白绫，系于树上。

杨贵妃　（接唱）

望慈悲施法力指引归阴。

卸金钗与花钿②乌云不整，

（将金钗、花钿掷于地下。接唱）

————————————

①　玉立亭亭：形容花木形体挺拔。沈复《浮生六记·闲情记趣》："或亭亭玉立，或飞舞横斜。"

②　金钗与花钿（diàn）：皆为古代情人之间的信物。邓林《绿珠词》"轻裾飘向阑干角，花钿散地金钗落。"

　　　　　难顾惜珍珠翠委弃①埃尘。

　　　　　抖一抖青丝发怒冲血喷，

　　　　　扶宫娥上前去了②此残生。

　　　　　站立在梨花下神昏气闷，

　　　　　恨悠悠只觉得天地无情。

　　　　　没奈何将带儿两手握紧，

　　　　　叹今生缘已尽可有来生？

　　　　　（白）万岁？妾杨玉环活活的在此结果性命了！舍了！

　　　　　（吊死）

　　　　〔高力士用红绫遮住杨贵妃，将衣挂上。

高力士　有请万岁。

唐明皇　（上）娘娘怎么样了？

高力士　自缢于梨花树下。

唐明皇　站开！（唱）

　　　　　哭一声杨妃子一朝命尽，

　　　　　见花钿与金钗弃在埃尘。

　　　　　这都是前世缘一言难尽，

　　　　　这一株梨花树万古伤心。

　　　　〔贡荔使者捧荔枝上。

使　者　（念）

　　　　　行至马嵬驿，

　　　　　前来进荔枝。

　　　　　（白）哪位公公在此？

高力士　你是哪里来的？

使　者　蜀中使者，特送荔枝到此。

高力士　万岁正在佛堂，待我与你献上，你且下去。

使　者　有劳公公了。（交果盒。下）

高力士　启奏万岁，蜀中贡来荔枝。

────────────

① 委弃：丢弃。《汉书·谷永传》："书陈于前，陛下委弃不纳。"

② 了：结束，完结。

唐明皇　唉，来迟了！（见到荔枝果盒，无限伤心）这是贵妃爱食
　　　　之物[1]。娘娘她已死了，在她灵前，供一供罢！

高力士　领旨。（场面动乐，摆好荔枝）

唐明皇　玉环，贵妃呀！你在宫中每逢时节，思食荔枝。于今你
　　　　的故乡，贡献荔枝来了。你你你可能尝一枚呀！（唱）
　　　　　捧荔枝供灵前泪如雨点，
　　　　　哭一声杨妃子叫声玉环。
　　　　　在生时思荔枝四方贡献，
　　　　　今死后有谁人献到九泉？
　　　　　贤妃子你有知灵魂不远，
　　　　　可能够随为王同到西川？
　　　　（白）宣陈元礼觐见。

高力士　宣陈元礼将军觐见。

陈元礼　（上）臣陈元礼见驾。

唐明皇　传令六军将士伺候。

陈元礼　六军将士伺候。

　　　　〔将士们两边上。

众　军　见驾。

唐明皇　贵妃已死，可愿启行？

众　军　我等不信。

唐明皇　死在梨花树下。高力士，启开红绫。

众　军　（见尸，同跪）吾主万岁！

唐明皇　（长叹一声，声泪俱下）起来！朕断不加罪尔等。尔等
　　　　可愿西行？

众　军　愿万岁圣寿无疆。

唐明皇　妃子吓[2]贵妃，你死得好苦呀！（唱）
　　　　　三尺带结果了佳人性命，

————————

　　① 贵妃爱食之物：史载杨贵妃爱吃荔枝。《新唐书·杨贵妃列传》："妃嗜荔支，必欲生致之，乃置骑传送，走数千里，味未变已至京师。"
　　② 吓（hè）：语气词，相当于"啊""呀"。《再生缘》："咳，诸位先生吓。"

　　　　可怜我做天子掌不住六军。

　　　　纵不到成都地有甚么要紧？

众　军　（同声呼喝）社稷为重！

唐明皇　（接唱）

　　　　到底是社稷重美人命轻。

　　　　都是王连累你在此自尽，

　　　　又不知来生世可还相亲？

　　　　贤梓童①在阴司②休把王恨。

　　　　问六军可甘心护驾西行？

　　　　〔众军俯首无言。

唐明皇　将娘娘尸体，暂葬马嵬坡下，待寡人回銮，再作道理。

高力士　领旨。（命人抬尸下）

唐明皇　启驾。（二回头。哭）妃子！玉环！此去剑阁，鸟啼花落，

　　　　绿水青山，无非添朕悲悼之情罢了！

　　　　〔鼓乐尾声，众同下。

　　　　〔剧终

----

　　① 梓童：皇后。唐玄宗自废王皇后后一直未立皇后，杨贵妃在后宫中得宠最多，地位最高，相当于皇后。吴承恩《西游记》：“那国王急睁眼睛，见皇后的头光，他连忙爬来道：‘梓童，你如何这等？’”

　　② 阴司：阴间，地府。吕岩《七言·其二七》：“仙府记名丹已熟，阴司除籍命应远。”

九华惊梦①

人物

杨贵妃　杨通幽　四神将　阎　王　判　官

鬼　卒　四仙女

〔杨通幽上。

杨通幽　（念）

学得神仙术，

排空驾五云②。

（转念诗白）

云雨难忘日月新，

圣明天子却多情。

能消世上相思恨，

---

① 光绪二十三年（1897）康有为第二次到桂林讲学时，于正月十五日受唐景崧之邀在看棋亭夜宴观戏，演了唐的《黛玉葬花》和《九华惊梦》。席间康有为作诗两首：其一："妙音历尽几多春，往返人天等一尘。偶转金轮开世界，更无净土著无亲。黑风歔海都成梦，红袖题诗更有神。谁识看花皆是泪，雄心岂忍白他人。"；其二："羽衣云帔想蓬莱，无碍天风引去来。种菜英雄看老大，念奴歌舞费新裁。起居八座犹将母，坛席千秋起异才。丝竹东山宾客满，不妨顾曲笑颜开。"

又，民国期间，有人对唐景崧的《九华惊梦》做了较高的评价："所编'九华惊梦'一出，渲染《太真外传》而成，尤为精粹之作，一夕演至马嵬驿一幕，饰杨玉环雏伶某，于赐帛时，因表演过于逼真，竟至香销玉殒，座客惊散，剧犹照常扮演也。"参见悔庵，《唐景崧提倡桂剧》，《小春秋日报》，1947年5月28日第3版。

② 五云：青、白、赤、黑、黄五种云色，古人用五种颜色的云对应吉兆或凶兆。《周礼·春官·保章氏》："以五云之物，辨吉凶、水旱降、丰荒之祲象。"郑玄注引郑司农曰："以二至二分观云色，青为虫，白为丧，赤为兵荒，黑为水，黄为丰。"

我亦当年李少君①。

（白）吾乃临邛②道士杨通幽是也。只因杨氏贵妃，自马嵬坡死后，太上皇③回到南内④，思念不已。知我有神仙之术，特命我去寻那杨贵妃的魂魄。我且驾动云头，先到天门去者。（云灯随行。唱）

半空中驾彩云游行无定，

霎时间离开了下界红尘⑤。

杨玉环在人间风流绝等，

我算她那魂魄定到天廷。

（下）

〔四神将上。

神将甲　（念）

镇守九重天⑥，

神将乙　（念）

身居日月边，

神将丙　（念）

低头望人世，

神将丁　（念）

一半是云烟。

〔四神将立桌上。

---

① 李少君：西汉著名方士，精通方术，自称能操纵物体和长生不死，受到人们的崇拜，并得到汉武帝的宠信。事详见《史记·孝武本纪》和《汉书·郊祀志》。

② 临邛（qióng）：古代地名，今四川省邛崃市。

③ 太上皇：天宝十五年（756），太子李亨在甘肃灵武即位，遥尊唐玄宗为太上皇。

④ 南内：唐代长安的兴庆宫，在蓬莱宫以南，故名"南内"。《新唐书·穆宗贞献萧皇后传》："懿安太后居兴庆宫，……及岁时应谒，率繇复道至南内。"白居易《长恨歌》："西宫南内多秋草，落叶满阶红不归。"

⑤ 红尘：本是佛教用语，后成为常术语，泛指人间俗世。曹雪芹《红楼梦》："宝玉本来颖悟，又经点化，早把红尘看破。"

⑥ 九重天：传说天高有九层。《吕氏春秋》："天有九野，何谓九野，中央曰钧天，东方曰苍天，东北曰变天，北方曰玄天，西北曰幽天，西方曰皓天，西南曰朱天，南方曰炎天，东南曰阳天。"

杨通幽　（上。念）

半空烟雨气，

湿透五铢衣①。

（白）来此已是天门。诸神在上，待我问来。天神在上，
道士稽首。

四神将　来者何人？

杨通幽　临邛道士杨通幽，奉大唐太上皇之命，来寻杨氏贵妃。
不知她现在何处，求天神指示。

四神将　杨贵妃未进天门，你到别方寻去。（下）

杨通幽　呀！贵妃未进天门，难道在阴曹不成？我且到阴曹去看。

（唱）

杨贵妃不在这九重天上，

难道说她有罪去见阎王？

按住了彩云头仔细下望，

又只见黄泉路惨淡无光。

（下）

〔阎王领判官、鬼卒等上。

阎　王　（念引）

铁面无私，

管人间生生死死。

（转念诗白）

十殿森罗殿②，

阴风最怕人；

世间多少事，

到此始分明。

（白）吾乃阎罗王是也。只因安禄山造反，杀了许多生

---

① 五铢衣：传说古代神仙穿的一种轻而薄的衣服。《博异志·岑文本》："又问曰：'衣
服皆轻细，何土所出？'对曰：'此是上清五铢服。'"

② 森罗殿：传说中阎王居住的宫殿。关汉卿《窦娥冤》："顷刻间游魂先赴森罗殿，怎不
将天地也生埋怨。"

灵，鬼魂到此日月不绝。鬼卒，你看外边有鬼魂来否？

杨通幽　（上）来此已是阴曹，正遇阎王升殿。待我觐见，问个
　　　　明白。

鬼　卒　你是何处来的？

杨通幽　吾乃临邛道士，奉了大唐太上皇之命，来寻杨贵妃。烦
　　　　你带我觐见阎王。

鬼　卒　待我与你通报。（入对阎王）禀阎王，外边有一道士，说
　　　　奉了大唐太上皇之命，来寻杨氏贵妃，求见阎王。

阎　王　带他进来。

鬼　卒　（出外）阎王传你进去。

杨通幽　（随鬼卒觐见阎王）阎王在上，道士稽首。

阎　王　道士到此何事？

杨通幽　奉了大唐太上皇之命，来寻杨氏贵妃。她现在何处？求
　　　　阎王指示。

阎　王　杨贵妃的魂魄，未到阴曹，你到别方寻去。

杨通幽　杨贵妃不在天上，为何又不在阴曹？

阎　王　杨贵妃生前无甚罪过，或者她死后成仙，在那海上仙山，
　　　　逍遥自在。我阴曹管不着她，所以她不在此。你到仙山
　　　　寻她去罢！

杨通幽　是。

　　　　〔阎王、判官、鬼卒同下。

杨通幽　我且驾起云头，到海上仙山去者。（唱）
　　　　杨贵妃她死后灵魂何往？
　　　　上碧落①下黄泉两处茫茫！
　　　　忽听说有仙山在那海上，
　　　　我且去寻一番回奏上皇。
　　　　（下）
　　　　〔众仙女上。

---

①　碧落：道教称东方第一层天碧霞满空，故称碧落，泛指天上。白居易《长恨歌》："上
穷碧落下黄泉，两处茫茫皆不见。"

仙女甲　今日天气甚好，娘娘正睡午觉，我们且到山前游玩一回。
　　　　（唱）
　　　　仙山上开遍了琪花瑶草①；

仙女乙　（接唱）
　　　　姐妹们终日里快乐逍遥；

仙女丙　（接唱）
　　　　低头看海茫茫无人来到；

仙女丁　（接唱）
　　　　好天风吹得我双袖飘飘。

杨通幽　（上）曾经沧海难为水，除却巫山不是云。②且慢，我
　　　　想上皇思念贵妃，叫我来寻她的魂魄。你看这大海茫茫，
　　　　仙山缥缈，不知贵妃在此没有。那边有一群仙女，待我
　　　　上前问个明白。仙姑有礼。

众仙女　你这野道士，怎么来到此地？

杨通幽　我奉大唐太上皇之命，来寻杨氏贵妃。不知贵妃在此间
　　　　没有？

仙女甲　哦，原来你是来寻杨娘娘的。杨娘娘却在此处，这时正
　　　　睡午觉，不便惊动。

杨通幽　哎呀！贵妃果在此间，总算被我寻着了。待贵妃起来，
　　　　请仙姑与我通报。

仙女甲　你且在外边候着。（与众仙女下）
　　　　〔杨通幽下。
　　　　〔设帐。贵妃睡帐内。
　　　　〔众仙女上，侍立两旁。

杨贵妃　（唱）

----

① 琪花瑶草：仙境里的花草。王毂《梦仙谣》："前程渐觉风光好，琪花片片粘瑶草。"
② "曾经"两句：元稹《离思五首·其四》："曾经沧海难为水，除却巫山不是云。取次
花丛懒回顾，半缘修道半缘君。"意为曾经见过沧海，其他的水就称不上水；除开巫山，其他
的云都算不上云。比喻对爱人情深义重，难以忘怀。

　　　　九华帐①睡昏昏精神困倦！

仙女甲　启禀娘娘，外边来了一个道士，说奉了大唐太上皇之命，
　　　　来寻娘娘。（挂起帐子）

杨贵妃　呀，太上皇还记得我，着②人来寻，叫我的梦魂都惊醒
　　　　了！（唱）

　　　　老君王使人来寻到仙山。

　　　　（白）那道士现在何处？

仙女甲　现在宫门之外。

杨贵妃　（接唱）

　　　　叫侍女快请他前来相见。

　　　　（白）侍女，去请那道士进来。他是大唐天子使者，不
　　　　可怠慢。

仙女甲　遵命。（下）

杨贵妃　（接唱）

　　　　急忙着出帐来懒整花冠。

　　　　叫侍女卷珠帘屏开四面，

　　　　等使者到堂上细问根源。

　　　　〔仙女甲引杨通幽上。

仙女甲　你在堂下站着，待我禀报。（向杨贵妃）道士现在堂下。

杨贵妃　叫他走上前来。

仙女甲　娘娘有令，道士觐见。

杨通幽　（上前，跪）临邛道士杨通幽叩见娘娘。

杨贵妃　请起。

　　　　〔杨通幽起立。

杨贵妃　太上皇可安好？

杨通幽　太上皇安好。

杨贵妃　新天子可好？

杨通幽　新天子好。

────────────

① 九华帐：绚丽多彩的帐子。白居易《长恨歌》："闻道汉家天子使，九华帐里梦魂惊。"
② 着：派，叫。

杨贵妃　唐家天下可太平？

杨通幽　天下太平。

杨贵妃　你到此间何事？

杨通幽　只因太上皇思念娘娘，特命道士，到处找寻。上天入地
　　　　都寻不着，不料娘娘在这蓬莱山①上。

杨贵妃　（拭泪。唱）

　　　　听道士这言语泪痕满面，

　　　　马嵬坡一死后隔别了龙颜。

　　　　蒙君王恩义深朝朝思念，

　　　　遣使臣上碧落又卜黄泉。

　　　　叫侍女上前来与我打扮，

众仙女　遵命。

杨贵妃　（白）取凤冠霞帔②来。（穿戴）

　　　　〔执事③撑伞、扇、龙旗上。

杨贵妃　（接唱）

　　　　戴凤冠穿霞帔步出殿前。

　　　　两旁边排列着云旗④锦伞，

　　　　依然是唐宫里气象威严。

　　　　妾临风三叩首伏身玉殿，

　　　　谢君王情似海恩重如山。

　　　　（白）执事退下。

　　　　〔执事下。

杨贵妃　侍女，取我的金钗、钿盒来。

　　　　〔一仙女取金钗、钿盒交杨贵妃。

---

　　① 蓬莱山：传说中的神山，泛指仙人居住的地方。《史记·秦始皇本纪》："齐人徐市等
上书，言海中有三神山，名曰蓬莱、方丈、瀛洲，仙人居之。"

　　② 凤冠霞帔（pèi）：古代贵族妇女所戴有凤凰装饰的礼帽和一种披肩服饰。王嘉《拾遗记》：
"铸金钗像凤凰之冠。"《格致镜原》："今命妇女补以织文一幅，前后如其衣长，中分而前两开之，
在肩背之间，谓之霞披。"

　　③ 执事：仆人，仆从。

　　④ 云旗：以云作旗子，形容云的繁盛貌。

杨贵妃　（将金钗、钿盒折断，以一半交给杨通幽）道士，你回去与我叩谢太上皇。玉环敬献金钗半枝，钿盒半个，以为纪念。

〔杨通幽接金钗、钿盒，作沉吟状。

杨贵妃　我看你的颜色，似有为难之处，不妨明说。

杨通幽　道士奉太上皇之命，来寻娘娘，幸而寻着。请娘娘想一想，当日与太上皇所做之事，所说之话，旁人不知道的，吩咐道士，回奏上皇，那上皇才信道士真寻着了娘娘。若只是钿盒金钗，恐上皇不信。

杨贵妃　你这话也有道理。但我一时思想不起。（作沉吟状）

哦，有了。（唱）

曾记得天宝朝刚刚十载，

正是那太平世未动兵灾。

七月七①侍君王长生殿内，

玉露凉金风爽翡翠屏开。

叫左右退立在东西厢外，

独有我侍君王并立金阶。

我二人倚香肩相亲相爱，

看牛郎和织女渡过桥来。

因此上感双星年年相会，

愿世世我二人到老和谐。

这私话只君王听在耳内，

想今日他必定记在心怀。

念旧情不由我伤心下泪，

哪知道出都门便不回来。

（白）道士，你将这话，回答皇上，必然见信。我还有话，你要牢牢记住，回奏上皇。（唱）

---

①　七月七：即七夕节，传说每年的这天，牛郎和织女都会在天上的鹊桥相会，因而成为象征爱情的节日。民间有祈福、乞求巧艺与姻缘等习俗。白居易《长恨歌》："七月七日长生殿，夜半无人私语时。"《唐会要》："天宝元年十月，造长生殿，名为集灵台，以祀神。"清代洪昇根据唐玄宗和杨贵妃在长生殿私定终身之事创作了《长生殿》。

昭阳殿①今日里断绝恩爱，

我住在蓬莱宫八宝楼台。

我久已列仙班逍遥世外，

这一念恐又要堕落尘埃。

在天上在人间定能相会，

劝上皇切不可日日悲怀。

太上皇年事高住在南内，

恐就要弃人世驾返天阶。

（白）你回去启奏上皇，上皇年事已高，不久当弃人世，千万不可愁苦。妾杨玉环，后会有期。

杨通幽　道士遵命回奏。

杨贵妃　那金钗钿盒，你还是带去。你对上皇说道，钗留一股盒留一扇；钗劈黄金盒分钿，但教心似金钿坚，天上人间会相见。

杨通幽　娘娘还有甚么话说？

杨贵妃　没有话了。你回去罢！

杨通幽　拜别娘娘。（跪拜，起。唱）

这钿盒与金钗未能凭信；

幸有那七月七殿上私盟。

这都是风流债前生注定，

我回去见上皇细说分明。

（下）

杨贵妃　正是：（念）

在天愿作比翼鸟②，

_____

① 昭阳殿：西汉成帝赵飞燕的宫殿，后来泛指妃子居住的宫殿，这里借指杨贵妃居住的宫殿。《三辅黄图·未央宫》："武帝时，后宫八区，有昭阳、飞翔、增城、合欢、兰林、披香、凤皇等殿。"白居易《长恨歌》："昭阳殿里恩爱绝，蓬莱宫中日月长。"

② 比翼鸟：比翼双飞的鸟，比喻夫妻恩爱，情感深厚。《博物志》："比翼鸟，一青一赤，在参嵎山。"

在地愿为连理枝①。
天长地久有时尽，
此恨绵绵无绝期。
（率众仙女下）
〔剧终。

---

① 连理枝：两棵树的树枝交错相连的植物，比喻夫妻恩爱，不能分离。《孔雀东南飞》：
"两家求合葬，合葬华山傍。东西植松柏，左右种梧桐。枝枝相覆盖，叶叶相交通。"

游园惊梦

人物

杜丽娘　春　香　柳梦梅　杜夫人　花　神
仙　女

〔杜丽娘上。

杜丽娘　　（念引）

　　　　镇日①幽闲，

　　　　倚纱窗恹恹②意倦。

　　　　（转念诗白）

　　　　生在闺中十五年，

　　　　双亲当作掌珠③怜。

　　　　诗书读罢拈针线，

　　　　正是花明柳暗④天。

　　　　（白）奴家，杜丽娘。父为南安⑤太守⑥；母亲甄氏，单
　　　　生奴家一人。请了一位陈先生，教奴读书，今日先回家
　　　　去了。听丫环春香说道，这衙门后面有座花园，景致甚
　　　　好。现在身子困倦，不免叫春香带奴前去，游玩一番。

---

　①　镇日：整日，整天。

　②　恹恹：精神萎靡的样子。

　③　掌珠：即掌上明珠，比喻父母宠爱的儿女。傅玄《短歌行》："昔君视我，如掌中明珠，何意一朝，弃我沟渠。"

　④　花明柳暗：比喻事情出现转机。陆游《游山西村》："山重水复疑无路，柳暗花明又一村。"

　⑤　南安：南宋地名，今江西省赣州市大余县。

　⑥　太守：古代官名。战国时为郡守尊称，汉景帝时改郡守为太守，为郡的长官，掌民政、司法、军事等事务。南宋在地方设府，长官为知府，太守是知府的别称，并非正式官名。

　　　　　　　　春香哪里？

春　香　（上）春香在此，小姐有何话说？

杜丽娘　可曾命人打扫花径？

春　香　吩咐了。

杜丽娘　取镜台衣服过来，春香，你在旁边侍候梳洗。（唱）

　　　　袅晴丝①忽吹来儿家庭院，

　　　　打开了菱花镜②皓月③同圆。

　　　　勾罢了脂和粉斜窥半面，

　　　　整一整两鬓边八宝花钿。

春　香　小姐，这枝花还未插好，我替你插好。

杜丽娘　插好了。（接唱）

　　　　叫春香取衣裳与奴观看，

春　香　衣裳在此，我替小姐取来了。

杜丽娘　（接唱）

　　　　将罗裙④你与我紧系腰间。

　　　　妆罢了奴自家周身观看，

　　　　果然是影婷婷出水红莲。

　　　　（白）春香，你看我如此妆扮，好看不好看？

春　香　小姐呀，（唱）

　　　　我小姐这浓妆十分好看，

　　　　女儿家最爱好姿态娉婷⑤。

　　　　只可惜芙蓉貌无人瞧见，

---

　　①　袅：疑为"袅"，据汤显祖《牡丹亭·游园》校。注：袅晴丝：春天晴朗的日子里飘游的细细丝缕。

　　②　菱花镜：古代女子梳妆用的铜镜，镜的性状多为六角形或背面刻有菱花，故名"菱花镜"。杨凌《明妃怨》："匣中纵有菱花镜，羞对单于照旧颜。"

　　③　皓月：明月。

　　④　罗裙：丝罗制的裙子，泛指女性的裙子。牛希济《生查子·春山烟欲收》："记得绿罗裙，处处怜芳草。"

　　⑤　娉婷：女子容貌、体态轻巧美好的样子。白居易《夜闻歌者》："独倚帆樯立，娉婷十七八。"

杜丽娘　春香，你胡说了，我在闺中谁敢偷瞧！

春　香　小姐有所不知，听我说来。（接唱）

　　　　人世上最难寻绝代红颜。

　　　　珠帘内关住了莺莺燕燕①，

　　　　不趁着好青春早结良缘，

　　　　转眼间春光老花颜易变，

　　　　只恐怕耽搁了年少婵娟②。

杜丽娘　春香，真是胡说了，父母未议婚姻，奴家岂能自主？此
　　　　时天气正好，扶我到后花园去罢，（与春香走圆场。唱）

　　　　画廊金粉半零星，

春　香　（接唱）

　　　　池馆苍台③一片青。

杜丽娘　（接唱）

　　　　踏草怕泥新绣袜，

春　香　（接唱）

　　　　惜花疼煞小金铃。④

杜丽娘　春香，你看这座花园，十分景致。若不到此怎知春色如
　　　　何也！（唱）

　　　　原来是好园林紫红开遍，

　　　　似这等都付与断井颓垣。

　　　　赏心事让与了谁家庭院？

　　　　辜负了这良辰美景天然。

　　　　（白）春香，你看这般景致，我爹娘并未提起，真真可
　　　　惜了！（唱）

　　　　便云霞衬翠轩朝飞暮卷，

---

　　①　莺莺燕燕：原指春天的莺和燕子，这里比喻春光美好。杜牧《为人题赠》："绿树莺莺
语，平江燕燕飞。"

　　②　婵娟：本指月亮，这里比喻美好的青年时光。

　　③　台：此处应作苔，据汤显祖《牡丹亭·游园》："画廊金粉半零星，池馆苍苔一片青。"

　　④　"惜花"句：为了爱惜花，在花梢上系上小金铃，以此赶走飞来的鸟鹊，拉得多了，连
小金铃都疼煞了。《开元天宝遗事》："天宝初，宁王……于后园中纫红丝为绳，密缀金铃，系于
花梢之上。每有鸟鹊翔集，则令园吏掣铃索以惊之。盖惜花之故也。"

　　　　　　　桃花红柳枝绿齐放帘前。
　　　　　　　乍然间春阴暗雨丝风片，
　　　　　　　是何人摇动了烟波画船①。
　　　　　　　锦屏人②忒③把这韶光④看贱，
　　　　　　　试问谁能管领花月情天？

春　香　　小姐，你看这黄莺成对，紫燕成双，真真好看！我们且
　　　　　到那边看去。

杜丽娘　　（唱）
　　　　　　　一架儿荼蘼花烟丝细软，

春　香　　（接唱）
　　　　　　　遍春山啼红了血泪杜鹃⑤。

杜丽娘　　（接唱）
　　　　　　　牡丹花虽然好未曾开遍，

春　香　　（接唱）
　　　　　　　只因为这几日天气尚寒。

杜丽娘　　（接唱）
　　　　　　　看燕子在枝头双交玉剪⑥，

春　香　　（接唱）
　　　　　　　听莺儿啭花下一串珠圆。

杜丽娘　　（接唱）
　　　　　　　有粉蝶和黄蜂两情依恋，

春　香　　（接唱）

---

① 画船：装饰华美的游船。韦庄《菩萨蛮》："春水碧于天，画船听雨眠。"
② 锦屏人：闺房里的女子，这里是杜丽娘的自称。
③ 忒（tè）：太，特别，过分。
④ 韶光：美好的青年时光。
⑤ 血泪杜鹃：传说古代蜀国君主望帝（又名杜宇）死后化作杜鹃，悲鸣出血，形容极度悲伤。扬雄《蜀王本纪》："望帝去时，子规鸣，故蜀人悲子规鸣而思望帝。望帝，杜宇也，从天堕。"子规即杜鹃。常璩《华阳国志》："巴国称王，杜宇称帝。号曰望帝，更名蒲卑。……会有水灾，其相开明，决玉垒山以除水害。帝遂委以政事，法尧舜禅授之义，禅位于开明。帝升西山隐焉。时适二月，子鹃鸟鸣。故蜀人悲子鹃鸟鸣也。"
⑥ 双交玉剪：燕子的尾巴像剪刀，以玉剪借代燕子，这里比喻男女感情亲密，难舍难分。

　　　　　　这都是天地间各有姻缘。

杜丽娘　（接唱）

　　　　　　何况我女儿家如花美眷，

春　香　（接唱）

　　　　　　怕只怕虚度了似水流年。

杜丽娘　（接唱）

　　　　　　霎时间不由人精神困倦，

春　香　（接唱）

　　　　　　扶小姐转过那芍药栏杆。

　　　　　　（白）小姐，你好像是有心事呀。

杜丽娘　春香，你哪里知道呀！（唱）

　　　　　　叫春香你不必言多语乱，

　　　　　　听小姐说一段往日姻缘。

　　　　　　韩夫人题红叶自写春怨，

　　　　　　谁知道由沟中流到人间。

　　　　　　后嫁了那于郎双成美眷，

　　　　　　在箱中捡出了一叶诗笺。①

　　　　　　这事儿太风流文人传遍，

　　　　　　有情人哪怕他宫禁森严。

　　　　　　又有那崔莺莺寄居寺院，

　　　　　　西相②内与张生偷结良缘。③

　　　　　　这都是古佳人风流荒诞，

　　　　　　我在这幽闺里忒觉可怜。

　　　　　　虽然是对花枝春情难遣，

　　　　　　你须要紧着口莫语人前。

---

　　①　"韩夫人"四句：传说唐僖宗时的宫女韩氏因为寂寞，写了一首诗在一片红叶上，投入沟中。恰巧儒士于佑来到沟边，捡到红叶，看到诗后心生爱慕，便娶了韩氏，成就了一段姻缘佳话。事详见刘斧《青琐高议·流红记》。

　　②　相：此处应作"厢"，据张生和崔莺莺为王实甫《西厢记》中人物。

　　③　"又有那"两句：指张生和崔莺莺在普救寺邂逅，两情相悦，但遭孙飞虎、崔母等阻挠，后来张生高中状元，两人喜结良缘。事详见王实甫《西厢记》。

春　香　奴婢知道，小姐放心。

杜丽娘　我的身子困倦，你扶我到那边歇息去罢。

春　香　小姐，这里有石墩石桌，你坐下靠靠罢。

　　　　〔杜丽娘坐下，靠石桌而睡。

春　香　那边有石墩，我也去靠靠罢。（下）

　　　　〔柳梦梅持柳枝上。

柳梦梅　（念）

　　　　莺逢日暖歌声滑，

　　　　人遇风流笑口开。

　　　　（白）小生柳梦梅，刚才顺着路儿，跟随杜小姐行走，

　　　　怎么她忽然不见了？呀，原来在这里。

　　　　〔杜丽娘惊起。

柳梦梅　小姐有礼。

杜丽娘　（斜视不语）……

柳梦梅　小生到处寻访，小姐却在这里。

杜丽娘　（旁白）这人从未见过，因何到此？

柳梦梅　小姐，我爱煞你呀！（唱）

　　　　叫小姐且不必含羞遮面，

　　　　我与你本来是注定前缘。

　　　　你看这百花开紫红一片，

　　　　恰遇着好时节风暖晴天。

　　　　你坐在闺阁中春情困倦，

　　　　有何人能与你并倚香肩？

　　　　今日里在花园与你相见，

　　　　看左右无别个只有丫环。

　　　　红袖①里看一看玲珑手钏②，

　　　　（看杜丽娘手钏。白）小姐呀，（接唱）

---

　　① 红袖：本指女子的襦裙长袖，泛指年轻女子。王俭《齐白纻辞》："情发金石媚笙簧，罗袿徐转红袖扬。"

　　② 手钏（chuàn）：手镯。

我与你转过那芍药栏前。

（白）小姐，我和你到那边去罢。

杜丽娘　请问相公，到那边做甚么？

柳梦梅　到那边再说。

杜丽娘　奴家不去。

柳梦梅　小姐无妨，去得的。好容易遇着小姐，不可错过。

杜丽娘　相公先行。

柳梦梅　（牵杜丽娘手）随我来罢。（与杜同下）

〔仙女引花神上。

花　神　（念）

　　　群芳归掌管，

　　　多少惜花心。

　　　（白）吾乃南安府花神是也。只因杜丽娘与柳梦梅将来
　　　有姻缘之分，今日他二人梦中相会，我要前去保护他们。
　　　众仙女，随我前去。（与仙女下）

柳梦梅　（内唱）

　　　阳台梦恰好在落花亭院，

　　　（与杜丽娘同上）

杜丽娘　（接唱）

　　　不由奴羞答答立在花前。

柳梦梅　（替杜整衣。接唱）

　　　将纽扣都扣好周身香遍，

杜丽娘　（接唱）

　　　用手儿整一整头上钗钿。

柳梦梅　（接唱）

　　　问小姐你可曾身子困倦？

杜丽娘　（接唱）

　　　只觉得无气力难迈金莲①。

---

① 金莲：古代女性的小脚。《南史·东昏侯本纪》："东昏侯令人凿金为莲花以帖地，令
潘妃行其上，曰：'此步步生金莲也。'"

柳梦梅　　（接唱）

　　　　　我扶你且睡在湖山背面。

杜丽娘　　（接唱）

　　　　　这一场风流事有口难言。（仍靠着石桌而睡）

柳梦梅　　小姐你且歇息，小生去了，改日再来会你。正是：春梦
　　　　　三分雨，巫山一片云。①

　　　　　〔杜夫人上。

杜夫人　　（念）

　　　　　夫婿坐黄堂②，

　　　　　姣娃③离绣房④。

　　　　　（白）老身适才到女儿房中，听丫环说到，女儿来到花
　　　　　园。不知现在何处。哎呀，怎么在这里睡着了！我儿快
　　　　　醒来。

杜丽娘　　相公，你去了吗？

杜夫人　　你说甚么？

杜丽娘　　哎呀！原来妈妈来了。

杜夫人　　我儿一人在此，春香哪里去了？

杜丽娘　　她在那边睡着了。

杜夫人　　（回头看）臭丫头，怎么也睡着了！快快起来。

春　香　　（上）哎吔⑤，夫人几时来的？

杜夫人　　你为何带小姐来到花园之中？真真大胆！

春　香　　是小姐自己要来的。

杜夫人　　你不带她来，小姐怎么能来？

---

　　① "正是"两句：隐喻男女之事。

　　② 黄堂：古代太守衙门中的正堂。杜丽娘的父亲杜宝是南安太守，这里指杜宝的办公场
所。《后汉书·郭丹传》："敕以丹事编署黄堂，以为后法。"李贤注："黄堂，太守之厅
事。"

　　③ 姣娃：应作娇娃，见本书《杜十娘》"况又在花街中带来娇娃"，"活活的断送了美貌
娇娃"。又，本书《燕子楼》："也算得有情义难得娇娃。"

　　④ 绣房：年轻女子的房间。乔吉《金钱记》："妾身是王府尹的女儿，小字柳眉，正在绣
房中做女工。"

　　⑤ 吔（yē）：叹词，表示惊讶或感叹语气。

春　香　小姐她有脚，难道她不会走？你老人家怎么也会来？

杜夫人　臭丫头，你再胡说，我就要打你了！

春　香　不过来花园走走，又没有甚么罪过，你老人家就要打人！

杜夫人　臭丫头哪里知道，花园之中，少有人来，只怕遇着花精柳怪。

春　香　知府①的衙门，哪里有精怪。（背场指夫人）你才是个老精怪呢！

杜夫人　儿呀，跟我回房去罢。春香，好生扶着小姐，慢慢走来。
　　　　（先下）

春　香　小姐，你方才睡着，做了甚么梦？

杜丽娘　你也睡着了，做了甚么好梦？

春　香　我未做梦。

杜丽娘　我做了一个好梦，被夫人惊醒了。且到房中再对你说罢。
　　　　（与春香下）
　　　　〔剧终。

---

① 知府：官名。宋代委派朝臣为升府之处的长官，称"知（主持）某府事"，简称"知府"。掌教化百姓、劝课农桑等事宜。别称是太守，这里指杜宝。

晴雯补裘①

人物

晴　雯　贾　母　贾宝玉　鸳　鸯　麝　月

琥　珀

〔晴雯上。

晴　雯　（念引）

命薄如云，

只赢得青衣②一领。

（转念诗白）

转眼韶华③十五余，

飘萍断梗④一身孤。

怡红院⑤里秋光冷，

良夜添香伴读书。

（白）奴家晴雯，幼失怙恃⑥，辗转流离。自入贾府为奴之后，蒙老太太爱惜奴家，赏与宝二爷使唤。哪知宝二爷性情温柔，万般爱惜于我。人非草木，谁不知情。

---

① 桂剧"四大名旦"之一小飞燕（方昭媛）最擅演此剧，其身材、相貌各方面均适合饰演晴雯这一类型角色，且小飞燕的身世与遭遇都与晴雯相似，小飞燕为弃婴，方家从育婴堂将其捡回，故小飞燕又称"老捡"。小飞燕性情脆弱，一生受苦，与晴雯颇多吻合之处，加上她善于体验和刻画人物，故其演出《晴雯补裘》体贴入微，观众无不深受感动。

② 青衣：本指黑色的衣服，汉以后卑贱者着青衣，故称婢仆、差役等人为青衣。

③ 韶华：美好的青年时光。

④ 飘萍断梗：飘流的浮萍，折断的苇梗，比喻流离漂泊。杜甫《东屯月夜》："抱疾飘萍老，防边旧谷屯。"曹伯启《再和陈爱山》："乾坤双断梗，身世一芳樽。"

⑤ 怡红院：《红楼梦》里贾宝玉的住所。

⑥ 怙（hù）恃：依靠，支持。幼失怙恃指从小失去父母。

想奴家是薄命之人，受他这般看待，怎教人消受得起也！
（唱）
可怜我似落红随风飘荡，
怎禁得宝二爷惜玉怜香。
还未出烦恼坑又堕情网，
我这里相思债怎样去偿？
（白）看天色已晚，缘何不见二爷回来？（出外倚门望）
怎的还不见回来呀！

贾宝玉　（内叫）走哇。（上）

　　〔麝月随上。

贾宝玉　（唱）
花姐姐回家去教人挂念，
抬头看又只见月挂霜天。
（白）那旁敢莫是花……？

麝　月　是花姐姐吗？

晴　雯　二爷，花甚么？

贾宝玉　啊，那旁的花真好呀！

晴　雯　啊，花好！（风陡起，打寒颤）

贾宝玉　晴雯姐姐，外面风大，吹着了，又是一场大病。

麝　月　对啦，你在外面吹了风，生起病来，不又要使二爷挂心吗？

贾宝玉　快进去罢。

　　〔三人进房。宝玉坐床上，晴雯坐熏笼旁烤火。麝月侍立一旁。

　　〔宝玉望晴雯，晴雯不理。

贾宝玉　晴雯姐姐，麝月姐姐，（打呵欠）我要睡了。

　　〔麝月不动，眼望晴雯。

晴　雯　好妹妹，我方才被那阵狂风，吹得心如刀刺，坐在这熏笼之旁，才觉得好些。妹妹，劳你一劳罢。

　　〔麝月依然不动。

晴 雯　　（起身）好妹妹，袭人回了家，二爷身旁无人侍奉，这
　　　　　要辛苦妹妹了。（走"俏步"①由马门下）
　　　　〔麝月为宝玉铺床，服侍宝玉睡下。自己亦睡下。
　　　　〔起二更②。

贾宝玉　　（在帐中）花姐姐，花姐姐。麝月姐姐，麝月姐姐。
　　　　〔麝月抬头一看，又睡下。
　　　　〔晴雯穿衣持烛上。

晴 雯　　（打寒颤）麝月妹妹，麝月妹妹，二爷呼唤你，你也该
　　　　　醒啦！
　　　　〔麝月装不醒，翻身，又装睡着。
　　　　〔贾宝玉揭开帐子，伸首望。
　　　　〔晴雯打寒颤，烛落地，昏倒。

贾宝玉　　（急起，往扶晴雯）呀！晴雯姐姐，你怎么样？被风吹
　　　　　着了，又是一场病呀！

麝 月　　咳，咳！（起）是呀，风吹着了，又是一场病呀。

贾宝玉　　你怎么样？麝月姐姐，快去请医生来看罢。

晴 雯　　二爷呀！（唱）
　　　　　二爷不必高声嚷，
　　　　　些小感冒料无妨。
　　　　　夜静更深③将人唤，
　　　　　旁人道我太轻狂。
　　　　　回转身来向后望，
　　　　　（白）二爷呀，（接唱）
　　　　　切莫要怜奴病自把神伤。
　　　　　（下）

麝 月　　二爷，晴雯姐姐又病了，赶快请医生来给她看病罢。

---

① 俏步：步子不大但很快的脚步。

② 二更：今21时至23时。

③ 更：更鼓，亦指古代夜间的计时单位。一夜分为五更，每更约两小时。更深指夜深。杜甫《火》："流汗卧江亭，更深气如缕。"

贾宝玉　（无精打彩）唔！你还说这个！

　　　　（下）

　　　　〔麝月随下。

　　　　〔鸳鸯、琥珀、二丫环扶贾母上。

贾　母　（念引）

　　　　富贵欢愉，

　　　　到老来偏怜儿女。

　　　　（转念诗白）

　　　　老来有味是清闲，

　　　　时把衷情祝告①天。

　　　　满屋黄金岂足贵，

　　　　平安欢乐即神仙。

　　　　（白）老身，贾门史氏。先夫早亡，所生二子，长子贾
　　　　赦，次子贾政。今日孙儿宝玉，要赴他舅父②府中拜寿，
　　　　不免叫得他来，嘱咐几句。鸳鸯，看二爷在哪里，叫他
　　　　前来。

鸳　鸯　有请宝二爷。

　　　　〔宝玉上

贾宝玉　（念）

　　　　夜来愁细细，

　　　　朝起思茫茫。

　　　　（白）见过老祖宗。

贾　母　罢了，一旁坐下。

贾宝玉　老祖宗叫孙儿出来何事？

贾　母　你今日去你舅父府中拜寿，酒要少饮，早些回来。

贾宝玉　遵命。（起身出）好冷的天呀。

贾　母　转来。

贾宝玉　转来何事？

---

① 祝告：向神灵祷告。刘勰《文心雕龙》："陈辞乎方明之下，祝告于神明者也。"
② 舅父：指贾宝玉的舅舅王子腾，也即贾宝玉母亲王夫人的兄弟。

贾　母　鸳鸯，把昨天那件孔雀裘的大氅①拿来给了他罢。

〔鸳鸯下。取孔雀裘上，给宝玉披好。

贾　母　这件大氅，是俄罗斯国来的，乃是孔雀毛拈线织成，能
　　　　避风雨。你穿在身上要小心一些，不要弄脏了，早去早
　　　　回。去罢。（领琥珀下）

贾宝玉　（上前扯鸳鸯衣）鸳鸯姐姐，你看我穿这衣服合不合身
　　　　呀？

〔鸳鸯回头，甩手，努嘴，急随贾母下。

贾宝玉　唔！鸳鸯姐姐她总总不理我啊！哎，无烦恼，自寻烦恼；
　　　　这烦恼，皆因自讨呀！（唱）
　　　　我痴想女儿们温柔和顺，
　　　　到将来将眼泪葬我此身。
　　　　今日里悟情缘各自分定，
　　　　不由得悲切切暗自伤神。
　　　　（下）

〔麝月扶晴雯上。

晴　雯　（唱）
　　　　昨夜晚西北风狂吹一阵，
　　　　吹得我神颠倒心冷如冰。
　　　　恼凤姐太无情把人蹂躏，
　　　　全不惜薄命女孤苦伶仃。
　　　　眼儿花人如醉身难立稳，

麝　月　（扶晴雯斜坐）姐姐，你坐着罢。

晴　雯　（接唱）
　　　　病恹恹②魂渺渺寒梦沉沉。

麝　月　姐姐，你觉得怎样？

晴　雯　我头痛骨酸，难受得很。

麝　月　我们还有西洋膏药，待我替你贴上两个。

----

① 氅（chǎng）：用鸟类羽毛缝制成的外衣。
② 恹恹：精神萎靡的样子。

晴　雯　那就有劳妹妹了。

麝　月　（将膏药给晴雯贴上）病得蓬头鬼①一样，如今贴了这膏药，倒越更俏了。

晴　雯　哎！我病得这个样儿，你还拿我来开玩笑吗？（流泪）

贾宝玉　（内叫）走哇。（上。唱）

　　　　只为席前偶不慎，

　　　　单单烧坏雀裘襟。

　　　　（白）老太太要我加意小心，不要弄脏这件衣服，谁知席前不慎，偏偏把衣服烧破。四处找人，都没有人知道织补，教我好不愁烦！如今回到怡红院，且到晴雯房中，看看她的病体如何，晴雯姐姐，（边叫门边进）你的病可好一些？

晴　雯　我好些了。

贾宝玉　（坐）哎……！

晴　雯　二爷为何愁烦？

贾宝玉　今天老太太给我这件大氅，要我加意小心，谁知席前不慎偏偏烧了一块。四处找人，都没有人知道织补。你教我怎不发愁？

麝　月　不穿它就是了。

贾宝玉　你哪里知道，明天是正日子，若不穿它，老太太问起来，怎样说呀？

晴　雯　甚么宝贵东西？待我看一看。

贾宝玉　（将氅递与晴雯）你看。

晴　雯　（细看）原来是孔雀金线织成的，照它这线纹织补，又有甚么为难？

贾宝玉　晴雯姐姐，还补得好吗？

晴　雯　我们有孔雀金线，照着织补也就得了。

麝　月　这织补只有你才会，那就非请你不可了。

---

① 蓬头鬼：形容人头发散乱。曹雪芹《红楼梦》："病的蓬头鬼一样，如今贴了这个，倒俏皮了。"

贾宝玉　你在病中，怎么能劳动你呢？

晴　雯　哎！为你的事，就是拼死也要做的。

麝　月　为了二爷的事，她拼死都要做的啦。

晴　雯　麝月妹妹，劳动你将针线盒、熨斗拿来，我们早些做好，
　　　　免得二爷烦恼。

麝　月　（取针线、熨斗）拿来了。

晴　雯　二爷，你去睡罢。

贾宝玉　你带病为我织衣，我怎能不陪着你呀。

麝　月　二爷不去睡，倒教晴雯姐姐不好替你补衣，你还是去睡
　　　　罢。

贾宝玉　那我去睡了。（虚下，躲在帐后）

晴　雯　（唱）

　　　　猛抬头只觉得眼花缭乱，

　　　　纤纤①手却为何骨软如绵？

　　　　没奈何强支持穿针引线，

　　　　这都是补我的前世孽缘！

　　　　梳翠羽管教他光生四面，

　　　　绾②金绒好待我织锦不偏，

　　　　执花剪分清了经纬③不乱，

　　　　度花针仔细把里面来缠，

　　　　撑竹弓④补花样光彩灿烂，

　　　　用火斗熨皱痕锦绣斑斓。

　　　　一行行一点点花遭泪溅，

　　　　一丝丝一缕缕线把愁牵。

　　　　（昏倒椅上）

贾宝玉　（由帐后走出）晴雯姐姐，你怎么样？怎么样了？我去

---

① 纤纤：柔美貌。《古诗十九首·迢迢牵牛星》："纤纤擢素手，札札弄机杼。"

② 绾（wǎn）：打结。

③ 经纬：本指地理上的经线和纬线，这里指大氅上的线条。

④ 竹弓：能撑紧布面，供刺绣或织补用的绷子。

倒杯茶来你吃。（倒茶递与晴雯）晴雯姐姐，你吃点茶。

晴　雯　（接茶，略呷一口，递与麝月）麝月妹妹，你吃茶罢。

麝　月　（不接）二爷倒与你吃的，我哪有这福气。

〔晴雯将茶递与宝玉。

贾宝玉　（将茶递与麝月）麝月姐姐，你吃茶。

〔麝月避开，不理。

贾宝玉　你不吃，我来吃。（自饮）

晴　雯　夜静更深，你还不去睡吗？

贾宝玉　你有病，我要陪着你。

晴　雯　哎，你真淘气呀！（唱）

　　　　尊声二爷休挂念，

　　　　今晚须要听奴言。

　　　　我补裘你莫把殷勤来献，

　　　　夜深何必苦缠绵！

　　　　倘被旁人来看见，

　　　　他必说晴雯长晴雯短——情长情短有牵连。

　　　　柔情软话低声劝，

　　　　（白）二爷呀！（接唱）

　　　　你去睡了我心安然。

　　　　（白）你去睡，待我安心补完，我也就好睡了。

贾宝玉　你这样病着为我补衣，我哪里能安心睡呀！

晴　雯　唔，二爷呀，你平日说的是怜，讲的是爱，今日我这一
　　　　句话你都不肯听，还说甚么怜我爱我？（流泪）

贾宝玉　晴雯姐姐，你莫难过，我去睡就是了。

麝　月　对啦，要你去睡，你就去睡，为甚么定要晴雯姐姐伤心？
　　　　快去睡罢！

贾宝玉　嘘！（虚下，躲在帐后）

晴　雯　麝月妹妹，你去看他睡了没有。

麝　月　（走几步即转身）他睡了。

晴　雯　好妹妹，请你与我牵起线来。

麝　月　我熬不住了，你快点做罢。（牵线）

晴　雯　（唱）

　　　　长夜灯昏风似剪，

　　　　强打精神把针拈。

　　　　补裘了却心中愿，

　　　　不觉心中似油煎！

　　　　（白）哎哟！（吐血）

贾宝玉　（急出）晴雯姐姐，怎么样，怎么样呀？

晴　雯　（唱）

　　　　霎时间气上涌神魂飘散，

　　　　又只见活冤家①站在面前。

　　　　（白）哎，你，你又来了。（接唱）

　　　　可怜我负韶华气高心短，

　　　　可怜我如飞絮傍水和烟，

　　　　可怜我十五载春愁秋怨，

　　　　可怜我一夜里骨碎心寒。

　　　　猛然见旧衣襟血花点点，

　　　　我的，我的……

贾宝玉　我的，我的……

麝　月　咳咳！

晴　雯　天呀！（接唱）

　　　　怕的是衣如旧人要长眠。

　　　　（白）苦呀！

贾宝玉　扶她去睡罢。（与麝月扶晴雯下）

　　　　〔剧终。

---

① 冤家：指似恨实爱、给自己带来苦恼而又舍不得的人。这里指贾宝玉。

芙蓉诔①

人物

晴　雯　贾宝玉　王夫人　王熙凤　袭　人

老　妈　丫　环　嫂　子　婆　子　仙　女

警幻仙姑

贾宝玉　　（上，念）

终日闲无事，

缠绵儿女情。

（转念诗白）

生来心性忒温存，

富贵人家少小身，

案②上诗书随意读，

无聊情绪大观园。

（白）小生贾宝玉。前日太太不知何故，忽叫琏二嫂③搜

---

① 诔（lěi）：一种哀悼死者的文体，主要列举死者的德行。刘勰《文心雕龙·诔碑》："诔者，累也。累其德行，旌之不朽也。"

1897 年康有为来到桂林，他受后任两广总督的岑春煊之邀在官邸观剧，由唐景崧和广西按察使蔡希邠作陪，演出唐景崧新排的桂剧《芙蓉诔》。唐景崧的家班"桂林春"班名旦一枝花扮演晴雯，周梅圃扮演宝玉，一枝花声容俱佳，康有为观此剧时赞叹不已，即席赋诗："九华灯色照朱缨，千里莺花入桂城。万玉哀鸣闻宝瑟，一枝秋艳识花卿。芙蓉城远神仙梦，芍药春深词客情。新曲应知记顽艳，从来侧帽感三生。"此诗前序为："二月六日，岑云阶太常夜宴，即席呈太常及唐中丞、蔡廉访。"诗后注为："是夕，演唐中丞撰新剧《芙蓉诔》。"诗中康有为既对桂剧名伶一枝花演技赞赏有加，也对唐景崧作曲寄托"顽艳"表示同情和理解。唐景崧的桂剧《芙蓉诔》与才子康有为的诗，同"桂林春"班名旦一枝花的演艺完美结合，一时传遍了桂林，成为桂剧界佳话。

② 案：桌子。

③ 琏二嫂：贾琏的妻子，贾宝玉的表嫂，即王熙凤。

查园中，将三妹妹①的丫环司棋②撵了出去。唉，可怜这司棋不知犯了何事！我也无计救她，唯有心中伤感。近日晴雯又病在床上，接二连三，不如人意，真叫我无可奈何也！（唱）

大观园③忽然间风波不定，

各房中遍搜查所为何情？

司棋女赶出门可怜可悯，

我房中又不幸病倒晴雯。

这几日我愁怀一言难尽，

无奈何坐房中哪有精神。

（白）且慢。晴雯今日不知病体如何，我且到她房中看看。（走圆场）

〔晴雯房中，晴雯穿短袄、包头睡帐中。

〔贾宝玉进房，把帐子挂起。

贾宝玉　晴雯姐姐，你今日病势如何？

晴　雯　我这病一天重过一天，一连五日水米不沾，如何是好？

贾宝玉　你且安心养病，多服几剂药，想也就可好的。

袭　人　（上。念）

几多心腹事，

难对别人言。

（白）奴乃袭人。刚才小丫环来报，太太要到二爷房中，不知何事。我且说与二爷得知。二爷快来！

贾宝玉　（出问）叫我何事？

袭　人　太太就要来了，我就接去。

〔王夫人、王熙凤、老妈、丫环同上。

贾宝玉　请太太安。请二嫂子安。

---

① 三妹妹：即贾探春，贾宝玉同父异母妹妹，在贾家四姐妹中排名第三，故称"三妹妹"。

② 三妹妹的丫环司棋：应是贾迎春的丫环，此处系作者笔误。

③ 大观园：《红楼梦》中的重要园林，贾府为元春省亲而修建的别墅，是贾宝玉和金陵十二钗等的住所。

〔王夫人怒而不理，进房坐下。王熙凤、老妈、丫环等亦进房侍立。

王夫人　袭人，你们房中晴雯丫头，叫她出来。

袭　人　回太太，晴雯抱病在床。

王夫人　她病了也要出来。（向老妈、丫环）你们把她拉了出来。

〔老妈、丫环等应声从床上把晴雯扶起。晴雯跪见王夫人。

王夫人　你这丫头，现在病中，还打扮得娇娇滴滴，可见不是个好东西。（向老妈）快叫她嫂子进来。

〔老妈向内传话。

〔贾宝玉惊慌。袭人示意他冷静。

晴　雯　（散发）不好了！（唱）

忽听到叫我嫂情知有变，

心坎内涌热血好似油煎。

对苍天我跪下泪流满面，

我晴雯哪一事对不住天？

问太太奴何事今朝被遣？

说明了纵死也瞑目黄泉。

（白）请问太太，晴雯服侍二爷，不敢苟且，今日身犯何罪，劳太太生气？

王夫人　你这小贱人，你的不好，自己岂不知道，还来问我！

王熙凤　太太要开发①你，自有道理。你这丫头还要多嘴！等你嫂子进来，领你出去，就是太太的恩典了。

晴　雯　二奶奶最是明白的人，晴雯有何错处？

王熙凤　事到如今，还有何说，想要留你是万万不能了。

晴　雯　晴雯并不求留。只要情真罪确，此番出去，死也无怨。

王熙凤　你真是伶牙俐齿，你吃亏就是你这张嘴！

老　妈　太太在此，你敢如此多嘴。你现在是撵出去的人，不比

---

① 开发：发落，处理。曹雪芹《红楼梦》："将那两个的名字记上，等过了这几日，捆了送到那府里，凭大奶奶开发。"

在二爷跟前那样娇贵了。你再说话，我便打你。

晴　雯　　（叹气）罢了！（唱）

听婆子这番言十分难忍，

一个个欺侮我跌落之人。

暗回头望一望那人形影……

（望贾宝玉。接唱）

他站在那一旁不敢开声。

可怜我病恹恹气喘不定……

（咳嗽、喘气。接唱）

人将死又何必苦怨生嗔①！

罢罢罢咬牙关权且②耐忍，

听他们发放我出这园门。

〔晴雯嫂子上。

嫂　子　　（念）

忽听夫人叫，

必有好事到。

（白）请太太安。

王夫人　　晴雯这丫头交与你带了出去，不准再进府来。

嫂　子　　遵命。（扶起晴雯）起来起来，你这不中用的东西，随我

出去罢！

（晴雯望着贾宝玉流泪，被嫂子拉了下去。

王夫人　　（对宝玉）你好生读书，小心你老子查你的功课！（下）

〔王熙凤、老妈、丫环随下。

贾宝玉　　唉！（唱）

怡红院霎时间天昏地暗，

好叫人空着急有口难言。

---

① 嗔：生气，愤怒。

② 权且：姑且，暂时。

　　　　　　叹晴雯已五天不食茶饭，

　　　　　　怎当得这苦处出了花园。

　　　　　　我倒在交椅①上泪流满面，

　　　　　　这心中好一似万箭齐穿！

袭　人　二爷，你休要着急。想太太是一时生气，开发她去。且
　　　　　等太太气消了，再想法儿要她进来。

贾宝玉　她病得这样，哪能再受此委屈，怕是不能再见她了。但
　　　　　我房内丫头正多，何以单单撵她，真叫人不解！

袭　人　想她生得好，且又伶俐，太太防她不能安静，所以撵去。

贾宝玉　难道美人都是不安静的？这也罢了，怎么我们私下的顽
　　　　　话也被太太知道了，又是何人走漏风声？

袭　人　你没甚么忌讳，一时高兴，随口乱说，怎么人家不知道！

贾宝玉　怎么人家的事太太都知道，却不挑到你头上来？

袭　人　呀！（唱）

　　　　　　听他言来心暗想，

　　　　　　背过身来自思量。

　　　　　　二爷疑心奴身上，

　　　　　　语言埋怨要参详②。

　　　　　　只为晴雯好模样，

　　　　　　口头伶俐把人伤，

　　　　　　因此夫人心内想，

　　　　　　防她勾坏小儿郎。

　　　　　　他都疑在奴身上，

　　　　　　二爷呆呆痛心肠。

　　　　　　走上前去实话讲，

　　　　　　尊声二爷听端详③，

---

　　① 交椅：下身椅足呈交叉状的椅子，古时有地位者才能坐交椅，比喻领导地位。

　　② 参详：审察端详。《梁书·徐勉传》："时尚书参详，以天地初革，庶务权舆，宜俟隆
平，徐议删撰。"

　　③ 端详：意同参详，见前"参详"注。

晴雯撵出虽冤枉，

太太生气实难当。

待把计儿慢慢想，

她且养病又何妨。

有朝太太听奴讲，

管叫你心中美人转回房。

贾宝玉　听你这话也有道理，但我还有一事与你商量。

袭　人　二爷请讲。

贾宝玉　她的衣服首饰是瞒上不瞒下的。请你悄悄送还她去，再私下拿些钱送给她养病。

袭　人　哈哈，你看得我太小气了，这话还等你说？

贾宝玉　如此你去办来。

袭　人　是。（下）

贾宝玉　我想晴雯出去，凶多吉少。她家离园门不远，待我今晚寻一婆子，悄悄带我出去，见她一面，算是服侍我一场，从此就永诀了！（唱）

这女子在园中何等娇养，

好一似一盆花忽弃路旁。

到晚来开园门暗暗前往，

到她家见一面了我心肠。

（白）现在已上灯了，我悄悄走到角门，再作道理①。（走圆场）

〔婆子提灯上。

婆　子　今晚查夜轮到我当班。已定更了，看园门关好没有。

贾宝玉　老奶奶，烦你带我到晴雯家小坐片刻，即便②回来。

婆　子　二爷，我哪敢带你出去，上头知道，我就没有饭吃了。

贾宝玉　你带我去，我身边有几两银子酬谢于你。

婆　子　（接银，笑）二爷，须要快去快回。

---

① 再作道理：另作打算或另想办法。

② 即便：即刻，即时。

贾宝玉　快去快回，决不耽搁。

婆　子　（开门。对内）你们看好门，我与宝二爷出去有事，立
　　　　刻回来，你们莫对人说，小心看门。（领贾宝玉走圆场）
　　　　这就是晴雯家了。

贾宝玉　这样小的房子，如何住得！

婆　子　谁能有你家那样的房子！

贾宝玉　她家门还未闭。奶奶你在外看着，待我进去。（进门）晴
　　　　雯姐姐，你在哪里？（见晴雯卧床上，走近）晴雯姐姐，
　　　　宝玉来了。

晴　雯　（醒。唱）
　　　　这一阵不由人神魂不定，
　　　　朦胧里忽听得唤我几声。
　　　　我这里睁开眼手扶漆枕①，
　　　　（白）二爷，你何以到此？

贾宝玉　悄悄出了园门，特来看你。

晴　雯　（流泪）二爷呀！（接唱）
　　　　你到此叫晴雯又喜又惊！
　　　　我只道从今后不能相近，
　　　　谁料你悄悄的出了园门。
　　　　见一面好叫我死无怨恨，
　　　　到如今来看我还有谁人？
　　　　叫二爷你看我恹恹重病，
　　　　一丝气恐难以挨到天明！

贾宝玉　（与晴雯拭泪）你且莫哭。你有何话，快快交待与我。

晴　雯　事到如今，有何话说。我口干得很，不能倒茶，请二爷
　　　　倒杯茶来我吃。

贾宝玉　（找寻）茶在哪里？

晴　雯　（指桌子）那罐子内便是茶了。

---

① 漆枕：刷有漆的木制枕头。

贾宝玉 （取手巾拭茶盅。倒茶后先尝了一口，再送与晴雯）为
何这茶没有一点茶味？

晴　雯 （叹气）哪比得我们家里的茶，这就算是茶了。（喝茶）
当日在府中有好茶也不想吃，这杯茶像是甘露一般。有
劳二爷了。

贾宝玉 （接杯放下）你此时觉得身子如何？

晴　雯 不过挨过一刻算一刻，大约我真要走了！只是一件，我
死也不甘心。我与二爷并没有私情勾引，怎么一口咬定
说我是狐狸精？我白白担了虚名，我有一句后悔的话：
早知如此……（咳嗽不止）

贾宝玉 （为晴雯捶背）你且慢慢的说。你这两手冰冷，还戴着
这冷手镯，我且替你取下，好了再戴。（取自戴）

晴　雯 （咬断指甲交与宝玉）我这指甲，是我身上之物，二爷
收藏以为纪念。

贾宝玉 （接指甲）我紧紧收在荷包里面。

晴　雯 （脱下小袄与宝玉穿上；宝玉也脱下大衫与晴雯披上）
二爷，你扶我坐坐，我有数言，与二爷诀别了！（唱）
自幼儿进府中朝夕亲近，
蒙二爷看待我格外垂青；
不嫌奴是贱人丫头下等，
论恩情好比那兄妹还亲。
撕扇子搏一笑撒娇解闷，
补雀裘到五更①带病穿针，
爱逞强爱骂人是奴本性，
因此上得罪了同辈多人。
造谣言说二爷被奴勾引，
把奴来比狐狸说是妖精。
可怜我在园中一身重病，

---

① 五更：今凌晨 3 时至 5 时。

到头来糊涂涂撵出府门。

我纵然犯了罪也须查问，

似这等冤枉事哪得甘心！

今日里出园来病上加病，

我嫂子不懂事举目无亲。

蒙二爷记念①我前来看问，

叹今生断不能报答恩情。

哭一声叫一声我的二爷你仔细来听，

再相逢除非是梦里来寻！

贾宝玉　（接唱）

听你言哭断我肝肠几寸？

拉着手叫一声薄命晴雯，

你虽然出府来还要耐忍，

但愿你身子好指日回春②。

再设法求太太将你唤进，

切不可太伤心枉送残生。

千言语万言语总说不尽，

〔打二更。

贾宝玉　（接唱）

只听得醮楼③上更鼓连声。

我不能久在此恐妨漏信，

（哭白）晴雯姐姐！

晴　雯　（同哭）我的二爷！（接唱）

请二爷舍了罢快回园门。

（白）这地方不是你久坐的。你来看我这遭，就死了也

不枉担虚名了！请二爷早回去罢。（接唱）

---

① 记念：记挂，挂念。

② 回春：恢复精力、活力。

③ 醮（jiào）楼：应作谯（qiáo）楼，城门上的望楼。

请二爷早回府恐人查问，

你房中还有个吃醋①的袭人。

霎时间只觉得神魂不定，

头顶上好一似飞去三魂②！

（白）二爷，你扶我睡下，你回去罢。

〔贾宝玉扶晴雯睡下。

〔嫂子上。

嫂 子　早听得贾宝玉是最有趣的，今天何以来到我家？待我会
　　　　他一会。（进，拉宝玉）二爷我好容易遇着你了。

〔贾宝玉惊。

〔婆子上。

婆 子　天不早了，二爷回去了罢。

〔嫂子急下。

贾宝玉　我就回去了。晴雯，宝玉回去了，你好生养病啊！（唱）
　　　　在帐前低唤她昏迷不醒，

看起来这病情重到十分。

非生离即死别缘分已尽，

没奈何忍着泪回转园门。

（回头，白）晴雯姐姐，我回去了！（三回头）

〔婆子拉宝玉同下。

〔仙女上。

仙 女　吾乃警幻仙姑座下侍女是也。今奉仙姑之命，前来迎接
　　　　芙蓉花神晴雯归位。时刻已到，立即起行。（走圆场）奉
　　　　警幻仙姑之命，迎花神归位。请花神更换衣冠。

晴 雯　（更衣）烦问仙姑，迎我前往何处？

仙 女　迎花神到太虚③幻境。

---

① 吃醋：比喻嫉妒，多用于男女方面。相传唐代宰相房玄龄纳妾，其妻强烈反对。唐玄宗命房妻在同意和喝毒酒之间选择，房妻喝下毒酒，没想到这其实是一瓶醋。后来便使用吃醋来比喻男女关系方面的嫉妒。

② 三魂：天魂、地魂、人魂，也称主魂、觉魂、生魂或元神、阳神、阴神。

③ 太虚：虚寂的大道妙境。《庄子·知北游》："不过乎昆仑，不游乎太虚。"

晴　雯　我要到贾府大观园中与宝二爷一别，再归幻境。

仙　女　遵命。摆驾前往。（引晴雯下）

〔贾宝玉上。

贾宝玉　（念）

无限伤心事，

归来泪暗流。

（白）小生贾宝玉，自打从晴雯家里回来，幸喜无人知
觉。此时神志昏昏，难以合眼。袭人姐哪里？

袭　人　（应声上）来了。二爷，夜将三更①，请安睡罢。（扶宝
玉睡下）闹了一天，我也安睡去了。（下）

〔仙女引晴雯上。

仙　女　来此已是怡红院。

晴　雯　你且在外面侍候。

仙　女　遵命。（下）

晴　雯　看这怡红院，光景依然，我却不是前番人了！二爷在哪
里？（揭帐）

贾宝玉　（惊起）哎呀，你缘何又进来了？你身上如此打扮，十
分好看。你要向何方而去？

晴　雯　我本芙蓉花神，今蒙警幻仙姑召我归位，特来告别。

贾宝玉　原来你成了神了。你在生大家恨你，昨日逼你出府，受
尽委屈，哪知你是一位花神，真叫人欢喜不尽。

晴　雯　仙姑有命，不敢久留，就此告别二爷了。

贾宝玉　你既成神，不敢久留，就请你起驾。

晴　雯　起驾了。（下）

〔贾宝玉复睡。

袭　人　（上）天已大明，请二爷起来读书去罢。（揭帐）二爷起
来。

贾宝玉　（唱）

———————————

① 三更：今23时至次日凌晨1时。

昨夜晚见晴雯喜之不尽！

睡来不觉天已明。

（白）昨夜一梦，真是古怪。梦见晴雯到来，说她本是
芙蓉花神，今当归位。此刻想她早已去世了！

袭　人　做梦何足为凭，况且她一个丫头，怎能成神。这是你思
念她，故有此梦。

贾宝玉　你哪曾知道！晴雯生得聪明秀丽，她在府中受尽委屈，
今日成神，也就扬眉吐气了！

〔小丫头上。

小丫头　禀二爷，刚才看园门的婆子来说，昨夜五更，晴雯姐姐
已过世了！

贾宝玉　（哭）真的去世了！

袭　人　她既成神，你还想她做甚么！

贾宝玉　我要作篇祭文，在那芙蓉花前祭她一祭。人已死了，你
们也不必在此妒忌她了。

袭　人　二爷太多心了，谁妒忌她？况且她是花神，更不敢得罪
她了。

贾宝玉　如此，待我写来。

〔袭人磨墨。

贾宝玉　（唱）

想晴雯她本是聪明绝顶，

合住在芙蓉城锦绣乾坤。

论人才压过了名花万本，

作一篇长祭文一表寸心。

叫袭人你与我预备祭品，

袭　人　香烛祭品已有，二爷向何处去祭？

贾宝玉　（接唱）

就此到芙蓉前祭奠花神。

袭　人　如此，同去罢。

〔二人同下。

　　　　　　　〔警幻仙姑与仙女上。

警　幻　（念引）

　　　　儿女情长，

　　　　到此方知尽渺茫。

　　　　（转念诗白）

　　　　怨绿啼红事，

　　　　由来总是空。

　　　　家家春梦好，

　　　　怕听五更钟。

　　　　（白）吾乃警幻仙姑是也。今有芙蓉花神归位，特召来
　　　　见，左右宣晴雯进来。

仙　女　晴雯觐见。

晴　雯　（在内）来了。（唱）

　　　　忽听得一声叫晴雯觐见，

　　　　（上。接唱）

　　　　整凤冠和玉带缓步金莲^①。

　　　　看此间好一似金銮宝殿，

　　　　见仙姑坐上面好不威严。

　　　　（白）晴雯叩见仙姑。

警　幻　你本芙蓉花神。念你与宝玉本无私情，仍是干净女子，
　　　　特召归位，执掌芙蓉。今日宝玉在大观园祭你，准你前
　　　　去享受，以了尘缘，从今以后，不得再到人间了。

晴　雯　领旨。（下）

警　幻　回宫。（领仙女下）

　　　　　　　〔贾宝玉、袭人同上。

贾宝玉　来此已是芙蓉花前，就在落花地上，摆设香烛祭品，岂
　　　　不是好。

袭　人　待我焚香点烛，摆设祭品。

贾宝玉　（取出祭文。跪，唱）

────────────

① 金莲：见《游园惊梦》"金莲"注。

> 贾宝玉跪花前珠泪滚滚，
> 祝一声芙蓉神驾鹤①来临。
> 你生前虽然是红颜薄命，
> 到如今成了神花国称尊。
> 一柱香②一杯酒你要来领，
> （哭白）晴雯姐姐，我的花神呀！
> 〔晴雯上。

贾宝玉　（接唱）
> 半空中只听得箫管清音。
> 〔晴雯上桌站立。

贾宝玉　（接唱）
> 莫不是你有灵果然感应，
> 来到我怡红院看看凡人？
> 我哭罢将祭文一炬烧尽，
> 叹今生缘已断可有来生？
> （站起奠酒，烧祭文）

晴　雯　（下桌）二爷哭我祭我，真是有情。可惜幽冥③路隔，不能通话。正是：劝君莫结同心结，一结同心解不开。摆驾去也。（下）

袭　人　祭奠已毕，我们回房去罢。

贾宝玉　正是：茜纱窗④下公子多情，黄土尘中女儿薄命。我这篇芙蓉诔，想也要流传千古了！（与袭人同下）
　　　　〔剧终。

---

① 驾鹤：比喻得道成仙。刘向《列仙传·王子乔》："王子乔从浮丘公学道，三十余年后，人见其乘白鹤驻缑氏山巅，数日而去。"

② 一柱香：应作"一炷香"。

③ 幽冥：阴间。

④ 茜纱窗：贾宝玉住所怡红院的窗户，因用红色的软烟罗糊起，故名"茜纱窗"。

绛珠归天

人　物

林黛玉　紫　鹃　傻大姐　袭　人　贾宝玉
雪　雁　贾　母　贾　琏　王太医　平　儿
李　纨　林奶奶　老　妈　丫　环　仙　女

〔林黛玉上。紫鹃随上。

林黛玉　（念引）

　　镇日情怀，

　　坐潇湘①不能自在。

　　（转念诗白）

　　怨绿啼红地，

　　工愁善病②身，

　　几多心腹事，

　　欲语更无人。

　　（白）奴乃林黛玉。自从宝玉病后，奴在潇湘馆中，却
　　也十分记念。今日身体略略好些，不免到外祖母房中与
　　外祖母请安，兼看宝玉病体如何。紫鹃，我们到老太太
　　那边走一走罢。

紫　鹃　奴婢奉陪。

林黛玉　前面引路。（唱）

---

① 潇湘：即林黛玉的住所潇湘馆。相传舜的妃子娥皇和女英去潇湘寻找舜，泪染青竹，竹
上生斑，因此，斑竹称为"潇湘竹"。林黛玉爱哭，与此典故契合，暗示了她的命运。

② 工愁善病：形容极容易发愁生病。孙原湘《闺人养疴辞》："工愁善病女相如，暂徙瑶
斋检道书。"

　　　　　　　终日里在房中怏怏愁闷，

　　　　　　　叫紫鹃扶着我步出闺房。

　　　　　　　你看这潇湘馆花落满径，

　　　　　　　见此景不由人暗地伤心。

紫　鹃　　园中的落花，是时常有的。姑娘，你何必伤心起来。

林黛玉　　紫鹃，你哪里知道呀！（唱）

　　　　　　　叹红颜也与这花儿同命，

　　　　　　　一阵风一阵雨难免凋零。

　　　　　　（白）哎呀！我的手帕忘记带来，你快快回房取来给我。

　　　　　　我慢慢走着，等你转来。

紫　鹃　　姑娘慢慢行走，奴婢即去即来。（下）

林黛玉　　快去快来。来此已是沁芳桥了，我且坐在这里，等候紫
　　　　　　鹃。

　　　　　　〔傻大姐哭上。

傻大姐　　珍珠姐，你打我一巴掌，我哪里出得气呀！（哭）

林黛玉　　那边有人啼哭，不知是甚么人，待我看来，原来是个大
　　　　　　丫环，不知是哪个房中的，待我问个明白。丫环，你叫
　　　　　　甚么名字？

傻大姐　　我叫傻大姐。林姑娘，你怎么不认识我呢？

林黛玉　　你为何在此啼哭？

傻大姐　　就为宝二爷娶宝姑娘的事呀！

林黛玉　　（吃惊。背场）哎呀！宝玉呀宝玉，你怎么要娶薛宝钗？
　　　　　　若是真的，你就对我不住了！（转身）丫环，你跟我来，
　　　　　　我有话问你。（坐）

傻大姐　　林姑娘，你有甚么要问？

林黛玉　　那宝二爷要娶宝姑娘可是真的？

傻大姐　　怎么不真，还是老太太与二奶奶商量办的，是真的呀！

林黛玉　　宝二爷尚在病中，怎么能娶亲呢？

傻大姐　就是要与宝二爷冲喜①。我对袭人说了一声，她就叫珍
　　　　珠打我。你说气也不气呀！

林黛玉　莫哭了，快些走罢，免得又要挨打。

傻大姐　我不哭了。唔……（哭下）

林黛玉　呀！（昏迷倒地）

　　　　〔紫鹃上。扶起林黛玉。

紫　鹃　姑娘，你怎么样了呀？姑娘，姑娘！

　　　　〔林黛玉茫然不语，无目的地乱走。

紫　鹃　姑娘，你怎么乱走？你到底想往哪里去？

林黛玉　我问宝玉去。

紫　鹃　姑娘，你好像失了神一样的，这是甚么缘故？

林黛玉　哦，原来如此！（又走）

紫　鹃　姑娘，你要往哪里去？

林黛玉　我问宝玉去！我问宝玉去！（走）

紫　鹃　慢慢走，我来扶你。（扶林走圆场）姑娘，到了，到了。

林黛玉　不要你扶，我自己进去。（甩脱紫鹃）

袭　人　（上）原来是林姑娘来了。请坐。

林黛玉　（笑）宝二爷在家么？

袭　人　宝二爷在家。

紫　鹃　（在林背后作手势）……

　　　　〔林黛玉直入宝玉卧房。

　　　　〔贾宝玉睡帐内。袭人急忙挂起帐子。

林黛玉　宝玉！宝玉！

袭　人　二爷，林姑娘来了。

贾宝玉　她来了么？（坐起）哈哈哈……

林黛玉　（相对痴笑）哈哈哈……

　　　　〔袭人、紫鹃惊慌不已。

林黛玉　宝玉，你为何病了？

---

　　① 冲喜：旧时迷信，谓病人病重时办喜事，可借以冲破不祥。《醒世恒言·乔太守乱点鸳
鸯谱》："我的儿，今日娶你媳妇来家冲喜，你须挣扎精神则个。"

贾宝玉　我就是为妹妹病了！

　　　　〔二人又相对痴笑。

袭　人　我看姑娘出来久了，况且姑娘病体未愈，还是扶她回去歇息罢。

紫　鹃　是，姑娘病体才好，我们还是回去歇息罢。

林黛玉　好，好，我也该回去了！（望宝玉笑，恋恋不舍，又似乎是哭）

紫　鹃　姑娘回去，走罢。（搀扶黛玉）

袭　人　好生搀扶姑娘。

紫　鹃　姑娘走慢些。（扶黛玉下）

袭　人　二爷睡下罢。（扶宝玉睡下，放好帐子）我看他二人一样的痴呆，一般的不省①人事。这便如何是好呀！（唱）

　　　　他二人一样的迷了本性，

　　　　都只为宝姑娘这段婚姻。

　　　　这事儿看起来有些不稳，

　　　　好叫我在左右难以为情。

　　　　（下）

　　　　〔紫鹃扶林黛玉上。

紫　鹃　姑娘，你放明白些。

　　　　〔林黛玉昏迷不语。

紫　鹃　姑娘，你放明白些呀！（走圆场）姑娘，你放明白些呀，阿弥陀佛，算是走到家了，雪雁姐姐快来！

雪　雁　（上）来了。（扶黛玉进房）

林黛玉　（口吐鲜血）

　　　　〔紫鹃、雪雁慌了手足。

林黛玉　（又吐鲜血）……

紫　鹃
雪　雁　（惊哭）姑娘呀！姑娘呀！

---

① 省（xǐng）：醒悟，明白。

林黛玉　我要漱口。

〔紫鹃、雪雁赶忙伺候。

林黛玉　你们哭些甚么？

紫　鹃　只因姑娘从老太太那边回来，神色有些不好，吓得我们没有主意，所以啼哭起来。

林黛玉　哎，我哪里就会死哩！你们扶我到床上去罢。（坐床上）你们也出去歇息歇息罢。

紫　鹃
雪　雁　姑娘好好歇息。（下）

林黛玉　方才那傻大姐说，宝玉已与宝钗姐姐成了姻缘，想我林黛玉还活在人间则甚①！不如早早一死，还了这场孽债罢了！（唱）

　　　　他自从失了玉昏迷不醒，

　　　　哪知道暗地里结了婚姻。

　　　　可怜我无父母红颜薄命，

　　　　寄住在舅父家本是闲人。

　　　　半年来我已是浑身大病，

　　　　倒不如断情根及早归阴。

　　　　（打二更。紫鹃、雪雁上。

紫　鹃
雪　雁　姑娘，你怎么还不睡呀？

林黛玉　我是睡不着的了。我这病只好挨一刻算一刻呀！

紫　鹃　姑娘呀！（唱）

　　　　半年来你身上天天不爽，

雪　雁　（接唱）

　　　　何苦的听他们言短语长。

紫　鹃　（接唱）

　　　　宝二爷他病得精神惚恍，

———————————

① 则甚：做什么。

雪　雁　（接唱）

　　　　哪能够与薛家匹配鸾凰①？

紫　鹃　（接唱）

　　　　林姑娘最聪明试思试想，

雪　雁　（接唱）

　　　　还须要自保重莫把身伤。

　　　　〔打三更。

林黛玉　谯楼已打三更，你们快去歇息罢。

紫　鹃
　　　　姑娘也睡了罢。（下）
雪　雁

林黛玉　方才紫鹃和雪雁的话，却也有理。宝玉病得那样，焉能
　　　　与宝姐姐成亲？那傻大姐的话，恐怕还是假的。我林黛
　　　　玉岂不是空着急了吗？（唱）

　　　　听丫环说的话心中暗想，

　　　　那宝玉在病中怎配鸾凰？

　　　　看起来这事儿还未绝望，

　　　　半忧愁半欢喜左右思量。

　　　　〔打四更②。紫鹃、雪雁同上。

紫　鹃　姑娘，谯楼打了四更，夜已深了，姑娘还未安睡，这样
　　　　独自坐着，自言自语，不怕受寒吗？

林黛玉　我睡不着呀，头上昏昏的，有些怕冷。紫鹃，你取块帕
　　　　子给我包在头上。

　　　　〔紫鹃给林黛玉包头。

　　　　〔打五更。鸡叫。

紫　鹃　姑娘，天已亮了。姑娘一夜未睡，还是歇息一下罢。（扶
　　　　黛玉睡。掩帐）

---

　　① 鸾凰：鸾与凰，皆为古代的神鸟，比喻贤士淑女。鸾凰配对，比喻夫妻或情侣。《离骚》：
"鸾皇为余先戒兮，雷师告余以未具。"王逸注："鸾皇，俊鸟也。皇，雌凤也。"高濂《玉簪
记》："因此上收入在云房，今日呵，那知道为你结鸾凰。"

　　② 四更：今凌晨 1 时至 3 时。

〔二丫环引老妈扶贾母上。

老　妈　　大姐快开门，老太太来了！

紫　鹃　　（开门）这样大早的，老太太就来了？

老　妈　　是来了。（扶贾母入内坐下）

紫　鹃
雪　雁　　请老太太安。

贾　母　　林姑娘怎么样了？

紫　鹃
雪　雁　　姑娘一夜未睡，刚刚才睡着。

贾　母　　待我看看。

雪　雁　　（挂起帐子，扶林黛玉坐起）姑娘，老太太来了。

贾　母　　甥女①呀，我来看你了。你怎么病成这样了？

〔林黛玉咳嗽、喘气。紫鹃、雪雁为她抚胸捶背。

林黛玉　　老太太，你老人家白白的疼了我了。

贾　母　　哎，甥女呀！（唱）

又不知是何故你病成这样，
好叫我年迈人没有主张。
自那年你母亲扬州命丧，
接你到府中来住在潇湘。
你虽然身体弱精神不爽，
为甚么这一病倒在牙床②？
劝甥女你不必胡思乱想，
我总是疼爱你你要思量。

〔贾琏上。

贾　琏　　（念）

府中事太忙，
急步到潇湘。

---

① 甥女：外孙女，林黛玉是贾母之女贾敏的女儿。有些地方称外孙女为甥女。
② 牙床：上面有象牙雕刻等装饰的床。李商隐《细雨》："帷飘白玉堂，簟卷碧牙床。"

　　　　　　（白）大姐哪里？

紫　鹃　　（出外）原来是琏二爷到了。有礼。老太太在此。

贾　琏　　烦大姐禀告老太太，说王太医请到了。

紫　鹃　　请二爷稍候。（进房）禀老太太，琏二爷请得王太医来了。

贾　母　　请他进来。

紫　鹃　　是。（放下帐子。出外）琏二爷，老太太吩咐，请王太医
　　　　　进来。

贾　琏　　有请王太医。

　　　　　　〔王太医上。

王太医　　在哪里？

贾　琏　　请随我来。（领王太医进房）

王太医　　请老太太的安。

贾　母　　罢了。我甥女病情十分沉重，请太医仔细看脉。

王太医　　遵命。

　　　　　　〔紫鹃、雪雁扶林黛玉坐起来。

王太医　　（看脉）小姐这病，郁气伤肝，须服养肝止血的药，方
　　　　　可痊愈。不妨预备冲一冲喜罢。

贾　母　　琏儿，带太医外面开方。

贾　琏　　请随我来。

王太医　　老太太，告辞了。（随贾琏下）

贾　母　　你们好生服侍姑娘。我那边今天有事，要回去了。

　　　　　　〔丫环、老妈扶贾母下。

紫　鹃
　　　　　送老太太。
雪　雁

林黛玉　　雪雁，你开箱子取那块手帕来。

　　　　　　〔雪雁取一手帕给林黛玉。

林黛玉　　不是这块，是那块有字的！

紫　鹃　　想是要宝二爷题了诗那一块，你快取来罢。

　　　　　　〔雪雁换手帕。

　　　　　　〔林黛玉看手帕。欲撕碎，无奈力不从心。

紫　鹃　　姑娘，你何苦这样生气。

林黛玉　　（流泪）快弄个火盆来。

紫　鹃　　姑娘怕冷，就再穿件衣服罢。

　　　　　〔林黛玉摇手。

　　　　　〔紫鹃取火盆置于榻前。

林黛玉　　紫鹃，取我所做的诗稿来。

　　　　　〔紫鹃取诗稿给林黛玉。

　　　　　〔林黛玉看诗稿。

紫　鹃　　姑娘，看诗稿又要费神。不要看罢，还是歇息的好。

林黛玉　　（手执诗稿）哎，罢了！（唱）

　　　　　这诗怕有那人题诗数首，

　　　　　想起了当年事两下情投。

　　　　　不料他另结了鸾交凤友，

　　　　　把从前亲密意付与东流。

　　　　　难道是他有病不能开口？

　　　　　难道是他有病不能自由？

　　　　　这是他亲笔写墨迹依旧，

　　　　　看罢了不由人珠泪双流。

　　　　　（白）哎，这件东西是留不得的了！（将诗帕投入火盆）

紫　鹃　　姑娘何必如此。那上面有宝二爷写的字迹，烧去可惜了！

林黛玉　　哎，还说甚么可惜呀！（翻看诗稿。唱）

　　　　　这诗稿虽不是锦心绣口，

　　　　　却也是女孩儿闺阁风流①。

　　　　　愿来生做一个文章魁首，

　　　　　愿来生莫再做仕女班头。

　　　　　恨只恨辜负了青春闺秀，

　　　　　从今后风月事一笔来勾。

　　　　　（白）哎，这诗稿也是留不得的了！（把诗稿也投入火盆）

---

① 风流：文学作品超逸美妙。司空图《二十四诗品》："不著一字，尽得风流。"

紫　鹃　（急抢，已来不及了）哎呀，可惜了！姑娘，你何苦这样生气，好好歇息罢。

林黛玉　（哭泣）紫鹃、雪雁，我此刻心中十分难受，想要与你们永别了！

紫　鹃
雪　雁　姑娘，你要保重些！

〔林黛玉喘气。

紫　鹃
雪　雁　姑娘，你要明白些呀！（扶林黛玉睡下，掩帐子）

紫　鹃　姑娘这样光景，恐怕难过今天。贾府中并无一人来看，如何是好？哦，我想起一个人来了。雪雁姐姐，你快去请大奶奶来。

雪　雁　我即刻就去。你看着姑娘，要留心一些。（下）

紫　鹃　（揭帐）姑娘，此刻觉得怎么样了？

林黛玉　紫鹃，快扶我起来。

〔紫鹃扶林黛玉坐起。

林黛玉　紫鹃，我与你虽是主仆，情同姐妹。本想与你常在一处，如今是不能够了！我的身子是干净的，我死之后，你要送我的灵柩回去。

紫　鹃　姑娘说哪里话来。愿姑娘遇难呈祥。

林黛玉　紫鹃，我们不能在一起了，我要与你分别了！（变色，瞪眼，突往后倒）

紫　鹃　（惊慌，哭叫）姑娘！姑娘！你心中要放明白些呀！

〔李纨、雪雁上，进房。

李　纨　（见状，惊）姑娘这样病重，这怎么办呀？林妹妹，我来了，我来看你呀！蠢丫头，还不放她下去睡好。

〔紫鹃放林黛玉睡好。掩帐。

〔平儿、林奶奶上。

平　儿　怎么这样静悄悄的？（与林奶奶进房）原来大奶奶在此，

　　　　　　林姑娘怎样了？

李　纨　　不中用了！

　　　　　　〔平儿揭帐看。

林奶奶　　二奶奶叫我过来，要借紫鹃大姐一用。

紫　鹃　　林奶奶，你先请罢。等着人死了，我们自然是要出去的。
　　　　　况且我守着病人，身上也不洁净。林姑娘她还有气，时
　　　　　常要叫我的，我是去不得的。

林奶奶　　紫鹃大姐，你这话倒言得有理。可是我不好回二奶奶的
　　　　　话呢。

平　儿　　就叫雪雁姑娘去罢。（向李纨耳语）

李　纨　　那就雪雁姑娘去罢。

林奶奶　　使得？

平　儿　　使得。

林奶奶　　雪雁姑娘，我们去罢。（拉雪雁同下）

紫　鹃　　（揭帐）姑娘，姑娘，你怎么样了？

林黛玉　　你扶我起来。

紫　鹃　　（挂帐，扶林黛玉坐起）姑娘，大奶奶在这里。

林黛玉　　哪个大奶奶？

李　纨　　是我。妹妹，你不认得我吗？

林黛玉　　（长叹）唉……！我是不中用了呀！（唱）
　　　　　　这一段恶姻缘前生注下，
　　　　　　恨只恨无父母来靠人家。
　　　　　　只道是他有情定然不假，
　　　　　　两下里愿做个恩爱结发①。
　　　　　　虽然是深闺内有时戏耍，
　　　　　　我二人好比那白玉无瑕。
　　　　　　谁知道事有变另谐婚嫁，

――――――――――

　　① 结发：比喻夫妻，古时结婚时要行男女并坐束发合髻的礼仪，故称结发为夫妻。《孔雀
东南飞》："结发同枕席，黄泉共为友。"

　　　　　千般怜万般爱水月镜花①。

　　　　　这一场冤孽债从今丢下，

　　　　　且到那太虚②境仔细详查。

　　　　　（喘气，咳，变眼神）

紫　鹃　（惊叫）姑娘呀，你心中明白些！大奶奶在这里。

李　纨　妹妹，我在这里，你放明白些。

林黛玉　（瞪眼，翻白。大叫）宝玉你好！（往后倒，气绝）

紫　鹃　（哭）姑娘！姑娘！

李　纨　（哭）妹妹，妹妹！快将她放下。妹妹呀！

紫　鹃　姑娘呀！

李　纨　妹妹呀！（唱）

　　　　　我哭哭了一声林妹妹！

紫　鹃　（跪）姑娘呀！（唱）

　　　　　我叫叫了一声林姑娘呀！

李　纨　（接唱）

　　　　　你有才又有貌聪明绝顶，

紫　鹃　（接唱）

　　　　　可怜你自幼儿失了双亲，

李　纨　（接唱）

　　　　　你向来身体弱多愁多病，

紫　鹃　（接唱）

　　　　　主仆们霎时间两下离分！

李　纨　（接唱）

　　　　　不料你是一个红颜薄命，

紫　鹃　（接唱）

　　　　　到今日来看你还有谁人？

李　纨　（接唱）

　　　　　大观园起诗社何等高兴，

　　　———————————————

　　① 水月镜花：比喻虚幻不实。

　　② 太虚：虚寂的大道妙境。

（哭白）我的妹妹呀！

紫　鹃　我的姑娘呀！（哭，接唱）
　　　　潇湘馆只落得冷冷清清。

李　纨　人死不能复生，你快去那边报与老太太知道，命人来收
　　　　殓①姑娘便了。正是：（念）
　　　　香魂一缕随风散，

紫　鹃　（接念）
　　　　愁绪三更入梦遥。
　　　　〔二人同下。
　　　　〔仙女上。

仙　女　（揭帐）请潇湘妃子归位。
　　　　〔林黛玉冠带出帐。抹泪，喜笑着与仙女见礼。随仙女
　　　　下。
　　　　〔剧终。

---

① 收殓：把尸体装到棺材里去。

中乡魁①

人物

贾宝玉　贾　兰　王夫人　薛宝钗　李　纨
袭　人　丫　环　李　贵　贾　政　李　升
众家人　报　子　船　家　电差　僧　人
道　人

〔贾宝玉、贾兰上。

贾宝玉　（念引）

　　　　未了尘缘，

贾　兰　（接念）

　　　　求功名叔侄奋勉。

贾宝玉　（诗白）

　　　　生在豪门十九年，

贾　兰　（接念）

　　　　一家意气各翩翩②。

贾宝玉　（接念）

　　　　人生欲报亲恩重，

贾　兰　（接念）

　　　　得志秋风放榜天。

贾宝玉　小生贾宝玉。

贾　兰　小生贾兰。叔叔，我们今日要进内城，以便应考，须到

---

① 乡魁：明清两代每三年举行一次科举考试。在省城（含县城）举行考试叫乡试，考期在八月，考中者为举人，前十八名中第一名为解元，其他的都叫乡魁。

② 翩翩：欣喜自得的样子。张华《鹪鹩赋序》："翩翩然有以自乐也。"

太太跟前禀告去。

贾宝玉　这个自然。侄儿随我来。（唱）

　　　　自幼儿在家中繁华看厌。

贾　兰　（接唱）

　　　　说不尽两府中锦簇花团。

贾宝玉　（接唱）

　　　　读诗书都望我科名①如愿，

贾　兰　（接唱）

　　　　叔侄们同应试莫让人先。

　　　　〔二人下。

　　　　〔王夫人、李纨、薛宝钗、袭人、丫环等同上。

王夫人　（念）

　　　　儿孙同应试，

　　　　父母最关心。

　　　　（诗白）

　　　　享受荣华渐老来，

　　　　兰孙桂子②满庭阶。

　　　　秋风吹送龙门③去，

　　　　此是儿曹④第一回。

　　　　（白）老身王氏，配夫贾政。我老爷前去金陵⑤祭扫坟
　　　　墓，至今未回。今乃大比⑥之年，儿子宝玉，孙子兰儿，
　　　　明日进场考试。（对宝钗）宝玉的一应考具检齐没有？

薛宝钗　考具均已检齐。

---

① 科名：科举考试制度中经乡试、会试录取之称。

② 兰孙桂子：对子孙的美称。汤显祖《紫箫记》："作夫妻天长地远，还愿取桂子兰孙满
玉田。"

③ 龙门：本意是鲤鱼要跳过的难关，这里指科举的考场。传说鲤鱼跳过龙门就化为龙，没
跳过的仍然是鲤鱼，而且额头上留有一个黑疤，后用鲤鱼跳龙门比喻中举、升迁等成功之事。

④ 儿曹：儿孙辈。

⑤ 金陵：今江苏省南京市。

⑥ 大比：本意是周代每三年对乡吏进行考核，后来指科举考试中每三年举行一次乡试。

王夫人　宫裁①媳妇，兰哥儿的考具呢？

李　纨　早已检齐。

王夫人　袭人，宝玉从未离开你们，这回初次出门，你须一一留
　　　　心检点②。

袭　人　知道。

　　　　　〔贾宝玉、贾兰上。

贾宝玉　孩儿给母亲请安。

贾　兰　孙儿给祖母请安。

王夫人　你二人来了。听说你们考具均已检齐。这是你们初次出
　　　　门，须要小心。宝玉、兰儿，听我道来。（唱）
　　　　你叔侄今日里同赴试院，
　　　　年纪轻还须要细听我言。
　　　　在家中并未曾一天离远，
　　　　服侍人有媳妇还有丫环。
　　　　今日里入场去自家照管，
　　　　冷和暖须保重切莫等闲。
　　　　早回来也免得大家记念，
　　　　我心中许多事难以明言。

贾宝玉　（跪。唱）
　　　　上前来跪至在母亲前面，
　　　　为儿的今日里却有话言。
　　　　儿长成十九岁光阴似箭，
　　　　在膝前承父母恩大如天。
　　　　今日里与侄儿同入试院，
　　　　搏一个榜上名父母欣然。
　　　　（白）母亲在上，听儿禀告：母亲生儿一世，儿无以报
　　　　答，只有用心应试，搏个榜上有名，了却父母的心愿。

王夫人　你有这分孝心，却也难得。只是我儿此去，我总总放心

---

① 宫裁：李纨字宫裁，这里指李纨。古人称呼别人一般称字。

② 检点：查点。

不下。（拭泪）

李　纨　哥儿们应考，乃是喜事，太太不必伤心。袭人，扶你宝二爷起来。

〔袭人扶起贾宝玉。

贾宝玉　（向李纨作揖）大嫂子，我和兰哥儿是必定中的。日后兰哥儿还大有出息，大嫂子还要穿戴凤冠霞帔哩。

李　纨　但愿应了叔叔的话，天不早了，你们可以去了。

〔贾宝玉向薛宝钗作揖。薛还礼。

李　纨　怎么夫妻家也行起礼来了？

贾宝玉　姐姐，我要走了。你好生听我的喜讯。

薛宝钗　（拭泪）是时候了，你不必唠唠叨叨，快些走罢。

贾宝玉　你不必催我，我知道该走了。（唱）

十九年在人间繁华享遍，

裙钗①里脂粉中无限缠绵。

今日里出门去我别有心愿，

从今后贾宝玉摆脱了尘缘。

（仰天大笑。白）走了！走了！（下）

〔贾兰随下。

王夫人　他叔侄去了，你们各自回房去罢。

众　人②　是。（齐下）

〔李贵上。

李　贵　（念）

龙门三级浪，

平地一声雷。

（白）我，贾府家人李贵便是。服侍少爷们过考进城，住在小寓。刚才打听龙门上业已点名，快请少爷们前去。少爷们快去应名领卷。

───────────

①　裙钗：本意为衣裙和金钗，这里借指女性。梁辰鱼《浣纱记·打围》："彼勾践不过一小国之君，夫人不过一裙钗之女，范蠡不过一草莽之士。"

②　众人：应作"众家人"。

〔贾宝玉、贾兰上。

贾宝玉 （念）

　　　明知过眼原如梦，

贾　兰 （念）

　　　怎奈当场欲上天。

贾宝玉 如何这样早就点名了？

贾　兰 李贵，你多叫几个人来侍候前去。

李　贵 你们多来几个人。

〔三个家人上。

众家人 少爷，我们拿着考篮①到龙门口，再交与少爷。

贾宝玉 快走罢。（与贾兰下）

〔李贵领众家人下。

〔船家划船；李升、贾政乘船上。

贾　政 （念引）

　　　身受国恩，

　　　难消受满门贵盛。

　　　（诗白）

　　　才向金陵扫墓回，

　　　秋风江上一帆开。

　　　家中多少忧心事，

　　　唯望阳春②去后来。

　　　（白）下官贾政，蒙朝廷厚惠，祖宗遗泽，备员中外③，
　　　报称毫无④。本年回金陵祭墓，现已事毕，转回京都。
　　　正是八月时候，儿子宝玉，孙子兰儿，想正入场。遥望
　　　家中，不觉归心似箭也。（唱）

---

　① 考篮：科举时代考生用以盛文具、食物的提篮。

　② 阳春：温暖的春天。汉乐府《长歌行》："阳春布德泽，万物生光辉。"

　③ 备员中外：家族内外人员充足，比喻家族兴盛。

　④ 报称：相称地报人恩德。《汉书·孔光传》："诚恐一旦颠仆，无以报称。"报称毫无：这
是贾政的谦词，意为没有成绩，愧对祖宗的恩德。

　　　　　两府中享富贵皇恩不浅，

　　　　　可惜了繁华景渐不如前。

　　　　　回金陵祭祖坟离京已远，

　　　　　想起了家中事不得安然。

　　　　　槐花黄桂花香大开试院，

　　　　　儿孙辈同应考得失望天。

　　　　　我坐在这舟中秋风拂面，

　　　　　恨不得转眼间便到家园。

　　　　　（下）

　　　　〔李升、船家随下。

　　　　〔贾兰提着考篮匆忙上。

贾　兰　哎呀，不好！刚才与叔叔一同交卷，出了龙门，被人一
　　　　挤，叔叔就不见了。

　　　　〔李贵与众家人上。

李　贵　兰哥儿，你出来了。二爷呢？

贾　兰　我与叔叔同出龙门，一挤就不见了。你们快分头找去。

　　　　〔李贵接考篮，众家人四边寻找。

众家人　四处找遍，不见宝二爷的影子，如何是好！

李　贵　我且同兰哥回去，你们几个各处去找。真是古怪事了！

众家人　是！我们再找去。（同下）

贾　兰　（哭）李贵，我们叔侄同来，今天我一人独自回去，如
　　　　何见得祖母呀！（唱）

　　　　　这件事不由人泪流满面，

　　　　　看起来真古怪心下茫然。

　　　　　虽然是在龙门被人撞散，

　　　　　论情理总在这贡院①门前。

　　　　　因何故众家人遍寻不见？

　　　　　我回家见祖母有口难言。

---

① 贡院：乡试的考场。

叫一声二叔叔你来无转，

我只得忍住泪独自回还。

李　贵　兰哥儿，你也不必着急，太太也怪你不得。已经耽搁一
　　　　天，我们早些回去罢。（与贾兰同下）

　　　　〔王夫人、李纨、薛宝钗、袭人同上。

王夫人　（念）

　　　　考试三场①毕，

　　　　儿孙尚未回。

　　　　（白）现在考试已毕，宝玉叔侄何以不见回来？丫环，
　　　　你到外边问李贵与众家人，看回来没有。

　　　　〔贾兰上。

丫　环　兰哥儿回来了。

贾　兰　（哭着进房）……

王夫人　兰儿，你这是怎么了？

贾　兰　叔叔不见了！

王夫人　（惊）你叔叔何以不见了？

贾　兰　考到第三场，我与叔叔一同交卷，一同走出龙门。可是
　　　　被众人一挤，叔叔就不见了，四下找寻也毫无踪影。

王夫人　（哭）我的儿呀！（唱）

　　　　哭一声我的儿因何失去？

李　纨　（接唱）

　　　　这件事太古怪好不生疑。

薛宝钗　（接唱）

　　　　他本来生成是性情怪异！

　　　　（白）唉，我的二爷呀！

王夫人　我的儿呀！

李　纨　我的宝玉兄弟呀！

袭　人　我的二爷呀！

---

　　① 考试三场：乡试分三场，分别在农历八月初九、十二和十五日举行。每场都需要提前一
天进入考场，即初八、十一、十四日进场，考试后一日出场。

王夫人　（接唱）

满房内哭得个好不伤悲。

没奈何叫家人四面寻去，

从今后只怕是膝下无儿。

李　纨　太太不用着急，且请歇息歇息。

王夫人　明知也是枉然，怎奈心中十分难受。你们回房去罢。（与
　　　　各人分头下）

　　　　〔报子上。

报　子　人人想做官，个个望中举。我，报子便是。贾府中有人
　　　　中了，可得一注大大的喜钱，赶忙抢个头报。来此已是
　　　　贾府，待我进去。门上哪位在？

李　贵　（上）哪个？

报　子　（拿出报条①）恭喜恭喜！

李　贵　（接报条，念）捷报贾宝玉中第七名举人②。宝二爷高
　　　　中了！你明日来取喜钱。

报　子　是。（下）

李　贵　太太大喜！太太大喜！

　　　　〔王夫人、李纨、薛宝钗、袭人同上。

王夫人　外面报喜，想是宝玉找着了。

李　贵　恭喜太太，宝二爷中了第七名举人！

李纨等　恭喜太太。

　　　　〔李贵下，

王夫人　中是中了，可是人不见了！（唱）

这孩儿生成是聪明伶俐，

十九岁中乡魁金榜名题。

倘若是儿在家何等欢喜，

到而今人不见何处寻觅？

悲切切想这事十分怪异，

---

① 报条：告知中举等喜事的报单。古代习俗，报子送来报条，中举的家庭要给喜钱。

② 举人：考中乡试的人，有资格参加更高一级的会试，也可通过各种方式授官。

看大家含着泪愁锁双眉。

〔李贵复上。

李　贵　（呈报条）恭喜太太，兰儿又中了。

王夫人　（念报条）捷报贾兰中第一百三十名举人。宫裁媳妇，
　　　　恭喜你了。

李　纨　这是托太太的福气。

王夫人　你儿子中了，你回房去告知兰哥儿罢。

李　纨　宝兄弟榜上有名，天下断没有走失的举人。请太太宽心，
　　　　宝兄弟必会找回来的。

王夫人　宝玉若不失去，叔侄同科何等高兴。我的儿你到底往何
　　　　处去了？且叫人打一电报到金陵，禀与老爷知道。（偕李
　　　　纨下）

薛宝钗　袭人，我们也回房去罢。（与袭人走圆场，入房）袭人你
　　　　看二爷这番举动，甚是古怪。若论中了举人，断没有找
　　　　不着的；若是入了空门①，那就难找着了！（哭）

袭　人　奶奶怎知他入了空门？

薛宝钗　二爷生时，带下一块宝玉，这就是古怪的事。自从林妹
　　　　妹死后，看他的言语情形，好像看破红尘的一样。前次
　　　　出门，声声说要走了，大家都不留心，我就疑他别有意
　　　　思了。（唱）
　　　　我与他结婚姻为时不久，
　　　　他待我倒也是性情温柔。
　　　　他自从林妹妹潇湘死后，
　　　　那一种疯癫相定有来由。
　　　　莫不是将世间繁华看透，
　　　　他情愿入空门自在悠游？
　　　　抛下我红颜妇空房独守；
　　　　可怜你服侍他枉费机谋！

---

① 空门：佛门，佛教。

袭　人　呀！（唱）

　　　　　听奶奶这言语叫人难受，
　　　　　宝二爷恐怕是定不回头。
　　　　　想起他与我们呕气时候，
　　　　　总说要作和尚把行来修。
　　　　　到如今他真把红尘看透，
　　　　　应乡试出门去便把身抽。
　　　　　我与他虽然是风流暗有，
　　　　　但未曾走明路还是丫头。
　　　　　我若是念恩情空房独守，
　　　　　又防人笑话我难免含羞。
　　　　　我若是另嫁人改偕佳偶，
　　　　　舍不得他待我那种温柔。
　　　　　背地里自伤心语难出口，
　　　　　哭得我肝肠断痛在心头。

　　　　　（白）奶奶，事到如今，无可奈何，只好慢慢再探听二
　　　爷消息罢了。

薛宝钗　你我歇息去罢。（与袭人下）

　　　　〔船家划船；贾政、李升乘船上。

贾　政　（念）

　　　　　在家千日好，
　　　　　出外一时难。

　　　　　（白）你看这船走了一月有余，离京尚远。今日天气甚
　　　寒，风急不好行船，需要停泊在此，但不知此处是何地
　　　名。李升，你问过船家。

李　升　船老板，此处叫何地名？

船　家　这是毗陵驿①。

李　升　大人说风色不好，叫你停船在此。

---

① 毗陵驿：明清时的驿站，在今江苏省常州市篦箕巷内。

船　家　是，就停。（停船。下）

　　　　〔送电报差人上。

电　差　这样绝路，免劳照顾。我奉了金陵电报局吩咐，说北京
　　　　贾府来一电报与贾大人，谁知贾大人不在金陵，叫我星
　　　　夜追赶，但不知贾大人的船走到何处了。且慢，你看这
　　　　里停着一只官船，莫非就是贾大人的船？待我问个明白。
　　　　这船是贾大人的么？

船　家　是贾大人的。

电　差　被我找着了。（上船）金陵有电报，送与贾大人的。

船　家　李二爷，有电报来了。

李　升　何处电报？

电　差　北京电报，是打到金陵的。

李　升　（接电报）收到了，

电　差　我回去了。（下）

李　升　（进舱）老爷，北京有电报来了。

贾　政　译来我看。

李　升　（译电报）恭喜老爷，宝二爷高中了。

贾　政　（看电报）宝玉中了第七名。哈哈，宝玉中了！谢过天
　　　　地祖宗。下面还有话，一并译来。

李　升　（译）恭喜老爷，兰哥儿也中了。

贾　政　（看电报）兰儿中了一百三十名。（大笑）他叔侄同科中
　　　　举，真是幸事。下面有话，速速译来。

李　升　（译）请老爷细看。

贾　政　（看）宝玉出场就不见了，四下找寻，毫无踪迹。（大惊）
　　　　呀，宝玉何以不见了？真真怪事，怪事呀！（唱）

　　　　他叔侄同中举何等侥幸，

　　　　谁知道宝玉儿失去难寻。

　　　　这件事好叫我惊疑不定，

　　　　哪一个敢留我贾府的人？

　　　　他年纪十九岁生来娇嫩，

难道是迷了路不能回程？

这件事好奇怪叫人难信，

电报上却又是写得分明。

没奈何靠着这船窗纳闷，

抬眼望但只见大雪纷纷。

（白）李升，命人乘驿马飞报金陵。

李　升　　是。（吩咐二家人拿旗急下）老爷不必着急，天下没有走
失的举人，此刻已经找着也未可知。下雪了，小的到后
舱烧个火盆来。（下）

〔贾宝玉僧衣僧帽，与一僧一道同上。

贾　政　　（惊）呀，这不是宝玉吗？怎么到此？

〔贾宝玉向贾政三叩首，之后与僧道走圆场。

贾　政　　怎么就走了？待我赶去。

〔贾宝玉与僧道在前，贾政在后，走圆场几圈。然后贾
宝玉与僧道扬长而去。

〔李升急上。

李　升　　老爷怎么独自上岸，追赶何人？

贾　政　　（喘气）刚才看见宝玉和尚打扮，向我叩了三个头，转
身就走。我急忙赶来，转过山坡就不见了。

李　升　　小的也看见那三个人。老爷在后追赶，转过山坡那三个
人就不见了。如果是我家宝二爷，怎么是和尚打扮？恐
怕老爷看花了眼。

贾　政　　我亲眼看见的，实在是宝玉。唉，这事我明白了！

李　升　　老爷且请回船。

贾　政　　（回船，叹息）唉！宝玉呀！（唱）

你生下口含玉古今少见，

看起来有来历才下尘凡。

自幼儿在家中顽皮懒散，

论聪明子弟中让你当先。

你何曾用工夫①苦读书卷，
一应考却中举榜上名传。
想你是在红尘有些不愿，
今日里果然是成佛升天。
但只是在我家昙花一现，
哄骗了为父的一十九年。
我如今发苍苍百年过半，
不见儿在膝下能不凄然！
他到底去何方逍遥闲散，
为甚么三叩首来到船边？
看起来从今后永难相见，
因此上父子们一了前缘。
罢罢罢我眼中分明看见，
为父的思念你也是枉然！

李　升　老爷不必伤心，宝二爷如今成佛，也是好事。天色已晚，
　　　　赶紧回去罢。

贾　政　唉，也只得回去了！开船罢。

李　升　船家，开船！

　　　　〔船家应声上。划船，与贾政、李升同下。

　　　　〔剧终。

----

① 工夫：时间。

独占花魁①

人物

莘瑶琴　卜大郎　王九妈　刘四妈　吴　成
秦　重　家　院　众打手　众嫖客　众妓女
丫　环　酒　保　艄　婆

莘瑶琴　（内唱）

这一阵走得我魂飞魄丧。

（叫）苦呀！（上。接唱）

转瞬间不见了堂上爹娘。

这一片路茫茫奴将何往？

小弓鞋②直走得脚痛难当。

（白）且慢。想我随着爹娘逃难出来，被贼冲散，爹娘忽然不见，我一个年轻女子，走往何处安身？现在两足疼痛，只好在此暂坐片时。（坐下）唉，思想起来，真真害怕人也！（接唱）

只见那杀死的尸横路上，

我一个女孩儿逃往何方？

（白）哎哟！爹娘吓③，女儿今日如何是好呀？

〔卜大郎上。

---

① 魁：首领，第一名。花魁：妓女中的第一名。

② 弓鞋：古代缠足妇女所穿的鞋子。妇女因缠足脚呈弓形，故名"弓鞋"。黄庭坚《满庭芳》："直待朱轓去后，从伊便窄袜弓鞋。"

③ 吓（hè）：句尾语气助词，相当于"啊""呀"。

卜大郎　　两脚走得慌，逃出了汴梁①。在下卜大郎便是。只因金
　　　　　人打破了汴梁，我逃难出来，两手空空，如何是好？

莘瑶琴　　（哭）哎，爹娘吓！

卜大郎　　那旁有人啼哭，待我且去看来。（看）哎呀，你不是莘家
　　　　　的瑶琴姑娘吗？

莘瑶琴　　奴家正是瑶琴。你不是我隔壁的卜叔叔吗？

卜大郎　　我就是卜大郎。姑娘何以一人在此？

莘瑶琴　　奴跟着爹娘逃难，被贼冲散。卜叔叔你可曾得见我的爹
　　　　　娘？

卜大郎　　（背白）我路上正无盘费②，遇着这样活宝③，真是我的
　　　　　造化④了。（转向莘）莘姑娘，我刚才看见你的爹娘走到
　　　　　前头去了。他们对我说道，若遇见了你，便带你前去相
　　　　　会。快跟着我走罢。

莘瑶琴　　（起立）原来我爹娘走到前头去了。幸亏卜叔叔遇见，
　　　　　这是奴绝处逢生了。

卜大郎　　你的爹娘若走得快，恐怕路上遇不着。我们一路同行，
　　　　　我权且把你当作女儿，你权且叫我作爹爹，免人盘问。

莘瑶琴　　奴家遵命。

卜大郎　　走罢。（唱）
　　　　　这一朵好花儿落在地上。

莘瑶琴　　（唱）
　　　　　一路上都是些白草沙场。

卜大郎　　（唱）
　　　　　我还有心腹话难对你讲。

莘瑶琴　　（唱）

---

① 汴梁：北宋首都，即今河南省开封市。
② 盘费：路费，旅费。
③ 活宝：极其珍贵的宝贝。
④ 造化：福分，运气。

这是我前世里烧了断香①。

〔卜莘二人同下,

〔王九妈上。

王九妈　开座烟花馆,靠他作饭碗。老身,王九妈,在这西湖上开了一座妓馆。只是没有好粉头②,生意不旺。昨天来了一个姓卜的客人,说他有一女儿,生得绝妙,琴棋书画,件件皆能,只要五十两银子就卖与我。且等他带那女子来看过再说。

〔卜大郎带莘瑶琴上。

卜大郎　钱财都用尽。

莘瑶琴　终日想双亲。

卜大郎　姑娘,我的钱财已用尽了,你的爹娘又遇不着。我们虽假装父女,到底有些不便,我有一个亲戚王九妈,我把你寄在她家养着,她是女流之辈,好照应你。等我找着你的爹娘,再来接你。

莘瑶琴　事到如今,只好任凭卜叔叔了。

〔二人同走圆场。

卜大郎　这就是王九妈家了,姑娘跟我进去。

卜大郎　(边进门边喊)九妈在哪里?

王九妈　卜大爷来了。

卜大郎　来了。这就是我的姑娘。(向莘)过来拜见九妈。

莘瑶琴　拜见九妈,

卜大郎　九妈,你看我这姑娘可好么?

王九妈　果然生得好,听说你琴棋书画件件皆能,可是真的?

莘瑶琴　略知一二。

卜大郎　姑娘你且在此居住,我再来看你。

莘瑶琴　叔叔找着我的爹娘,快来报信。

卜大郎　(招王九妈出门)你要慢慢教导她,不可性急。你快把

---

① 断香:即断头香,断折的线香或棒香。俗谓以断头香供佛,会得到与亲人离散的果报。
② 粉头:妓女。

身价银子与我。

王九妈　老身晓得，银子五十两预备在此，大爷拿去。

卜大郎　（接银）黑眼睛见了白银子，也顾不得天理良心了！（下）

王九妈　（转身进门）姑娘，你身上衣服不好，我带你到后房换
　　　　几件新鲜衣服。

莘瑶琴　奴家穿惯了这等衣裳，不换亦可。

王九妈　姑娘不换衣裳，不便见客。

莘瑶琴　要我见甚么客？

王九妈　我这里是做烟花生意的。你爹爹得了我五十两银子，卖
　　　　你在此。我慢慢的教导你接客。

莘瑶琴　（惊）我姓莘，他姓卜，他哪里是我的爹爹呀。只因汴
　　　　梁逃难，我与爹娘冲散了，在路上遇着他，权且认作父
　　　　女，同到此地。他说你是他的亲戚，把我暂寄在此，怎
　　　　么要我接客？我岂是做这等事的？

王九妈　这等言来，姑娘，你上了当了。

莘瑶琴　（起立，哭）唉，天呀！（唱）
　　　　我本是闺中女千金①身价，
　　　　在汴梁也算得清白人家；
　　　　自幼儿未离过爹娘膝下，
　　　　又谁知今日里落在烟花。
　　　　没奈何走上前双膝跪下，
　　　　低着头叫一声王九妈妈：
　　　　奴哪能做这事任人笑骂，
　　　　莫把奴当作了路柳墙花②。

王九妈　姑娘，你且起来，你做与不做，慢慢商量。

莘瑶琴　九妈，奴断不能做这事的。

---

　　① 千金：形容女子身份的尊贵。《史记·刘敬叔孙通列传》："千金之裘，非一狐之腋
也。"

　　② 路柳墙花：比喻不被尊重的女子，指妓女。王晔《水仙子·答》："从来道水性难拿，
从他趂过，由他演撒，终只是个路柳墙花。"

王九妈　姑娘，我虽然是用银子买你来的，但也看你当亲生一般。你若依从了我，保你有穿有戴。倘遇着中意的王孙①公子，将你许配与他，也就终身有靠了。

莘瑶琴　（哭）妈妈，求你老人家做个好事，莫叫奴接客。我情愿做一个丫头，服侍妈妈。

王九妈　你既然来到我家，也不能一味由你。且跟我到后房去罢。

莘瑶琴　（哭）唉，天呀！（与九妈同下）

〔刘四妈上。

刘四妈　仗着这张嘴，见人便捣鬼。奴家，刘四妈，平生能讲会说，那拉马扯皮条的事，我都会干。曾与对门王九妈结拜姐妹，她新买了一个女子，生得绝好，琴棋书画件件俱能，只是不肯接客。昨天王九妈约我过去劝这女子，今日无事，我不免去走一遭。（唱）

王九妈她本是烟花老手，

我与她结姐妹意合情投。

我平生全仗着一张利口②，

说转了多少人个个风流。

今日里过对门吃她茶酒，

我定叫那女子愿坐青楼③。

（下）

〔场面设帐。莘瑶琴坐帐内。

莘瑶琴　（唱）

终日里在房中怏怏纳闷，

〔丫环上。挂帐。

莘瑶琴　（接唱）

翡翠衾芙蓉枕好梦难成。

---

① 王孙：本意是王的子孙后代，后来泛指一般贵族官员的子弟。

② 利口：伶俐的口才，比喻能说会道。

③ 青楼：本意是涂青色漆的楼房，能涂青漆的都是富贵之家，因此多指富贵之家。后来泛指妓院。

老鸨①儿劝我做烟花下品②，

我哪肯卖风流辱没家门。

我本想在她家寻个自尽，

一心心却还想重见双亲。

左思量右思量情怀不定，

女孩儿落苦海无路求生。

〔王九妈上。

王九妈　姑娘，起来了吗？

莘瑶琴　起来了。妈妈请坐。

王九妈　姑娘，你终日里头也不梳，脸也不洗，劝你见客你总不肯。为娘是用银子买你来的，难道叫娘赔本不成？

莘瑶琴　妈妈要我接客，万难从命，求妈妈饶了我罢。

王九妈　我饶得你，那银子饶不得你。我是舍不得打你的，你再不从，也就不能容情了！

莘瑶琴　妈妈只管打骂，从是断不从的。

王九妈　你这女孩子，真真不知好歹，我说了多少好话，你总不听。我不能容你了，丫环，拿鞭子过来！

〔丫环取鞭子递与王九妈。

莘瑶琴　（哭叫）天呀！

王九妈　难道你哭就不打你了？我剥得你精光，再来打你！

莘瑶琴　妈妈要打，莫剥我的衣服，与我遮遮羞罢！

王九妈　你不听我，我也不听你！（脱莘瑶琴衣）

〔刘四妈上。

刘四妈　两脚走得慌，抢步进兰房③，九姐姐，你在这里做甚么？

王九妈　原来四妹妹来了。只因买了这个孩子，为姐本是吃这碗饭的，要她接客她总不肯。好言好语劝了多少，今天为

---

① 老鸨（bǎo）：开设妓院的女人。相传老鸨是一种鸟类，只有雌性，要与其他鸟类交配才能繁殖，很像开设妓院的女人，故称"老鸨"。

② 下品：这里指等级最低者。

③ 兰房：女子的闺房。阮籍《咏怀》："仙者四五人，逍遥晏兰房。"

姐实在忍不住了。正要打她，遇着妹子到来，真是她的造化了。

刘四妈　呸，你老糊涂了！这样娇滴滴的女孩子，哪里打得的。你出去，待我来安慰她。

王九妈　听妹妹的话，且饶了她。（下）

刘四妈　（坐下）姑娘辛苦了，请坐。我有几句话劝告姑娘，你听也好，不听也好，我尽我的心罢。姑娘失去爹娘，流落在此，这就是姑娘命中注定的了。王九妈她做烟花生意，靠山吃山，靠水吃水，你不接客，她怎容你？姑娘你是聪明的人，不是她抢你来的，也个是她骗你来的，是你受了人家的骗，卖你到此。她出了身价银子，你不接客，她岂肯甘休？今日一顿打，明日一顿打，姑娘，你如何受得起吓。

莘瑶琴　由她打死便了！

刘四妈　只恐怕打又不打死你，去寻死她却防着你，你又死不成。你挨了打，也还是要接客，那就不值得了。

莘瑶琴　据你这样说来，如何是好？唉，爹娘吓！

刘四妈　姑娘，你天天思想爹娘，留着这身子，总还有见爹娘的时候。况且接了客，有各省来来往往的人，又容易打听你爹娘的消息。姑娘，你要晓得，做嫖客的爱上了你这个姑娘，没有不奉承得比孝顺父母还要尽心竭力的。你的爹娘有名有姓，大家替你打听，恐怕今天接了客，不到一月就打听着了。

莘瑶琴　能有这等好事么？

刘四妈　我敢写下包状①。姑娘你试想想，你不接客，哪个替你去找爹娘？你坐在房中，你的爹娘哪能知道？你在这里白挨打骂，也是无益。

莘瑶琴　（起立沉吟）哦……（唱）

_____

① 包状：包票，保票，即对事情有绝对的把握。

听她言不由人心中暗想，

背过身来自参详①。

奴若就此把命丧，

怎能重见爹和娘。

倒不如权且听她讲，

留着这身体儿再见高堂②。

回头我对四妈讲，

这事儿我与你慢慢商量。

刘四妈 姑娘，有商量就是好的，你有甚么话，只管对我说，我
总替你做主。

莘瑶琴 但是，羞答答的，奴家说不上。

刘四妈 （望莘瑶琴两眼，点头）丫环，快对九妈说，拿几件好
衣服首饰来。

丫　环 是。（下）

王九妈 （捧衣服首饰暗上，招四妈出）她肯了没有？

刘四妈 她心中肯了，但她女孩子，哪肯说出口来？我替她穿好
衣服，戴好首饰，你快去招几个客来与她一见。她也就
下水③了。

王九妈 妹妹真是妙计，我明天再过去与你叩头。

〔王九妈、刘四妈一同进房。

王九妈 姑娘，刚才为娘吃了几杯酒，冲犯了你，你莫烦恼。

刘四妈 你莫在此夹七夹八④，你快出去，我替姑娘打扮。

王九妈 我去预备酒饭。（下）

刘四妈 姑娘，我替你收拾起来。（摆镜子替莘瑶琴梳头。唱）

对妆台开了这菱花玉镜，

---

① 参详：审察，端详。

② 高堂：原意是高大的厅堂，后来泛指父母。李白《送张秀才从军》："抱剑辞高堂，将
投崔冠军。"

③ 下水：就范。

④ 夹七夹八：比喻说话东拉西扯，混杂不清。

用手儿挽起了头上乌云。

茉莉花斜插在青丝两鬓，

扫蛾眉匀粉面点点朱唇。

收拾起玉镜台香尘扑尽，

我替你在腰间紧系罗裙。

换一件新衫儿长短相衬，

手拿着金面扇与这红巾。

妆罢了看一看周身齐整，

果然是天生成绝代佳人。

（白）姑娘，你坐在这床边，脚也要裹好的。（与莘瑶琴
并坐床上，替她裹脚。唱）

还把这小弓鞋双双扎紧，

好身材真果是玉立婷婷。

〔王九妈带几位客人上。

王九妈　有客来了。

刘四妈　该死的，怎么客就来了，我要出去了，姑娘，你莫害怕，
一回生，二回熟。你有了好处，莫忘记我。我要去了。

莘瑶琴　四妈，无事你还要来看我，不送了。

刘四妈　（出房）快走，等会连我也被看上了。（下）

〔王九妈带客进房。

王九妈　这是新出手的姑娘，琴棋书画，件件俱能。

一　客　叫作甚么名字？

王九妈　还没有名字，请老爷们替她起一个名字罢。

一　客　看西湖上没有这等人材，可以叫作花魁。

又一客　花魁二字甚好。我们多约几位朋友再来饮酒罢。

王九妈　老爷们转来见。（高声叫）送客。

〔众嫖客同下。

王九妈　姑娘歇息罢。（与莘瑶琴下）

〔秦重挑油桶上。

秦　重　（念引）

流落天涯，

思父亲终年记挂。

（放下油担，白）在下秦重，母亲早故。自从逃出汴梁，与父亲失散，流落在这浙江省城。幸遇清波门①外开油店的朱十老，收作义儿，改姓为朱。不料朱十老听了旁人闲话，将我打发出来，只给我三两银子。我只好做这卖油生意，到处寻找父亲，却是毫无消息。又恐父亲寻我，此地人家，只知我姓朱，谁知我是姓秦？故而在油桶上面写"汴梁"二字，一面写一"秦"字，或者父亲来寻，也好认识。今日天气晴和，不免上街走走。（挑担出门。唱）

自那年汴梁城万民遭难，

宋皇帝带百姓南渡临安②。

可怜我与父亲中途冲散，

我逃奔到此地衣食艰难。

幸遇着朱十老另眼相看，

他把我收留了认作义男。

又谁知他家里人情有变，

朱十老无故的听信谗言，

三两银打发我出了油店，

只得在众安桥③租了房间。

每日里挑油担长街走遍，

且去到西湖上暂息双肩。

（白）且慢，你看湖上桃红柳绿，画船④来往，真真好

---

① 清波门：杭州古城门，在杭州西边，为临湖四城门之一。民国时被拆除，改建成南山路、湖滨路。现有纪念碑立于原处。高翥《春日湖上》："清波门外放船时，尽日轻寒恋客衣。"

② 临安：南宋首都，今浙江省杭州市。

③ 众安桥：宋代杭州桥梁，北宋诗人苏轼设安乐坊医治瘟疫，群众感其德，遂把附近桥梁称为"众安桥"，意为众生安乐。20世纪70年代因城市改造被拆，现有石碑纪念。

④ 画船：装饰精美的船。韦庄《菩萨蛮·人人尽说江南好》："春水碧于天，画船听雨眠。"

看！我也走得倦了，那一旁有一所人家，我且到他门口，歇息一会。（转过，坐下）

　　　　〔莘瑶琴与王九妈、丫环送众客出。

莘瑶琴　明天请早些来。

　　　　〔众客下。秦重望莘瑶琴几眼。莘下。

王九妈　正要买油，恰好有油担在此。

丫　环　他油桶上写着字，是汴梁姓秦的。

王九妈　听说有一个卖油的秦小官①，甚是老实，就是你吗？

秦　重　就是小生。

王九妈　如此你就天天送油来罢。

秦　重　可以使得。

　　　　〔轿子上。丫环随莘瑶琴上，扶她上轿。

王九妈　姑娘赶了条子②，快些回来，家中还有摆酒的。

　　　　〔秦重又望莘瑶琴几眼，众分头下。秦重见花魁上轿去后，一人呆立。

秦　重　这个女子，容颜娇丽，体态轻盈，不知是甚么人家。我且到那边酒楼饮几杯酒，打听明白，再作道理。（转过酒楼，上楼）酒保！

　　　　〔酒保上。

酒　保　秦小官，你向来不吃酒的，今日也来吃酒？这里有座位。

秦　重　只要半壶酒。

酒　保　（下，捧酒上）酒来了。

秦　重　我来问你，那边门内有一丛竹子的，是甚么人家？

酒　保　那是王九妈的家，她是做烟花生意的。她有一个姑娘，名叫花魁，近来红得了不得，要十两银子才能住上一夜哩。

秦　重　原来是花魁娘子。我久已闻名，今日幸得见面。她也是

---

① 小官：小官人的简称。官人是宋代对男子的尊称，也用作妻子对丈夫的尊称。

② 条子：妓女的别称。赶了条子：妓女响应召唤。徐珂《清稗类钞》："伶之应召曰赶条子。"

汴梁人，与我却是同乡。酒保，拿酒钱去。（挑担子下楼）世间有这样美貌的女子，落在娼家岂不可惜？（徘徊，沉吟）唉，她不落于娼家，我卖油郎又怎能得见？人生在世，若得这样的女子，搂抱一夜，死也甘心！唉，我挑油担，日进几文，哪能起这等念头！（放下油担子）哎，住一夜要十两银子，我一天积下二三分银子，不过一年有余，也就有了十两。就是这个主意，我且回去者^①。（挑担。唱）

西湖上看见了花容月貌，

不由人引起了意马心猿。

攒够了十两银再来嫖院，

定要与那美人结个良缘。

（下）

家　　院　（上）奉了公子命，前去叫佳人。我，吴公子的家人便是。公子叫我到西湖上去叫花魁娘子，左叫不来，右叫不来，我的腿都跑断了！来此已是她家，待我进去。（进）喂，九妈。

王九妈　（上）二爷来了。

家　　院　公子定要叫你花魁娘子。一连叫了三次，再若不去，公子就要打上门来了！

王九妈　花魁今日有客，实在不能去。下次公子来叫，一定去就是了。

家　　院　今日不去，惹出祸来，不关我事。（下）

王九妈　姑娘红得很，不去又得罪人，真真为难。（下）

〔秦重上。

秦　　重　世上无难事，只怕有心人。在下秦重，自从见了花魁，灵魂好像被她拿去了一般，立意要攒下十两银子，住她一夜。不觉一年有余，已攒下了十几两银子，买了一件

---

① 者：语气助词，用法相当于文言文的"也"，表示肯定，确定。

新褶衫①，一顶新头巾，今日就往她家前去。也真是天
从人愿也！（唱）

卖油郎打扮得周身齐整，

新头巾新衣裳却也斯文。

她那里本是我走熟路径，

安排着今夜里要会佳人。

（白）来此已是她家，待我进去。（欲进又退）且慢。想
我天天到她家卖油，花魁娘子也认得我。今天忽然换了
衣巾去做嫖客，未免有些惭愧，还是不去罢。（踌躇、徘
徊）哎，想我秦重，想了她一年有余，好不容易攒下十
几两银子，若是不去，岂不枉费心机！

王九妈　（上）秦小官，今天怎么不做生意？打扮得这样齐整，
　　　　要往哪里去？

秦　重　今天吗？特来拜望妈妈。

王九妈　我明白了，到我房里去坐罢。（与秦重同进房，分坐）秦
　　　　小官，你看中了我家哪位姑娘？

秦　重　就是花魁娘子。

王九妈　秦小官，你莫非是鬼迷心窍？真是癞蛤蟆想吃天鹅肉了！

秦　重　难道你家花魁，住一夜要几千两银子不成？

王九妈　几千两倒不要，只要十两银子，酒席杂用不在其内。

秦　重　（取出银子）这是十两银子，足称足色②。这是三两银
　　　　子，替我备酒。

王九妈　倒看不出你有这些银子。但是花魁今天有客，明天后天
　　　　也有客。你要等到大后天才能来。

秦　重　等到大后天也使得。

王九妈　这几天你莫来卖油。

秦　重　这个自然。（与王九妈分头下）

家　院　（上）花钱讨生气，家人没主意。我家公子一连叫了花

---

① 褶衫：有褶皱的衣衫，是一种美观体面的服装。

② 色：成色，金银块或钱币中所含纯金或纯银的比例。

　　　　　　魁娘子四次，她总不肯来。公子叫出气来了，要我去找
　　　　　　几个打手，打上门去，硬把花魁抬到家来。我到哪里去
　　　　　　找呢？我且到那边去问问。（下）
　　　　　　〔秦重上。

秦　重　　（念）
　　　　　　安排云雨梦，
　　　　　　今夜赴阳台。

王九妈　　（上）秦小官你来了，花魁又被人叫去了，你且在厢房
　　　　　　等一等。

秦　重　　今天是早说定的，怎么又出去了。

王九妈　　她就回来的，你耐烦等一等。我取酒来你吃。（下）
　　　　　　〔秦重坐下，起二更。王九妈捧酒上。

王九妈　　已打二更了，花魁还不回来，这孩子今日恐怕又吃醉了。
　　　　　　我陪你在她房里坐一坐，吃杯酒罢。（引秦重至莘瑶琴房
　　　　　　内）
　　　　　　〔打三更。丫环扶莘瑶琴上。莘酣醉。

丫　环　　姑娘回来了。

王九妈　　此刻才回，又吃得这样大醉！

莘瑶琴　　谁在我房中吃酒？

王九妈　　是我前天对你说的秦小官。

莘瑶琴　　我不曾听见有甚么秦小官，我不接他！

王九妈　　他是个老实人，娘不会误你的。

莘瑶琴　　（望秦重一眼）我认不得他。我要睡了。（进帐睡下）

王九妈　　花魁醉了，休得见怪，且慢慢等她醒来。这里有茶一壶，
　　　　　　你关门睡罢。（带丫环下）
　　　　　　〔打四更。

秦　重　　好容易等到今天，她偏偏又吃醉了！（唱）
　　　　　　好容易才到这风流妙境，
　　　　　　谁料她出门回酒醉醺醺。
　　　　　　在房中看一看摆设齐整，

有琴棋和书画真个斯文。

虽未曾上牙床与她共枕，

在此间坐一坐却也销魂。

（白）想她酒醉之人，必定怕冷，那边有一幅锦被，我

且与她盖上。（盖毕，坐在床边）

〔花魁坐起呕吐，秦重忙脱衣衫接着。随即倒茶给花魁

吃，又扶花魁睡下，仍盖好被子。

秦　重　娘子，你又睡了，真真闷煞人也！（唱）

这佳人直醉到昏迷不醒，

且坐在她身旁细看分明。

鲜花儿插满了乌云两鬓，

玉腮上起红霞酒气犹醺。

指尖儿似玉笋十分白嫩，

绣鞋儿三寸小带着灰尘。

从头上看到脚天生风韵，

挨近了她身旁慢慢温存。

〔打五更。

莘瑶琴　（唱）

这一阵醉得我昏沉不醒，

（坐起。白）哎哟，太吃醉了！（望秦重）你是哪个？

秦　重　小生姓秦。

莘瑶琴　（接唱）

半夜里好多事记不分明。

（白）我好像呕吐了一般。

秦　重　娘子半夜吐了。

莘瑶琴　吐在哪里？

秦　重　小生怕污了娘子枕席，将我的衣衫接住了。

莘瑶琴　哎呀，岂不污了你的衣服！拿来我看。

秦　重　待我取来。（取衣给花魁看）

莘瑶琴　可惜你这件衫子了，

秦　重　　这衣服有幸，得沾娘子余沥①。

莘瑶琴　　好说了。（又望秦重两眼，作惊）哎呀，你好像是每日在
　　　　　　我家门前卖油的。老实说来，不可欺我。

秦　重　　承小娘子下问，小生实是卖油的。只因想慕娘子一年有
　　　　　　余，攒下些银钱，今夜特来亲近娘子。

莘瑶琴　　昨夜我吃醉了酒，未曾接待于你，你白花了银钱，岂不
　　　　　　懊悔？

秦　重　　小娘子乃天上神仙，小生服侍不周，你不见责，小生已
　　　　　　心满意足了。

莘瑶琴　　你做生意攒下银钱，何不留下养家？此地不是你来往的。

秦　重　　小生并无妻小。

莘瑶琴　　（作沉吟状）哦！你还未曾娶妻的么？你明日还来不来
　　　　　　呀？

秦　重　　昨夜的费用，一年有余，方能积储下来，哪能再来呢？
　　　　　　　〔打五更，鸡叫天亮。

莘瑶琴　　天已明了，你还睡不睡？

秦　重　　娘子呀，（唱）
　　　　　　昨夜晚在芳卿②身边亲近，
　　　　　　我已经得慰了思慕之情。
　　　　　　我本是生意人并无身份，
　　　　　　恐被人看破了玷辱芳卿。
　　　　　　趁此时出门去无人盘问，
　　　　　　我从今再不到你家门庭。

莘瑶琴　　（下床）哦。（唱）
　　　　　　听他言真个是诚实情性，
　　　　　　世间上难得这有义之人。

---

　　① 余沥：剩酒。《韩非子·内储说下》："齐中大夫有夷射者，御饮于王，醉甚而出，倚
于郎门。门者刖跪请曰：'足下无意赐之余沥乎？'"

　　② 芳卿：古代对女子的昵称。王实甫《西厢记》："忧愁因间隔，相思无摆划，谢芳卿不
见责。"

　　　　　　昨夜里费钱财奴未亲近，

　　　　　　想起来难过意耿耿①在心。

　　　　　　开衣箱取出了纹银两锭，

　　　　　　（取银子。接唱）

　　　　　　回头来亲递与秦小官人。

　　　　　　（白）这里有银子二十两，你带回去以为资本。

秦　重　哪有娘子破费的道理。

莘瑶琴　我的银子来得容易，你休推却。那件污了的衣裳，我叫
　　　　丫环洗净了再送与你。

秦　重　呀！（唱）

　　　　　　娘子做事真古怪，

　　　　　　不由秦重费疑猜。

　　　　　　自古道烟花多孽债，

　　　　　　只有客人费钱财。

　　　　　　她今天反送我银两块，

　　　　　　好叫我猜不透她的心怀。

　　　　　　我只得收下了上前一拜，

　　　　　　谢娘子体贴我手内无财。

　　　　　　我秦重感娘子情深似海，

　　　　　　倘若是有造化我定重来。

　　　　　　（白）谢娘子青睐，小生衷心铭感。真叫我无话可说了。

　　　　　　就此告辞。

莘瑶琴　好生去罢。

　　　　　〔秦重下。

莘瑶琴　正是：易求无价宝，难得有情郎②。（下）

　　　　　〔家院带四打手并花轿上。

────────

　　① 耿耿：心中挂怀，烦躁不安的样子。《诗·邶风·柏舟》："耿耿不寐，如有隐忧。"

　　② "易求"二句：鱼玄机《赠邻女》："羞日遮罗袖，愁春懒起妆。易求无价宝，难得有
心郎。枕上潜垂泪，花间暗断肠。自能窥宋玉，何必恨王昌。"

家　院　奉了公子命，前去捉花魁。在下吴府家人便是。只因我
　　　　家公子叫了花魁几次，她总不来，公子生气，叫我找了
　　　　几个打手，硬将花轿去抬人。列位跟我来。到了。老鸨
　　　　出来！

　　　　〔王九妈上。

王九妈　是哪一个？

家　院　是我，我家公子叫你花魁几次，总不肯去。今天不去也
　　　　要去，快叫她出来上轿。

王九妈　吃了饭就去。

家　院　等不得了。（领众打手直进莘瑶琴房中，硬把莘拉了出来）

王九妈　（叫喊）你们是贼。抢人啦！

　　　　〔家院与打手把莘瑶琴推上轿。急下。

王九妈　青天白日，硬来抢人，我告官去！（下）

吴　成　（内唱）

　　　　西湖上风光好红桃绿柳。

　　　　〔吴成坐船，艄婆摇船上。

吴　成　（接唱）

　　　　叫船家摇动了一叶扁舟。

　　　　只可恨那花魁不来陪酒，

　　　　叫家人抢她来方肯罢休。

　　　　（白）小生吴成，叫了花魁几次，她总不来，可恨之至！
　　　　现今叫家人带了打手去把她抢来，若不如此，那王鸨儿
　　　　也不知我的利害。

　　　　〔家院与众人推莘瑶琴上。

家　院　公子，花魁抢来了。

吴　成　来了甚好，我重重有赏。（向莘瑶琴）我叫你几次，你为
　　　　何总不肯来？你看我不起吗？（莘瑶琴不理）这不是我
　　　　动野蛮，只怪你不识抬举。于今来了就好。来来来，快
　　　　来饮酒。（用手拉莘瑶琴，莘拍开，怒目而视）你这贱人，
　　　　真真的岂有此理！把她衣服首饰剥了下来，拉她到清波

门外，丢在地上，看她有本事走回去！

〔众动手剥花魁衣服首饰。

莘瑶琴　（哭喊）你们这些强盗！啊，有贼呀！

〔众拉花魁上岸，抛在地上。

吴　成　开船！（率众下）

莘瑶琴　（坐地痛哭）哎呀，这些强徒，抛我在此，四面无人，如何是好？真真急煞人也！（唱）

奴不该做了这烟花下品，

被狂徒强糟蹋忍气吞声。

荒郊外路荡荡①不见人影，

我如何回家去急煞了人。

〔秦重上。

秦　重　清波门外路，看看已斜阳。

莘瑶琴　（哭）你这狂徒，害得我好苦吓！

秦　重　且慢，那边似有哭泣之声，待我看来。（见莘瑶琴，惊）哎呀，你不是花魁娘子吗？怎么这个样儿，独坐在此。

莘瑶琴　（偷望秦重）你不是秦小官吗？

秦　重　正是秦重。

莘瑶琴　秦小官你快救我呀！

秦　重　娘子，你的衣服首饰哪里去了？

莘瑶琴　只因有一吴公子，叫我几次，我不能去，他便将我抢来，抛我在此，将我的衣服首饰，都剥去了。现在遇着了你，你就是我的亲人了。

秦　重　此地没有轿子，如何是好？

莘瑶琴　你快想个办法送我回去罢。

秦　重　我只好背你回去了。

莘瑶琴　路上有人看见，会被人笑话的。

秦　重　城外人少，还不要紧。待到城边，再叫轿子送娘子回去

① 荡荡：空荡荡，形容空寂，一无所有。

就是。

莘瑶琴　这就有劳了。

秦　重　（背起莘瑶琴走圆场）到了城门边了，娘子下来，待我
　　　　进城叫轿子。（下。旋即领轿子上）娘子请上轿罢。

　　　　〔莘瑶琴上轿，秦重步行，同走圆场。

秦　重　到家了。九妈快来。

　　　　〔王九妈上。

王九妈　哎呀，花魁被抢去了，你还来做甚么？

秦　重　花魁娘子回来了。

王九妈　在哪里？（见莘瑶琴）哎呀，宝宝儿吓，谢天谢地！（扶
　　　　莘瑶琴下轿，同入屋，坐下）姑娘怎么成了这个样子？

莘瑶琴　强徒把我抢去，拉到他的船上。我不理他，他就将我的
　　　　衣服首饰剥去，把我抛上岸来。正在为难之时，幸遇秦
　　　　小官看见，把我背了回来。

王九妈　谢谢秦小官，你是我们的恩人了，我去叫人预备酒席，
　　　　你两口子畅饮几杯。（下）

莘瑶琴　待奴梳妆。

秦　重　娘子梳妆，小生不便在此。

莘瑶琴　（拦住）你真是老实人。你且坐在一旁，看奴梳妆。丫
　　　　环侍候。

　　　　〔丫环上，侍候莘瑶琴梳妆。

莘瑶琴　（唱）

　　　　叫丫环捧镜台重梳两鬓，

　　　　满头上扑去了路上灰尘。

　　　　指尖儿调匀了胭脂水粉，

　　　　看镜中依然是绝妙丰神①。

---

① 丰神：风貌神情。徐陵《晋陵太守王励德政碑》："丰神雅淡，识量宽和。"

淡罗裙上绣着西湖十景①，

新衫儿穿一件贴体香薰。

妆罢了上前来低头恭敬，

奴花魁拜一拜救苦恩人。

秦　重　不劳拜谢。

〔丫环捧酒上，摆宴。秦重、莘瑶琴对坐同饮。

秦　重　娘子今日受惊了，请饮这一杯压惊酒。（唱）

我自从见芳卿未曾谈论，

汴梁人我与你本是乡亲。

莘瑶琴　原来你也是汴梁人。本是同乡，越史亲近了。

秦　重　（唱）

母早亡父失散妻房未聘②，

莘瑶琴　今年多大年纪？

秦　重　今年二十岁了。

莘瑶琴　二十岁可以娶得妻了。

秦　重　（接唱）

只因为没钱财不敢求亲。

莘瑶琴　若有人肯嫁你，又不要你的钱，你愿意吗？

秦　重　哪有这等好事！不过，若是生得丑的，我秦重也是不要
　　　　的。

莘瑶琴　像我这样的如何？

秦　重　娘子乃是天上神仙，小生哪敢妄想呀！（接唱）

倘若是像娘子这般齐整，

我情愿为奴仆叠被铺衾。

莘瑶琴　言重了。（举杯。唱）

举杯儿请恩人宽怀畅饮，

这算是奴花魁略表诚心。

---

①　西湖十景：西湖的十大景点，即苏堤春晓、曲院风荷、平湖秋月、断桥残雪、花港观
鱼、柳浪闻莺、三潭印月、双峰插云、雷峰夕照、南屏晚钟。

②　聘：订婚。《礼记·内则》："聘则为妻，奔则为妾。"

想那天奴酒醉未曾亲近，

反劳你服侍我坐到天明。

今夜晚与郎君同衾共枕，

补从前我和你未尽恩情。

（白）今夜留你在此住宿。夜已深了，同到后房去罢。

（引秦重转到卧室，同入罗帏①）

莘瑶琴　（在帐内唱）

这一夜入巫山云雨梦境，

〔鸡啼。莘瑶琴出帐。

莘瑶琴　（接唱）

翡翠衾芙蓉枕睡到天明。

叫丫环捧水来将面洗净，

（洗脸、穿衣。接唱）

穿一件长衫儿坐等郎君。

秦　重　（在帐内唱）

昨夜晚才得与佳人亲近，

（出帐。接唱）

破题②儿第一次真个销魂。

（白）原来娘子已起来了。

莘瑶琴　你也起来了。丫环打水来。

〔丫环打水。秦重洗脸，穿衣。

秦　重　（接唱）

这是我卖油郎三生有幸，

但不知何日里再见芳卿。

莘瑶琴　你要见我，这有何难，我还有话和你商量。奴家不幸，
落入烟花，见过多少王孙公子，只有你诚实稳重。奴家
愿托终身，不知你意下如何？

秦　重　（惊）娘子何出此言！我秦重身无分文，哪能娶得起娘

———————————

① 罗帏：罗帐，丝织帘幕。

② 破题：本意是八股文的第一股，这里指初夜。

子。

莘瑶琴　不消你的钱，奴自有钱赎身。

秦　重　恐怕你妈妈不肯。

莘瑶琴　对门刘四妈，能讲会说，我请她来做媒，定能如愿。丫环，去请四妈过来。

丫　环　是。（下）

〔刘四妈上。

刘四妈　有人来请我，必有好事情。（进房）原来有客在此。

莘瑶琴　这是秦小官。

秦　重　妈妈有礼。

刘四妈　听说姑娘昨天受了苦，是秦小官救回来的。白日受了苦，昨晚想又太快活了。

莘瑶琴　四妈休得取笑，我有正经事要求四妈做主。

刘四妈　姑娘心事我已晓得了，想是昨天受了苦，想要从良，但不知是哪一位公子？

莘瑶琴　我是不嫁公子的。

刘四妈　你不嫁公子，难道嫁老汉不成？

莘瑶琴　（向四妈耳语，指秦重）就是他。

刘四妈　他有钱赎得起你吗？

莘瑶琴　我备有三千两银子赎身，有票在此，请四妈对九妈好生说去。

刘四妈　你妈妈难说话，我不去碰钉子。

莘瑶琴　我这里有金镯一只，送与四妈。若说成了再送一只。

刘四妈　（背白）有了金镯，我就高兴了。（对莘瑶琴）凭我这张嘴，看你们的造化。先戴上这镯子，讲话也体面些。你们候我的回信。

莘瑶琴　四妈快去快来。

刘四妈　我去去就来。（下）

秦　重　多谢娘子美意，但事纵成了，我却养不起娘子，如何是好？

莘瑶琴　我有银子寄放在外边，不必忧虑。以后你也不须再做这
　　　　卖油的生意了。

秦　重　我秦重真是做梦都想不到啊！

　　　　〔刘四妈、王九妈同上。

刘四妈　恭喜姑娘，你妈是个慈悲的人，已经答应了。

王九妈　姑娘，想你到我家中，也帮我捞了许多银钱。如今听四
　　　　妈的话，由你去罢。

莘瑶琴　（跪下）叩谢妈妈。（又拜刘四妈）拜谢四妈。

刘四妈　亏我嘴都讲干了，她才答应。还有一只镯子，快些拿来。

莘瑶琴　（送镯与四妈）送与你老人家。

刘四妈　（接镯子，喜笑）今天正是好日子，你夫妻二人就到我
　　　　家拜堂，成就了洞房花烛。

秦　重　如此甚好。正是：青楼无意结鸾凰，

莘瑶琴　谁信儿家有主张。

刘四妈　独占花魁真喜事，

王九妈　门前少个卖油郎。

　　　　〔四人同下。

　　　　〔剧终。

杜十娘

人物

李　甲　杜十娘　王　氏　丫　环　柳荣卿

李　宏　孙　富　众妓女　艄　公　水　手

〔李甲上。

李　甲　（念引）

贪恋佳人，

心中事一言难尽。

（诗白）

屈指年华二十春；

读书捐监①住京城。

为贪此地风光好，

欲住秦楼②过一生。

（白）小生李甲，字干先。浙江绍兴府人氏。父亲官居布政③，今已告老还乡。小生在京捐监，虽然有志功名，不免怡情花柳。只因同乡柳荣卿兄邀游妓馆，得遇杜十娘，十分美貌。流连一年有余，与我情投意合，愿为夫妇。怎奈我钱财用尽，父亲已知消息，屡次来书责备。在此又为鸨母生怨。若说烟花之辈，原可丢开，怎奈十

---

① 捐监：科举制度中监生名目之一。明清时以出资报捐而取得监生资格者。始于明景帝时，报捐者初限于生员。后来无出身者也可以捐纳成为监生，称为"例监"。

② 秦楼：妓院。朱有燉《香囊怨》："秦楼中阑珊了翠袖红裙，章台上空闲了玉罍金樽。"

③ 布政：即布政使，官名，明清各直省承宣布政使司主官，掌一省政令、财赋，为一省最高行政长官。

娘美色难舍，令人心情难定也。（唱）

说不尽美佳人温柔情性，

更爱她如花貌绝代超群。

怎奈我到今朝床头金尽，

本思量抛弃她却又难分。

这鸨母冷言语叫人难听，

没奈何权忍耐院里藏身。

（下）

〔杜十娘上。

杜十娘　　（念）

易求无价宝，

难得有情郎。①

（诗白）

劝君莫惜金缕衣，

黄金难买少年时。

花开堪折直须折，

莫待无花空折枝。②

（白）奴家姓杜名媺，排行第十，年龄一十九岁。不幸流落烟花，竟与李公子干先交好。奴家愿托终身与他，怎奈他畏惧他的父亲，又将钱财用尽。唉！若说钱财一层，奴家尚有主意。等公子到来商量也。（唱）

可怜我生成是桃花薄命，

自幼儿遭不幸流落风尘。

幸遇着李公子心心相印，

暗地里结下了海誓山盟。

他虽然今日里钱财用尽，

我暗中有主意尚未言明。

---

① "易求"二句：鱼玄机《赠邻女》。

② "劝君"四句：杜秋娘《金缕衣》："劝君莫惜金缕衣，劝君惜取少年时。花开堪折直须折，莫待无花空折枝。"

等公子到院来慢慢探听，

看起来这件事终究须成。

〔王氏上。

王　氏　（念）

晦气开窑子①，

遇着穷浪子；

鬼都不上门；

人也会饿死。

（白）老身王氏。在这北京开了一所窑子。女儿杜十娘，天生美貌，却也挣了不少银子。近来与李公子情投意合，被他占住，鬼也不上门了。屡次打发他出院，谁知这贱人与他更加亲热。老娘屡次骂他，却是白骂了他。今天再与小贱人理论一场，岂不是好。女儿在哪里？

〔丫环上。

丫　环　哪个？

王　氏　是我。姑娘起来了吗？

丫　环　起来了。

杜十娘　妈妈来了，请坐。

王　氏　姑娘，你看我们行户②中，吃客穿客。自从李公子在此混了一年多，莫说新客，连旧客都不来了，弄得有气无烟③的。叫你与他断绝，你反依着这穷汉，到底是甚么主意？

杜十娘　妈妈，那李公子不是空手上门的，他也曾花过大钱的。

王　氏　哦！你说他花过大钱，如今你要他来买了你去。他买你不起，永远不准他上门。

杜十娘　妈妈，这话是真的么？

王　氏　为娘哪有假话。

---

① 窑子：妓院。

② 行户：古代对妓院的隐称。

③ 有气无烟：形容家中十分贫困，快要断炊。

杜十娘　　妈妈要多少银子，方准女儿出院？

王　氏　　若是别人，千两也不多；可怜那穷汉没有钱，只要他三百两，你便跟了他去就是。

杜十娘　　妈妈，是真的？

王　氏　　真的，谁与你说假话。但是，十天内方可；若过了十天，没有银子，老娘也不管你三七二十一，把那穷汉赶了出去，那时莫怪老娘。

杜十娘　　妈妈，那李公子十天内没有银子，料他也无颜面再来了。只怕有了银子，妈妈又会反悔。

王　氏　　为娘的今年五十一岁，又吃斋念佛，岂肯反悔。你若不信，当天起誓：我如果反悔，来生变牛变狗！

杜十娘　　既然如此，且等公子到来商量。

王　氏　　我且出去，听你的回话。（下）

丫　环　　姑娘，李公子哪有银子来赎姑娘的身？

杜十娘　　姑娘自有道理①。

　　　　　〔李甲上。

李　甲　　（念）

　　　　　苦中犹取乐，

　　　　　来到美人家。

　　　　　（白）丫环哪里？

丫　环　　哪个？原来公子来了。

李　甲　　十娘可曾梳洗？

丫　环　　已经梳洗，里面请坐。姑娘，公子来了。

杜十娘　　公子有礼。

李　甲　　十娘有礼。

杜十娘　　公子请坐。

李　甲　　方才何人到此？

杜十娘　　方才家母到此。

---

① 道理：主张，主意。

李　甲　到此何事？

杜十娘　哎，无非嫌你无银，唠叨了半天，公子，你将奴赎了出去，方是上策。今日我母与我商量，十天之内，有三百两银子，我便是你的人了。

李　甲　芳卿，未免取笑我了。看我一文没有，哪有三百两来赎你？

杜十娘　公子手头虽无，难道岂无亲友挪借？

李　甲　虽有富豪亲友，见我留恋烟花，谁肯挪借？也罢，且等明日假说回家，求借盘费。或者拼得三百两，也未可见得。

杜十娘　此计甚妙。我有银子一百五十两，你我各一半，公子速速去办，不必愁怀。丫环，看酒来。（唱）

　　　　公子你原本是少年情性，
　　　　哪知道世间人无义无情。
　　　　你父亲做高官人人钦敬，
　　　　用过了你家中多少金银。
　　　　今日里你贫穷都不亲近，
　　　　反说你不成器迷恋佳人。
　　　　倘若是贤公子主意拿定，
　　　　这件事你不成奴也要成。

李　甲　（接唱）

　　　　听芳卿这言语愁怀略定，
　　　　不由人转笑脸喜气盈盈①。
　　　　倘若是我二人姻缘有分，
　　　　看起来这件事还仗芳卿。

杜十娘　（接唱）

　　　　手挽手对公子叮咛细论，
　　　　嘱咐了贤公子谨记在心。

_____

① 盈盈：充满的样子，这里指满脸笑容。

　　　　　　　　我二人到今日山穷水尽，
　　　　　　　　这姻缘好和歹就要分明。
　　　　　　　　倘若是十天内将银送进，
　　　　　　　　我二人百年事①方可立成。
　　　　　　　　倘若是十天内无银送进，
　　　　　　　　可怜你无颜面再到奴门。
　　　　　　　　非是我年轻人杨花水性②，
　　　　　　　　要知道门户中鸨母无情。
　　　　　　　　叫一声有情郎牢牢记定，
　　　　　　　　十天内我在此候你佳音。

　李　甲　（接唱）
　　　　　　　　听芳卿说这话心怀不定，
　　　　　　　　可怜我去求人大半难成。
　　　　　　　　回头来叫芳卿你且暂忍，
　　　　　　　　望苍天怜你我这段恩情。
　　　　　　　　十天内成不成再来回信。
　　　　　　　　无奈何锁眉头暂出院门。
　　　　　　　　（下）

　杜十娘　（接唱）
　　　　　　　　李公子生来是温柔情性，
　　　　　　　　因此上奴与他愿托终身。
　　　　　　　　限十天不过是探他情性，
　　　　　　　　这件事他不成奴也要成。
　　　　　　　　（下）
　　　　　　　〔柳荣卿上。

　柳荣卿　（念）
　　　　　　　　落花沽③酒地，

————————————

①　百年事：婚事，喜事。
②　杨花水性：也作水性杨花，水性流动，杨花轻飘。形容女性作风轻浮，用情不专。
③　沽：买。《论语·乡党》：“沽酒市脯不食。”

深柳读书堂。

（诗白）

春游芳草地，

夏赏绿荷池。

秋饮黄花酒，

冬吟白雪诗。①

（白）卑人柳荣卿，现在京城读书应试。向与李干先交好，多日不见，想是在花柳中迷着，真是可惜了啊！（唱）

带家小住京城读书应试，

龙虎榜②待题名吐气扬眉。

可惜了李干先风流浪子，

一月来未见面却也相思。

〔李甲上。

李　甲　（念）

上山擒虎易，

开口告人难。

（白）小生李甲，受了十娘重托，到亲友处挪借，都不答应。今天只好到柳荣卿家中告借，这是最后一着了！正是：贫居闹市无人问，富在深山有远亲。③来此已是，门上有人么？

〔家人上。

家　人　是哪个？原来李相公来了，待我与你通报。李相公来了。

柳荣卿　正想着他，他就来了。有请。

家　人　有请。

李　甲　柳兄在哪里？柳兄有礼。

柳荣卿　有礼。请坐。连日不见，何处去了？

---

① "春游"四句：汪洙《神童诗》。

② 龙虎榜：科举考试的排行榜。《新唐书·欧阳詹传》："举进士，与韩愈、崔群、王涯、冯宿、庾承宣联第，皆天下选，时称'龙虎榜'。"

③ "贫居"二句：《增广贤文》："贫居闹市无人识，富在深山有远亲。"

李　甲　前番你道十娘有反悔之意，如今十娘拿出银子一百五十
　　　　两，叫小弟凑足三百两银子，赎她出院。银票在此，柳
　　　　兄请看。

柳荣卿　哦呀！如此看来，十娘果是个多情女子，不可负她。我
　　　　看干先无处可借，方才有人寄到银子一百五十两，托买
　　　　书籍，兄且拿去，成此好事。（交银票）

李　甲　如此盛情，感激不尽。限期已迫，小弟告辞。

柳荣卿　少送。（与李甲分别下）

　　　　〔杜十娘上。

杜十娘　（念）

　　　　有事在心头，

　　　　叫人暗地愁。

　　　　（白）公子去借银子，不知可曾借得。少①坐一会。

　　　　〔李甲上。

李　甲　（念）

　　　　好事多磨折，

　　　　高情仗故人。

　　　　（白）来此已是。丫环，我来了。

　　　　〔丫环上。

丫　环　公子来了，

杜十娘　公子请坐。银子可曾借到？

李　甲　卑人有一好友柳荣卿，知道十娘此事，十分称赞。芳卿，
　　　　他借与银子一百五十两，现今凑足三百两，十娘请看。

杜十娘　果然不错，我二人的好事成就了！丫环，有请家娘。

丫　环　有请家娘。

　　　　〔王氏上。

王　氏　请我何事？

丫　环　李公子来了。

---

① 少：同"稍"，稍微。

王　氏　他来白吃白要惯了的。今天限期已满，想是没有银子，请我展期①，这就万万不能的了。

丫　环　他带银子来了。

王　氏　（探头望）未必未必，待我看来。

李　甲
　　　　妈妈来了。
杜十娘

王　氏　请我何事？

李　甲　这是三百两银子，（交票）今日刚刚十天，限期未误。

王　氏　（接银票惊看）这银票莫非是假的？

李　甲　岂有假的，你且细看。

王　氏　老身认不得字，不知是谁家的票子。但是我这女儿，有人出过一千两，我还不卖哩。

杜十娘　妈妈，女儿自从到此，替妈妈挣过无数银子。妈妈亲口许诺，只要三百两。今日公子办来不少分毫，求妈妈成全女儿这桩好事，妈妈若要反悔，女儿寻个自尽，那时人财两空。不如妈妈成全女儿去罢。

王　氏　罢了，料也留你不住的了！但是衣服首饰一件不准带去。

杜十娘　这丫环是女儿买来的，女儿是要带去的。其余一切物件，女儿不要就是。

王　氏　既然如此，你二人今天就出去，老娘没有闲饭给你们吃。算是我晦气了！

杜十娘
　　　　妈妈请上，就此一拜而别。（同下）
李　甲

　　　　　〔妓女甲、乙、丙、丁上。妓丙手提箱子。

妓　甲　众位姐妹，今天十娘从良，我们前去道喜。

妓　乙　我们还要送礼。

妓　丙　她寄放的箱子，今天去送还与她。

妓　丁　好，我们一同送去。（同下）

---

①展期：延长，推迟。

〔李甲、杜十娘同上。

李　甲　来此已是柳兄家中，门上哪位在？

〔家人上。

家　人　是哪个？原来李公子来了。

李　甲　你家少爷可在家中？

家　人　正在堂上。

李　甲　你道我来了。

家　人　请站。有请家爷。

〔柳荣卿上。

柳荣卿　请我何事？

家　人　李相公来了。

柳荣卿　有请。

家　人　有请。

李　甲　十娘稍候，待我先进去。

杜十娘　公子先去。

李　甲　柳兄在哪里？

柳荣卿　贤弟来了，请坐。

李　甲　告坐①。

柳荣卿　贤弟好事可成？

李　甲　十娘来了，可容见否？

柳荣卿　我是最不论②的，请来相见。

李　甲　如此，待我叫她进来。十娘请进。十娘，上面坐的柳荣
　　　　卿兄，就是我们的恩公了。好生见礼。

杜十娘　多感仗义成全，奴与李公子一同叩谢。

柳荣卿　十娘这番举动，也算得是个豪杰了。

杜十娘　恩公夸奖了。

柳荣卿　请坐。

杜十娘　告坐。

---

① 告坐：上级或长辈让下级或晚辈坐，下级或晚辈谦让或道谢后坐下。

② 最不论：桂柳话，意为最不讲究礼节。

〔妓甲、乙、丙、丁上。

妓　　甲　　来此已是柳家。门上哪位在？

家　　人　　原来是众姑娘，到此何事？

众　　妓　　十娘可在此地？

家　　人　　正在这里。

众　　妓　　烦你通传，我们是来送行的。

家　　人　　请稍候。来了众位姑娘，说是给十娘送行的。

杜十娘　　恩公可容进来？

柳荣卿　　进来无妨，请。

家　　人　　众位姑娘请进。

众　　妓　　有劳了。十娘在哪里？见过姐姐，见过柳老爷，见过李
　　　　　　公子。

妓　　甲
　　　　　　我们来与你送行。
妓　　乙

妓　　丙
　　　　　　我们来送箱子与你。
妓　　丁

杜十娘　　有劳了。公子，（指妓甲）这是月朗姐姐。前番一百五十
　　　　　　两银子，是她送的。

李　　甲　　感谢了。

柳荣卿　　你们来得正好，家院看酒来。今天李公子与十娘成就了
　　　　　　好事，我等须要尽欢。不拘行令①唱曲，各随其便。

　　　　　　〔家院捧酒上。

众　　妓　　如此唱起来。（唱小曲）打扰了。

杜十娘　　有劳各位。

柳荣卿　　送客。（送行。下）

　　　　　　〔杜、李与众妓分头下。

　　　　　　〔李宏上。

李　　宏　　（念）

----

① 令：即酒令，酒席上的一种助兴游戏。

　　　　　　奉了家主命，

　　　　　　来接少东人①。

　　　　　　（白）在下李宏，奉了老爷之命，迎接少爷回家，京城
　　　　　　不见，人说他已启程回家了。我且到潞河②登舟，转回
　　　　　　家去。（下）

孙　　富　（内叫）开船。

　　　　　〔艄子划船引孙富上，

孙　　富　（唱）

　　　　　　这一回一帆风顺利少见，

　　　　　　不觉得来到了瓜洲③渡边。

　　　　　　（白）小生孙富，乃新安④盐商。现因有事进京，看看
　　　　　　天色将晚，不免在此停泊一宵。水手，将船靠定。（下）

　　　　　〔水手划船引李甲、杜十娘上。

李　　甲　（唱）

　　　　　　一路上少风波顺流直下，

杜十娘　（接唱）

　　　　　　青楼女最难得跳出烟花。

李　　甲　（接唱）

　　　　　　京城内传开了风流佳话，

杜十娘　（接唱）

　　　　　　我二人放宽心顺水归家。

　　　　　〔李宏上。

李　　宏　来此已是潞河，看有船没有，那边一只船，内面坐的好
　　　　　　像我家少爷一般，待我冒叫一声。船上可是少爷吗？

李　　甲　谁人叫我？（起看）原来是老家人李宏，船家打跳⑤。

────────────

① 少东人：也称少东家，古代受雇的人对主人儿子的称呼。

② 潞河：海河的支流，京杭大运河的北段，流经今北京市和天津市。

③ 瓜洲：古代著名渡口，在今江苏省扬州市邗江区，京杭大运河入长江处。

④ 新安：今安徽省黄山市歙县。

⑤ 打跳：搭上供上下船用的跳板。

水　手　是。（搭跳板让李宏上船）

李　宏　（上船）见过公子。

李　甲　到此何事？

李　宏　奉了老爷之命，差我前来寄信与公子。有信在此。

李　甲　呈了上来，待我观看。

李　宏　老爷来信何事？

李　甲　老爷来信痛骂，叫我舍了十娘。今带十娘回去，未必相容。

李　宏　那女眷是谁？

李　甲　就是十娘。

李　宏　老爷性情严厉，岂容少爷做出这等事情。少爷还要三思①。

李　甲　她既从我，岂能半途舍去？且见少奶奶，再作道理②。

李　宏　遵命。见过少奶奶。

杜十娘　他又是谁？

李　甲　乃是家院李宏。

杜十娘　老大人安好？

李　宏　老大人安泰。特着老奴前来接少爷回家。

杜十娘　少爷正是回家。老人家到后舱歇息。

李　宏　遵命。

李　甲　十娘，李宏带来我父书信，责我迷恋芳卿，如何是好？

杜十娘　公子不必多愁，想我二人千辛万苦，才有今日，你看今
　　　　晚月朗风清，待奴抚琴与公子解愁。丫环，看琴来。
　　　　〔丫环捧琴上。十娘抚琴。

杜十娘　（唱）
　　　　此琴本是七弦琴。
　　　　一经抚弄有仙音，
　　　　用手儿轻拢慢捻③琴声震，

---

　　① 三思：慎重考虑，反复思量。《论语·公冶长》："季文子三思而后行。子闻之，曰：
'再，斯可矣。'"
　　② 作道理：做打算，想办法。
　　③ 轻拢慢捻：形容轻巧从容地弹奏弦乐器。白居易《琵琶行》："轻拢慢捻抹复挑，初为
霓裳后六幺。"

琴音悠雅解愁情。

〔孙富上。

孙　富　忽然琴声悠雅，是何人在此抚琴？待我问过。船家。

〔艄子上。

艄　子　孙相公叫我何事？

孙　富　抚琴的那只船，是谁人的家眷？你去问来。

艄　子　喂①，伙计，你们是哪个的船？

〔水手上。

水　手　是哪人打叫②？

艄　子　原来是老大。我来问你，你们船上是谁人的家眷？

水　手　是李公子搬家眷杜十娘回家。

艄　子　有劳了。回相公，乃是李公子搬家眷杜十娘回家的。

孙　富　船家，烦你通报有孙富求见公子。

艄　子　老大，我船上的孙富相公有帖拜请你家公子。

水　手　稍候。启禀公子，那只船有一孙相公求见。

李　甲　此人向未认识，何以求见？

杜十娘　江湖之上，难知好歹，公子以不见为妙。

李　甲　途中相会，却也无妨。十娘暂请退下。

杜十娘　我在后舱等候公子。（下）

李　甲　船家打跳。（上孙富船）孙兄在哪里？

孙　富　公子有礼，请坐。舟中寂寞，幸遇嘉客。

李　甲　萍水相逢，三生有幸。

孙　富　好说了。方才听舟中琴声清妙，原来阁下有此绝技。

李　甲　是小妾杜十娘抚琴。

孙　富　杜十娘是京城名妓，何以落在兄手？

李　甲　她已从良，现跟小弟回家。

孙　富　（笑）兄带佳人而归，固是快事，但不知贵府中能相容否？

---

① 喂（wēi）：叹词，表示惊异、焦急等。

② 打叫：叫唤，呼唤。

李　甲　　贱内倒也无妨，只是家父面前，尚须设法遮盖。

孙　富　　既是尊大人难容，嫂夫人何处安顿？

李　甲　　小妾暂住苏杭，待小弟先回，求亲友向家父讲情，然后相见。

孙　富　　小弟与阁下初见，不敢深言。这却是不妥。

李　甲　　正求指教。

孙　富　　弟有一计，只怕阁下贪恋枕席，未必能行。

李　甲　　小弟奉到家父严命，正在惶恐万状，若兄有妙计，乃弟之恩人也。

孙　富　　（背场）我看他乃是个无主意的人，待我再吓他儿句，不怕杜十娘不到我手。（转向李）弟想阁下回去，必不能和睦家庭，安顿仁嫂。不孝不义，何以为人？尊大人恨兄花费了银钱，不能照管家业，此番空手而归，必然生气。阁下倘能舍此佳人，弟愿赠以千金。阁下得了此款，只说在京并未花费，尊大人必转怒为喜。阁下以为如何？

李　甲　　闻兄大教，顿开茅塞。但是小妾千里相随，不忍舍却。待弟回船商量，她若情愿，再来回信。

孙　富　　好的。阁下说话，须要委婉些呀。

李　甲　　请退。

孙　富　　不送。（下）

李　甲　　搭跳。（过船）有请十娘。

杜十娘　　公子回船来了？丫环看茶来。

李　甲　　不要。

杜十娘　　方才好好，缘何一时这等忧愁。妾与公子，吃尽辛苦，才有今日。你忽然悲泪，其中必有缘故，不如你说明，也好做一准备。

李　甲　　哎！芳卿呀！（唱）
　　　　　未开言不由人泪如雨洒。
　　　　　这件事好叫我心乱如麻。

杜十娘　　方才好好，为何心乱如麻？

李　甲　（接唱）

　　　　　适才间在邻船与人说话，

杜十娘　说些甚么？

李　甲　（接唱）

　　　　　他问我与芳卿仔细根芽①。

杜十娘　人家闺中之事，他问怎的？

李　甲　（接唱）

　　　　　我便将风流事从头说下，

　　　　　他问我这佳人怎么安插②？

杜十娘　公子带妾归家，怎么安插，与他何干！

李　甲　（接唱）

　　　　　我说道父亲在十分惧怕，

　　　　　也愁着带美人难以回家。

　　　　　我向他求巧计周全上下，

杜十娘　此人姓甚名谁，何方人氏？

李　甲　此人姓孙名富，新安盐商，家财万贯，年方二十。

杜十娘　快说了罢。

李　甲　（接唱）

　　　　　他说我从前事未免做差。

　　　　　今日里空手回严亲必骂，

　　　　　况又在花街中带来娇娃，

　　　　　自古道妻妾轻父母为大，

　　　　　他赠我千两银送我回家。

杜十娘　你得了他的银子，将我安顿何处？

李　甲　（接唱）

　　　　　将银两献高堂免父怒发，

　　　　　你只好到他家别抱琵琶③。

---

① 根芽：植物的根与幼芽，比喻事物的根源、根由。

② 安插：安排，安置。

③ 别抱琵琶：改嫁或移情他人。纪昀《阅微草堂笔记》："故人情重，实不忍别抱琵琶。"

杜十娘　他赠了你千两银子，要你将我卖与他，你可答应了？

李　甲　（接唱）

　　　　两年来你与我恩义重大，

　　　　怎舍得抛下你独自归家？

杜十娘　多蒙公子不弃奴家，倘能白头到老，就是粗茶淡饭，妾

　　　　也甘心！

李　甲　哎！芳卿呀！（接唱）

　　　　无奈我有严亲十分惧怕，

　　　　一时间无主意答应了他。

杜十娘　哦，你就答应他了么？

李　甲　实在对芳卿不住了！

杜十娘　（冷笑）哈，哈！好的！好的！此人之计甚妙。千金现

　　　　在何方？

李　甲　因未得芳卿之言，不便过付。

杜十娘　好的，好的！公子明早快答应与他，收了他千金，妾方

　　　　好过船。于今夜已深了，你且安睡。妾要梳妆，以便迎

　　　　新送旧了！丫环，捧镜台来，姑娘梳妆。

李　甲　你梳妆罢。（下）

杜十娘　苍天呀，苍天！这是我杜十娘从良的下场了呀！（唱）

　　　　叫丫环捧镜台船窗之下。

　　　　〔丫环捧镜台上。

杜十娘　（唱）

　　　　不由得苦命人来对菱花。

　　　　调匀了脂和粉轻轻用罢，

　　　　两鬓边斜插着八宝珠花。

　　　　叫丫环取罗裙腰间系扎，

　　　　换衣裳一阵阵香气交加。

　　　　妆罢了看一看千金身价，

　　　　可怜我好花枝葬送天涯！

　　　　　　　（白）公子，公子。

　　　　　　　〔李甲上。

李　甲　芳卿，你叫我何事？

杜十娘　不必睡了。天已将明，我有言语禀上，你且听来！（唱）

　　　　　　　自去年你到我院中戏耍，

　　　　　　　我二人结下了前世冤家。

　　　　　　　不接客只留你被人笑骂，

　　　　　　　准备了身价银跳出烟花。

　　　　　　　老鸨儿责骂我不在意下，

　　　　　　　一心心要与你偕老白发。

　　　　　　　谁知你半途中忽然变卦，

　　　　　　　可怜你为千金弃我归家。

　　　　　　　纵然是妻妾轻父母为大，

　　　　　　　这件事不怨你怨我自家。

　　　　　　　（白）天已亮了，你速速过船取银。

李　甲　是！搭跳。

　　　　　　　〔水手上。搭好跳板。

水　手　公子哪里去？

李　甲　过船去。（过船）孙兄在哪里？

　　　　　　　〔孙富上。

孙　富　可答应了？

李　甲　昨晚之计，小妾答应了。

孙　富　如此甚好。这里备有千金，请阁下收下。

李　甲　（接银票）一同转过。（孙富同过船）这里千金，十娘看
　　　　　　　过。

杜十娘　公子收下。那不知姓名之人，现在哪里，待我会他。

李　甲　现在船头，就是此人。

杜十娘　（怒）就是此人！丫环，将我的箱子取来。

　　　　　　　〔丫环捧箱子交杜，杜开箱取宝。

杜十娘　公子，你来看，此宝值得千金否？你千两银子，何足为
　　　　奇！（将宝掷水中）公子再看！我这里百般珠宝，能值数
　　　　万黄金。同公子回家，拜见高堂，必然转怒为喜，不至
　　　　责骂公子。于今我不负公子，公子负我，我悔恨也无益，
　　　　我只得将珠宝沉下江底！（将箱抛掷入水。转向孙富，厉
　　　　色疾声）你这狂生，用此奸计，破人婚姻，断人恩爱，
　　　　我死之后，断不饶你！（唱）
　　　　今生世我不能把仇报下，
　　　　我死后变厉鬼把贼来拿！
李　甲　不必如此，小生知罪了！
杜十娘　你知罪就是好的。快快将银子退去。
李　甲　遵命！（转身退银）
杜十娘　好罢！（投河——下。）
李　甲　哦呀！十娘呀十娘！（唱）
　　　　见十娘跳至在潞河之下，
　　　　不由得李干先两泪如麻。
　　　　这是我少见识错听奸话，
　　　　活活地断送了美貌娇娃。
丫　环　姑娘！十娘！嘿呀！（哭）姑娘呀！（唱）
　　　　见姑娘死至在潞河之下，
　　　　倒不如我一命同赴黄沙①。
　　　　（投水——下）
船　家　你是哪里的狂生，两个有情有义的女子，被你活活害
　　　　死。伙计们，与我打死这个狂生！（用棍、桨打孙富）
　　　　〔孙富逃下。
李　宏　少爷，你也太无主意了！原来这十娘才貌志气，世上无
　　　　双。少爷同他相处两年，竟未深知。你反不如那孙富了
　　　　么？

───────────

① 同赴黄沙：共赴生死。

李　甲　哎，真真是我之罪！十娘呀！（哭）老哥哥，开船罢了。

　　　　（二回头哭）十娘，你的灵魂随我这里来呀！

　　　　（下）

　　　　〔李宏等随下。

　　　　〔剧终。

救命香①

人物

欧阳伦　桂三娘　朱洪武　韩书办　老　鸨

妓女三四人　锦衣卫、刀斧手数人　太监数人

艄　婆

〔欧阳伦上。

欧阳伦　（念引）

玉叶金枝②，

在府中安闲无事。

（转念诗白）

少小年华受国恩，

许将公主配为婚；

虽然享尽人间福，

不是逍遥自在身。

（白）本宫欧阳伦③，蒙当今皇帝招为驸马，官受都尉

---

① 《救命香》曾分（上）（下）两部分分别刊发于《广西日报》，1947年11月18日第4版和1947年11月22日第4版。

② 玉叶金枝：本指花木枝叶美好，这里指皇亲国戚。崔豹《古今注·舆服》："与蚩尤战于涿鹿之野，常有五色云气金枝玉叶止于帝上。"

③ 欧阳伦（1359－1397）：明太祖朱元璋女婿，安庆公主丈夫，因贩卖私茶而被朱元璋赐死。《明史·列传第九》："安庆公主，宁国主母妹。洪武十四年下嫁欧阳伦。伦颇不法。洪武末，茶禁方严，数遣私人贩茶出境，所至绎骚，虽大吏不敢问。有家奴周保者尤横，辄呼有司科民车至数十辆。过河桥巡检司，擅捶辱司吏。吏不堪，以闻。帝大怒，赐伦死，保等皆伏诛。"

之职①，也朝欢暮乐。怎奈住在府中，拘束得紧。想到
秦淮游玩一番，不知近来可有甚么名妓。待我问过太监，
再作道理。太监哪里？

太　监　（应声上）忽听驸马唤，急步到堂前，驸马叫奴婢何事？

欧阳伦　我来问你，近来秦淮河②下，可有甚么名妓？

太　监　现在秦淮河下，有一名妓，名叫桂三娘，生得十分美貌，
　　　　只是驸马爷却去不得。

欧阳伦　本宫如何去不得？

太　监　恐怕主上知道，降下罪来，担当不起。

欧阳伦　我们暗地去走一遭，料也无妨。

太　监　驸马爷要去，得换换便衣。

欧阳伦　这个自然。你也换换衣服。

　　　　〔二人更衣。

欧阳伦　你去牵马来。

太　监　奴婢遵命。（下去牵马上。伺候欧阳伦上马）

欧阳伦　快些走罢！（唱）

　　　　自幼儿本来是风流情性，

　　　　没奈何守王法闷坐宫廷。

　　　　听闻得秦淮河十分美景，

　　　　这其间想必有绝代佳人。

　　　　一鞭儿催着马香尘滚滚，

---

① 驸马都尉：皇帝的女婿。许慎《说文解字》："驸，副马也。"段玉裁注："副者，贰
也。《汉百官公卿表》：奉车都尉掌御乘舆车。驸马都尉掌驸马。皆武帝初置。晋尚公主者，并
加之。师古曰：驸，副马也。非正驾车皆为副马。"古时皇帝乘主马，为了自身安全，需要副马
来掩人耳目，因此设置驸马都尉。其本意为掌管副马的官职，简称"驸马"。到晋代时专指皇
帝女婿。《晋书·列传·第六十八章》："（王）敦少有奇人之目，尚武帝女襄城公主，拜驸马
都尉。"驸马遂成为皇帝女婿的别称。《明史·列传第九》："婿曰驸马都尉"。

② 秦淮河：江苏南京市最大的地区性河流，也是风景区，汉代起称淮水，唐以后改称秦
淮，明代时为著名的风月区域，现为著名旅游景区。杜牧《泊秦淮》："烟笼寒水月笼沙，夜泊
秦淮近酒家。"

远望见桃叶渡^①先已消魂^②。

太　监　来此已是桃叶渡了，待奴婢去问桂三娘的船在哪里。

欧阳伦　快去快去。

太　监　哪只船是桂三娘的？

艄　婆　（在内）我们这只就是桂三娘的。

太　监　驸马爷请上这船，待奴婢把马拴好，再上船去。（拴马。上船）

老　鸨　（上）客官请坐。请问贵姓？

太　监　这是当今欧阳驸马，特到你船上一游。你们不可走漏风声。

老　鸨　哎呀，驸马爷怎么来在这里！姑娘们快出来见客。

　　　　〔桂三娘、众妓女同上。

老　鸨　这是欧阳驸马，前来见礼。不可乱说！

　　　　〔众见礼毕。

欧阳伦　哪位是桂三娘？

老　鸨　这就是桂三娘。

欧阳伦　果然名不虚传。大家坐下，看酒伺候。太监，你且到外边坐去。

太　监　奴婢知道。（下）

　　　　〔众坐、饮酒、唱曲、行令。

太　监　（上）请驸马爷早回去罢。

欧阳伦　牵马伺候。明日再来。赏银一百两，以为酒资。

老　鸨　谢过驸马爷。

欧阳伦　（对桂三娘）我明日再送衣服首饰前来与你。

桂三娘　谢过驸马爷。明日请早些到此。

　　　　〔欧阳伦、太监上岸。众女下。

---

① 桃叶渡：秦淮河上的一个渡口，在今江苏省南京市秦淮河景区内。相传渡口两岸种满桃花，春天时桃叶飘落满河面，故名"桃叶渡"。

② 消魂：也作销魂，本意指因极度悲伤而灵魂离散，这里指因极度兴奋而灵魂离散。曹雪芹《咏白海棠》："玉是精神难比洁，雪为肌骨易销魂。"

欧阳伦　桂三娘真个美貌。明日还要来此一逛。正是：（念）

千古江山闲不得，

英雄儿女各平分。

（领太监下）

〔场面奏细乐。两太监引朱洪武①上。

朱洪武　（念）

只因儿女事，

怒气上心来。

（白）朕洪武皇帝在位。自从灭了元朝，江山一统，天下臣民，皆遵守朕的国法。今日听说驸马欧阳伦，连日在秦淮河下狎②妓饮酒，不成体统，实实可怒。左右，宣欧阳伦驸马上殿。

一太监　圣上有旨，宣欧阳驸马上殿。

欧阳伦　（在内）领旨。（上。念）

忽闻金殿③唤欧阳，

不觉心惊胆又慌。

（跪。白）臣欧阳伦见驾。

朱洪武　你连日做得好事！

欧阳伦　臣并未做错甚么事情。

朱洪武　你还要瞒朕。你做驸马，何等尊贵。你胆敢在秦淮河下，狎妓饮酒，该当何罪？

欧阳伦　这个么……

朱洪武　你在秦淮河下，如何戏耍，从实说来！

欧阳伦　容奏：（唱）

只因为在府中终朝烦闷，

---

① 朱洪武（1328—1398）：即明太祖朱元璋，濠州（今安徽省凤阳县）人，明代开国皇帝，洪武元年（1368）称帝，年号洪武，庙号太祖。朱元璋一生事迹甚多，事详见《明史·太祖本纪》《明实录·太祖实录》。

② 狎（xiá）：亲昵，亲近。

③ 金殿：本指金子做的殿堂，这里指宫殿。王昌龄《长信秋词五首之三》："奉帚平明金殿开，且将团扇暂裴回。"

朱洪武　你在府中，享尽荣华，还说烦闷，真真不知足了。讲！

欧阳伦　（接唱）

偶想起秦淮河风景鲜明。

朱洪武　你到秦淮河看看景致，却也使得。怎么走到花船上去？

欧阳伦　（接唱）

只因为耳听得佳人名姓，

朱洪武　这女子姓甚名谁？

欧阳伦　（接唱）

她叫做桂三娘绝妙钗裙①。

朱洪武　你到她船上几次？

欧阳伦　（接唱）

只三次到船上与她亲近，

朱洪武　可曾住宿？

欧阳伦　（接唱）

头二次不过是酒饮三巡②，

朱洪武　第三次哩？

欧阳伦　（接唱）

第三次曾与她同衾共枕③，

朱洪武　花了多少银子？

欧阳伦　（接唱）

算前后共花了五百纹银，

朱洪武　你好好一个驸马，却被这女子迷住了，实实可恼。去了冠带④，暂且退下，听候治罪。

---

① 钗裙：本意为金钗和衣裙，这里借指女性。

② 三巡：三遍。古时主人为客人斟酒，斟一遍就像是巡一圈，因此三巡就是三遍。一说三巡是虚指，并不是指具体的三杯酒或三遍酒，而是指很多酒，亦通。

③ 衾（qīn）：被子。《说文解字》："衾，大被。"《诗·召南·小星》："肃肃宵征，抱衾与裯。"毛传："衾，被也。"孔颖达疏："《葛生》曰'锦衾烂兮'，是衾为卧物，故知为被也。今名曰被，古者曰衾。"同衾共枕：同盖一张被子，共睡一个枕头，意为关系亲密。《太平广记·卷第三百八十九·冢墓一》："一见相爱，情若夫妇，便同衾共枕。"

④ 冠带：官帽和腰带，借指官职和职位。《礼记·内则》："冠带垢，和灰请漱。"

〔左右去掉欧阳伦冠带。

朱洪武　传旨锦衣卫①，锁拿桂三娘上殿，朕要亲自审问。

　　　　〔太监传旨。

欧阳伦　哎呀！这桂三娘拿到殿上，哪还有命！我又救她不得，只好叫太监快去报信，由她自想主意罢。（下）

朱洪武　退朝。（率众下）

太　监　（上）刚才圣上大发雷霆，叫锦衣卫锁拿桂三娘上殿，驸马叫我快去报信。可怜这个美人，断断②的没命了。已走到了，老鸨上来！

老　鸨　（上）公公到此何事？

太　监　你家祸事到了，你还睡在鼓里。只因驸马到你船上，被皇帝知道了。现已传旨，锦衣卫就来锁拿桂三娘。驸马说没法搭救你们，叫我来此报信。你们自想主意罢。我就回去了。（下）

老　鸨　有这等事么？姑娘们快来。

　　　　〔桂三娘与众妓同上。

桂三娘　妈妈有何事情，这等慌忙？

老　鸨　儿呀，你还不知道，只因驸马来我们船上，被皇帝知道了。立刻就有锦衣卫来锁拿我儿上殿！

桂三娘　是真的？

老　鸨　刚才骑马叫太监来报信的。

桂三娘　不好了！（昏倒椅上）

老　鸨　儿呀，你这么就吓死了？

众　妓　姐姐速醒！

桂三娘　（唱）

　　　　听闻说触犯了当今皇上，

老　鸨
　　　　你莫要着急，大家想个计策救你才好。
众　妓

---

① 锦衣卫：明代皇帝侍卫的军事机构，直接向皇帝负责，掌侦察、逮捕、审问、情报等职，是明代著名的特务机构。

② 断断：绝对。刘铭传《议开铁路以图自强疏》："洋债以济国用，断断不可。"

桂三娘　还有甚么计策呀！（接唱）

这一去定然是刀下身亡！

老　鸨　儿呀，这个计策，也真是难想的了。（哭）我的儿呀！

桂三娘　（哭）我的娘呀！

众　妓　（哭）我的姐姐呀！

桂三娘　天呀！（唱）

一家人只哭得无法可想，

只等着带锁链去见阎王！

韩书办[①]　（上）船上哭得紧，不知为何情。且慢，这样三娘的船，缘何大家号啕大哭？待我问个明白。艄婆子，快搭跳板。

老　鸨　是哪个？

韩书办　是我。

老　鸨　原来是韩大爷，请上船来。

〔韩书办上船。

老　鸨　韩大爷来此何事？

韩书办　你们一家哭些甚么？

老　鸨　韩大爷哪里知道，只因有个欧阳驸马，来我船上，认识了桂三娘，被当今皇帝知道了，要将桂三娘锁拿上殿。韩大爷，你想这女孩子还有命么？求你老人家想个计策，搭救才好。

韩书办　这个计策确实难想。你想这个皇帝老子，杀人无数，才一统江山。他杀你们一个娼妇，犹如宰一只鸡，哪个敢替你说情？你们莫怪我说，桂三娘锁上殿，不定是怎样死法。能够死得快些，就是好的。

桂三娘　我还是自己先死了罢！

韩书办　姑娘，你自己先死了，却要连累你的娘，恐怕你们姐妹还要多死几个。

---

① 书办：管办文书的属吏，也泛指管理文书的人。沈德符《万历野获编·内阁三·书办》："书办为笔文书者通称。"

众　妓　这样说来，姐姐你是死不得的。莫要连累了我们，还是
　　　　求韩大爷想个计策。

韩书办　等我想想看……计策是有一个。桂三娘得活了命，要谢
　　　　我五百两银子。

桂三娘　果然保存奴家性命，五百两银子必定有的。

韩书办　姑娘快去梳洗。要打扮得娇滴滴的，从头到脚，衣服首
　　　　饰，件件要新鲜；所穿的衣裙，要薰得香香的。皇帝问
　　　　你，只是哀求。他要杀你，定脱你的衣服。由他一件一
　　　　件剥了下来，脱到汗衣，他自然不杀你了，

桂三娘　怎么，脱了衣服怎么就不杀我了？

韩书办　此刻不能说破，你只管大胆做去。但是身上定要薰得极
　　　　香，薰得不香，我就不敢包。我且回去，听候消息。（下）

桂三娘　奴家只好听天由命，照着他的主意去打扮便了。（下）

众　妓　我们大家同她打扮。（下）

　　　　〔老鸨随下。

　　　　〔锦衣卫、刀斧手上。

锦衣卫　奉了皇上旨，来拿桂三娘。一齐上船。

　　　　〔众拥上船去。

　　　　〔老鸨上。

锦衣卫　奉圣旨来拿桂三娘，叫她快快出来。

老　鸨　桂三娘正在吃饭。求大人恩典，容她做个饱死鬼罢。

锦衣卫　奉旨拿人，岂能拖延。快快出来，免得动手。

老　鸨　（向内）姑娘快些出来！

锦衣卫　还不出来，就到房里拿人了！

老　鸨　求大人稍缓片刻，她就出来了。

　　　　〔桂三娘上，跪。

锦衣卫　她就是桂三娘？

老　鸨　她就是桂三娘。

锦衣卫　锁上，快走！

　　　　〔刀斧手等把桂三娘锁了，推上岸去，押下。

老　鸨　儿呀，你这一去，到底有命无命，为娘如何舍得呀！（下）

〔太监引朱洪武上，

朱洪武　（念）

帝德如天大，

国祚①日月长。

（坐。白）朕命锦衣卫去拿桂三娘，不知可曾拿到。

太　监　锦衣卫已在午门②候旨。

朱洪武　命锦衣卫带刀斧手上殿。

太　监　圣上有旨，命锦衣卫带刀斧手上殿。

锦衣卫　（上）臣见驾。桂三娘业已拿到。

朱洪武　（拍案）带了上来！

太　监　带桂三娘上殿！

桂三娘　（内唱）

这一阵吓得我魂飞魄散！

（上。接唱）

烟花女哪曾见这等威严。

没奈何壮着胆忙上金殿，

（上殿，跪。接唱）

低着头哪还敢瞻仰龙颜。

朱洪武　桂氏，你知罪吗？

桂三娘　犯妇知罪。

朱洪武　松刑③。

〔刀斧手为桂三娘松刑。

朱洪武　宣驸马上殿，一同审问。

太　监　圣上有旨，宣驸马上殿。

欧阳伦　（在内）领旨。（上）不好了！皇上审问三娘，传本宫上

① 国祚（zuò）：国运，立国的年数。

② 午门：故宫的正门，因居中向阳，位当子午，故名午门，是明代皇帝颁发诏书和处罚大臣之地。

③ 松刑：给受刑之人松开刑具。

殿，想是要一同治罪了。（跪）臣欧阳伦见驾。

朱洪武　跪过一旁，听候审问。桂氏，驸马到你船上几次？

桂三娘　容奏：（唱）

　　　　驸马爷到船上曾经三次。

朱洪武　他花了多少银子？

桂三娘　（唱）

　　　　这三次共花了五百纹银。

朱洪武　可曾与你住宿？

桂三娘　（唱）

　　　　第三次与犯妇同衾共枕。

朱洪武　天子的驸马都被你们引诱坏了，真真可恼！

桂三娘　主上呀，（唱）

　　　　求天恩怜犯妇流落风尘。

　　　　今日里见龙颜惊魂不定，

　　　　只听得遍体上香汗淋淋。

　　　　〔欧阳伦暗抛手巾与桂三娘拭汗。

朱洪武　你做娼妇的，引坏多少良家子弟，还敢容留驸马，罪该
　　　　万死。左右将她衣服剥下，绑出去斩了！

　　　　〔驸马在旁作惊状。

　　　　〔左右脱桂三娘衣一件。

朱洪武　那衣上香得甚好，呈上来。桂氏，你这衣上薰的甚么香？

桂三娘　启奏主上，犯妇衣裳薰的是龙涎香①。

朱洪武　龙涎香是人间贵品，你衣服上也薰这等奇香，真是奢侈
　　　　了。左右，再将她的衣服剥了下来。

　　　　〔左右又脱桂三娘衣一件。

朱洪武　这件衣服香得更好，呈了上来。桂三娘，你这香又是甚
　　　　么香？

---

① 龙涎香：抹香鲸的肠内分泌物的干燥品，燃烧后能产生持久的香气，是一种名贵的香
料，也是制作香水的定香剂。古人误以为它是龙产出的，故称"龙涎香"。

桂三娘　　启奏主上，这是南海的沉水香①。

朱洪武　　南海沉水香？你家也有，真了不得。她身上还有衣服，
　　　　　剥下来。

　　　　　〔左右又脱三娘衣一件。

朱洪武　　这件衣服更香得古怪，呈了上来。朕从来未闻此香，叫
　　　　　人的筋骨都酥软了。这又是甚么香？

桂三娘　　这香出自海外，是出洋的使臣带了回来送与犯妇，不知
　　　　　叫作何名。

朱洪武　　朕宫中没有这等异香，你家都有，真真古怪！

左右等　　已脱到汗衣②了，她身上更香得厉害。

朱洪武　　有这等怪事？待朕亲自看来。（下位）桂氏，你身上这股
　　　　　香气，又是甚么香？

桂三娘　　犯妇身上的香，是一道人送与犯妇的，名叫救命香。

朱洪武　　哦，这个叫作救命香？真果救了你的命了。（唱）
　　　　　这女子果生得十分娇艳，
　　　　　从头上到脚下件件新鲜；
　　　　　她身上那香气叫人骨软，
　　　　　何况他小后生③怎不爱怜。
　　　　　罢罢罢赦却了这烟花下贱，
　　　　　将衣服赏还她朕有话言。

　　　　　〔左右捡衣与桂三娘穿上。

朱洪武　　驸马与桂氏，本应从重治罪。姑念你们肯说实话，还可
　　　　　饶恕。驸马赏还冠带；桂氏交官媒发卖，各自去罢。

欧阳伦　　桂三娘，叩谢天恩！

桂三娘　　小妇人还有话启奏主上。

---

　　① 沉水香：能沉下水中的沉香木。沉香木是油脂和木质混合的固态凝聚物，树木因老茎受
伤后而形成油脂，故有香气。沉水香是其中的精品，因其含油量高，密度大，故能沉于水中，
是一种名贵的香料，能散发浓郁的香气。

　　② 汗衣：汗衫，紧贴着肌肤的衣服。《释名·释衣服》："汗衣，近身受汗垢之衣也。"

　　③ 后生：年轻人，晚辈。《论语·子罕》："子曰：'后生可畏，焉知来者之不如今
也？'。"邢昺疏："后生谓年少也。"

朱洪武　你还有甚么话？

桂三娘　想小妇人曾经伺候驸马，今日又得瞻仰龙颜，若是交官媒发卖，似乎不可。

朱洪武　你的话却也有理。比如一样物件，经朕看过，却也不可亵渎，何况你曾伺候驸马，也不可嫁与别人，就把你赏与驸马为妾便了。

欧阳伦
桂三娘　叩谢天恩！

朱洪武　启驾回宫。（下）

〔太监人等俱下。

欧阳伦　哎呀，今日这场大祸，幸而逃脱；你我又结了良缘，真是喜出望外了。

桂三娘　这是托驸马的洪福。

欧阳伦　待我穿了冠带，同你走到午门，用轿子送你进府。太监，取冠带来。

〔太监捧冠带上，与欧阳伦穿戴。

欧阳伦　太监，你到府中叫人抬大轿在午门外候着，并带我的马来。

太　监　遵命。（下）

欧阳伦　三娘，宫中路远，我扶你走罢。（牵桂三娘手，唱）

看三娘绣裙下金莲①瘦小。

桂三娘　（接唱）

今日里跪金殿疼痛难当。

欧阳伦　（接唱）

手牵手缓步儿宫中闲望，

桂三娘　（接唱）

那前面好一似丹凤朝阳②。

————————

① 金莲：古代女性的小脚。

② 丹凤朝阳：比喻贤才遇到好时机。《诗·大雅·卷阿》："凤皇鸣矣，于彼高冈。梧桐生矣，于彼朝阳。"郑玄笺："凤皇鸣于山脊之上者，居高视下，观可集止。喻贤者待礼乃行，翔而后集。梧桐生者，犹明君出也。生于朝阳者，被温仁之气亦君德也。"

欧阳伦　（接唱）

　　　　这就是午门前百官来往，

桂三娘　（接唱）

　　　　且坐在这石上受一受风凉。

　　　　（坐。白）哎哟，真真的走不动了！

欧阳伦　三娘，你坐一坐，轿子想已到了。

　　　　〔太监上。

太　监　轿子在午门外，请贵人上轿。

欧阳伦　三娘坐轿，本宫骑马先行。（与三娘下）

　　　　〔太监随下。

　　　　〔欧阳伦与桂三娘复上。

欧阳伦　已到府门，请三娘进内。（与三娘入府）三娘且到东厢歇

　　　　息，待本宫带你见过公主，再入洞房。

桂三娘　这个自然。还求驸马命人到妾船上，告知鸨母与众姐妹，

　　　　叫他们放心。还有一韩书办，替妾出了计策，保存妾的

　　　　性命，求驸马赏他五百两银子。

欧阳伦　原来是韩书办出的计策，自然要赏，太监过来。

　　　　〔太监上。

欧阳伦　你到秦淮河下，告知三娘的鸨母和众姐妹，说三娘安然

　　　　无事，已配本宫为妾。还有韩书办，叫他快来领赏。

太　监　奴婢就去。（下）

欧阳伦　这韩书办的计策，本宫却不明白。怎么皇上看见你打扮

　　　　得整齐，闻见你的香气，就不杀你了？

桂三娘　这个计策，妾也不明白。等他到来，驸马问他便了。

太　监　（上）启禀驸马，三娘船上，已告知了，大家欢喜。韩

　　　　书办也带到了。

欧阳伦　命他进来。

太　监　韩书办进来。

韩书办　（上，跪）驸马爷在上，小人叩头。

欧阳伦　起来。我来问你，桂三娘的计策，是你出的？

韩书办　是小人的计策。

欧阳伦　计策虽好，本宫却不明白。你叫桂三娘从头到脚，打扮得十分美丽；衣服用香薰过，怎么脱到汗衣，皇上就不杀她了？

韩书办　驸马哪里知道，天下英雄好汉，唯有女色一关，多打不破。小人叫桂三娘从头到脚，打扮得十分好看，当今的皇帝老子，虽是个开国英雄，他见了这样的美人，心已有点软了；我叫她只管哀求，切莫顶嘴，那种可怜的样儿，英雄的心肠，越发软了；再脱下衣服，闻见香气，越更动心，自然不肯杀了。

欧阳伦　何以脱下衣服，闻见香气，就要动心？

韩书办　大凡男子汉，见不得妇人家脱下衣服。况且脱一件，有一种香气，哪有不动心之理。桂三娘今天跪在殿上，用了这香，所以叫作救命香。驸马爷收她为妾，若天天用这香，就是送命香了。

欧阳伦　哈哈，你真是个书办，世上的人情，都被你看透了。太监，取五百两银子来。

〔太监取银。

欧阳伦　赏你五百两银子，下去罢。

韩书办　谢过驸马。小人告辞。（出）这五百两银子，也是靠造化①得来的。若要杀，也是杀了。做书办的总是碰彩②，其实也没有甚么本领。（下）

欧阳伦　本宫带你去见公主。后堂备宴。（偕桂三娘下）

〔太监随下。

〔剧终。

---

① 造化：福分，运气。

② 碰彩：碰到好彩头或好运气。

桃花庵

人物

周王氏　陈淑媛　朱　氏　贾相公　尼　师

桃花姑　周宗武　四手下

周王氏　（内唱"起板"①）

　　　　　这一阵走得我神魂不定，

　　　　　〔陈淑媛扶周王氏上。

陈淑媛　苦呀！（接唱"赶板"②下句）

　　　　　婆媳们忍着饿步步难行。

周王氏　（接唱）

　　　　　一路上见荒村不见人影，

陈淑媛　（接唱）

　　　　　我婆媳今夜晚何处安身？

周王氏　媳妇儿吓，你看这一路俱是荒村，今晚到何处住宿吓？

陈淑媛　观看前面，好像有所村庄，一同前去看看。

周王氏　为婆腹中饥饿，难以行走了。

---

　　①　起板：桂剧唱腔的板腔之一，北路唱腔和南路唱腔皆有。表演形式上起板有内起板和外起板之分，其作用是引导跟随后面唱腔的进行，即是一个曲子起始领先之意，多数是幕后唱的第一句称为起板。起板节奏自由舒展，旋律激昂奔放，适用于抒发剧中人内心的激情，是一个只有上句没有下句的结构，如果与八板头结合，则成为一个完整的上下句结构，与其他板式转换也是十分合适、融洽的。

　　②　赶板：无板无眼、节奏自由的曲谱旋律。起唱前部都用赶板头，或绞锤、锣鼓点配合弦乐作引导过门给演员开口唱。每唱完一句都有锣鼓配合弦乐过门，上一句是一锤锣，下一句是两锤锣，唱结束后用煞头、锣鼓点来煞腔。赶板按演唱速度有慢、中、快之分，唱时不用鼓板配奏，常用于表现激动、紧张的情绪，如生气、悲伤和剧情紧张的场面。

陈淑媛	若不走到前面，无处住宿。待媳妇搀扶婆婆，慢慢而行罢。
周王氏	嘻！想我这大年纪，死也应该。只可惜你青春年少，鞋弓足小，怎受得这般苦楚！哎吓，宗武儿呀，你在外面怎晓得我婆媳受这样的苦楚呀！（唱"慢皮"①） 恨今年太荒旱万民逃散，
陈淑媛	（接唱） 我丈夫从军去音信茫然。
周王氏	（接唱） 从早起到这时未沾茶饭，
陈淑媛	（接唱） 没奈何忍着饿走到村前。 （白）婆婆，此处已有人家，我们且找一处住宿罢。
周王氏	哎，料想大户人家不肯收留，须要向小户人家借宿罢了。
陈淑媛	媳妇遵命。喂，里面有人么？
朱　氏	（内白）来了。（上）今年遭饥荒，苦坏了老娘。是哪个？
陈淑媛	婶娘有礼。
朱　氏	你这小娘子，是哪里来的？
陈淑媛	奴与婆婆逃难来的。行到此地，天色已晚，欲借宿一宵，还望婶母行个方便。
朱　氏	我这里住是住得的，但是要钱的吓。
陈淑媛	这个自然。待我请婆婆进来。婆婆，快进来罢，这里可以住宿。
朱　氏	你老人家走远了，请进来坐坐罢。哎，真可怜，走得苦了！

---

① 慢皮：桂剧唱腔的板腔之一，北路唱腔和南路唱腔皆有。北路慢皮速度进行从容不迫，颇有庄严稳重之感。慢皮是一板三眼4/4拍节奏的曲子，上下句结构相同，形式十分整齐，每句唱词都起于中眼（第三拍），每句最末的一个字都落在板上（第一拍）并延长至末眼（第四拍），即眼起板落。南路慢皮曲谱旋律柔和、温静、抒情、优美清新，适用于坐唱、自叹、独唱、对叙等场合，是4/4拍节奏的曲子，每句唱词都起于板上（第一拍），即是艺人们常说的一句话：板起板落。

周王氏　多谢大嫂了。请问大嫂贵姓？

朱　氏　我姓朱。你老人家贵姓吓？

周王氏　老身王氏。我丈夫姓周，不幸早年亡故，只有一子从军在外。这是我的媳妇。只因今年本县荒旱，颗粒无收，婆媳二人逃荒到此，多蒙大嫂收留，请问大嫂家中还有何人，作何生理①？

朱　氏　我丈夫外出贸易去了，只有我一人在家。不瞒你老人家讲，我是与人家拉马②的。

周王氏　你是个妇人家，怎能拉得马吓？

朱　氏　我不是拉骑的马，乃是拉会说话的马。

周王氏　甚么，会说话的马？

陈淑媛　婆婆不要问了，媳妇已经明白了。请问姊娘，家中可还有饭么？我婆媳二人今天走了一天，还未曾吃得饭。

朱　氏　饭是有的，待我取来。（取饭与周王氏、陈淑媛吃）这里有饭，你老人家缓缓的吃。待我去取茶来。（又拿茶上）茶在这里，慢慢吃罢。

〔周王氏接饭吃，噎着了，陈淑媛为她拍背。

陈淑媛　（一边与婆婆拍背）婆婆，你老人家缓缓吃吓。（自己也吃饭，一边对朱氏）请问姊娘，这两碗饭要多少钱？

朱　氏　一碗饭要二百文铜钱。

陈淑媛　怎么这样贵吓？

朱　氏　荒年买不出米，只有我们这里还有饭卖，别处还买不出呢。

陈淑媛　我们未带多钱来，钱已用完了。我这里有银钗一支，作了饭钱罢。

朱　氏　（接钗）这也使得。你们走辛苦了，早点歇息罢，我也到下面去收拾碗盏去了。（拿碗下）

周王氏　媳妇吓，你看这里的米饭这样贵，我们的钗环首饰不多，

---

① 生理：职业，营生。
② 拉马：即拉皮条，拉拢男女双方发生不正当关系。

　　　　　　　能吃得几天？终究还是饿死，如何是好吓！

陈淑媛　　（想）哦！（唱"慢皮"）

　　　　　　　听婆婆这言语心中苦楚，

　　　　　　　婆媳们忍着饿奔走长途。

　　　　　　　四下里渺茫茫投往何处？

　　　　　　　又不能通消息与奴丈夫。

　　　　　　　这几件小钗环值钱有数，

　　　　　　　山已穷水已尽生计全无。

　　　　　　　倒不如舍此身去做娼妇，

　　　　　　　且养着老婆婆免死中途。

　　　　　　　虽然是失廉耻对不住夫主，

　　　　　　　救婆命我只得权且含糊。

　　　　　　　（含泪白）婆婆，媳妇倒有一计救得婆婆，只是要求婆
　　　　　　　婆恕罪，媳妇才敢讲。

周王氏　　只要你有计救得老命，我便听从。你快快说来。

陈淑媛　　想我婆媳二人逃荒到此，无以为生。方才这房主说，她
　　　　　　是与人拉马的，乃是拉男子与女子来家苟合，她就从中
　　　　　　渔利①。媳妇不如在此舍身，权为娼妇，挣得银钱给婆
　　　　　　媳度日，保全婆婆性命。不知婆婆肯否？

周王氏　　哎吓！媳妇儿吓！这等下贱之事，如何为得！倘若你丈
　　　　　　夫回来，怎么对得他住呢？

陈淑媛　　婆婆说话本来有理，但是除了此计，别无良策，难道眼
　　　　　　望着婆婆饿死不成？媳妇明知是对不住丈夫的，且等他
　　　　　　回来，媳妇自有道理②。

周王氏　　你看你身上这般褴褛，又无钗环首饰，衣衫彩裙，况且
　　　　　　身体饿得这样瘦弱，怎能做得那风流之事？

陈淑媛　　想这婶娘，既做这等勾引之事，必有计策，还可与她商

---

　　① 渔利：从双方的交易或争斗中谋取利益，多指不正当的利益。《管子·法禁》："渔利
苏功，以取顺其君。"

　　② 道理：办法，主意。

量。若说媳妇的身体么，（流泪、摇头，作伤心状）不劳
婆婆挂念。事到如今，也是不得已了！

周王氏　（叹气）哎，事到如今，也无可奈何了！

陈淑媛　夜已深了，请婆婆安宿，明日再与房主商量罢了。

周王氏　哎，罢了吓！（唱"二流"①）

　　　　叹媳妇要救我高年老命，

　　　　她情愿为娼妓玷辱钗裙②。

　　　　婆媳们今日里山穷水尽，

　　　　我若是不从她难以为生。

　　　　没奈何我且得权且含忍，

　　　　这是她行孝道救我残生。

陈淑媛　（流泪）罢了吓！（接唱）

　　　　这件事好叫我羞耻难忍，

　　　　都只为老婆婆无以为生。

　　　　虽然是舍身体救得性命，

　　　　（白）苦吓！（接唱）

　　　　到日后有何颜见奴的夫君。

　　　　（白）一同安宿罢了。（扶婆婆下）

朱　氏　（上。念）

　　　　虽说开院行③，

　　　　全靠好姑娘。

---

　　① 二流：桂剧唱腔的板腔之一，北路唱腔和南路唱腔皆有。北路二流是固定的 1/4 拍节奏的曲子，而南路二流则是自由节奏，一句唱词分成两截来演唱，唱半句中间有一段不完整的过门，并伴有一锤锣鼓声，唱完一句有一段完整的过门，并伴有两锤锣鼓声。桂剧二流的结构形式按唱词的字数分为七字句、十字句和多字句三种，按曲谱旋律速度来分是慢、中、快速三类。二流除了在开始和下句行腔后有一段短小的过门，其余的地方都不用过门，一句紧接一句地唱，一板一板地击拍，如同流水般畅行、流利，自然紧凑有气势。二流既是唱腔，又近于讲白，吐字清楚干净，字句变化很多，适用于二人以上的对唱、诉说、联唱等场合。二流这种板式最能体现桂林方言的韵味，还有二流垛板、二流吊板、二流吊句、凤点头二流等板式都属于二流的范围。

　　② 钗裙：金钗和衣裙，这里指清白和贞节。

　　③ 院行：妓院。

（白）昨日来了婆媳二人，在我这里借宿。我看那女子倒也生得好，若得她肯做这买卖，又何愁没有钱用？但她是正经人家，未必肯做这样事。她逃难来到这里的，我不免去探她一探，看是如何。待我转过她的房中。（走圆场）老婆婆，你老人家起来没有吓？

周王氏　（同上）起来了。大嫂，起得早吓。
陈淑媛

朱　氏　我是要起得早的。只有那女儿们同客人睡着还未起呢。

周王氏　（诧异）大嫂，你的女儿怎么陪客人睡吓？

陈淑媛　婆婆，不是她的亲女儿，乃是在外接来的姑娘。

朱　氏　（笑）少奶奶倒也聪明，又生得美貌。若是我接来的那些姑娘，有你这样美貌，我就发财了。

〔陈淑媛与周王氏相视，不禁羞窘。

朱　氏　如今你婆媳想要往何处去安身吓？

陈淑媛　我们是逃荒出来的人，哪有一定的去处。不知姊娘这里，可能容留我婆媳久住否？

朱　氏　若是久住嘛，是可以的。但是必要做件事业才行吓，白吃白住是不行的。

陈淑媛　这个自然。但是我妇女家又是初到此地，人地生疏，叫我又做甚么事业呢？

朱　氏　哎，少奶奶，你是聪明的呀，又何必要我说破？

陈淑媛　奴家虽然明白，（带羞）但无衣衫首饰，怎能做得此事？

朱　氏　只要少奶奶肯做这事，一切衣衫首饰，床铺帐子，我自可借用。将来你有了银子，二家平分。你那时有了银子再制不迟。

陈淑媛　（流泪）婆婆，媳妇今日只得做这败坏廉耻的事了吓！（哭）

朱　氏　不要啼哭。如今世界几多大户人家的姑娘，还做这样的事，何况你们是逃荒避难的人？不要哭了，我去同你梳妆起来罢。（小过场。梳妆罢）老婆婆，你到我房中去住。

待我到外面引几个好客来罢。（扶周王氏下）

陈淑媛　哎！想我乃正经人家，清白身体，今日不料竟做出这样
　　　　下贱的事来了吓！（哭。唱）
　　　　叹奴家生成的桃花薄命，
　　　　都只为遇荒年逃出门庭。
　　　　今日里做了这烟花下品，
　　　　红颜女见生客难以为情。
　　　　梳妆罢看一看上下齐整，
　　　　（照镜，流泪，接唱）
　　　　谁知我本来是身价千金。
　　　　无奈何含着羞房中坐定，
　　　　且看那老虔婆①引来何人。
　　　　〔朱氏带贾相公上。

朱　氏　贾相公，我家来了一个新姑娘，生得好，特请你看看，
　　　　包你欢喜。

贾相公　妈妈，你在哪里接来的？现在哪个房间？

朱　氏　就在这个房里。（进房）新姑娘，有客来了呀。
　　　　〔陈淑媛低头不语。

贾相公　你这位新姑娘今天接了客未曾吓？

朱　氏　原本今日还未曾接客，你就是头客。

贾相公　如此甚好。快去看酒来。

朱　氏　我晓得你一见就中意的。丫环，你们准备酒宴来吓。（下）
　　　　〔丫环捧酒上，摆桌后下。

贾相公　请问小娘子，几时到此来的，贵姓吓？

陈淑媛　昨天才到的。奴家姓陈。相公贵姓？

贾相公　我姓贾。想你昨天才到，怎么今天就接起客来了吓？

陈淑媛　相公哪里知道，奴家一言难尽吓！（唱"慢皮"）
　　　　都只为遇荒年村中米尽，

---

① 虔婆：妓院的鸨母。

> 只吃得树无皮草也无根。
> 一村的男和女大家逃命，
> 奴伴着老婆婆离了家门。

贾相公 难道你家中没有男子么？

陈淑媛 （接唱）

> 奴本是清白家婚姻早定，
> 十六岁结丝罗①两下成亲。

贾相公 你家中既有丈夫，为何逃走出来？

陈淑媛 （接唱）

> 我丈夫爱习武英雄情性，
> 他去到玉门关②远远从军。
> 到如今已三载杳无音信，
> 我婆媳逃到此无以为生。
> 因此上做了这风流下品，
> 望相公怜悯奴薄命之人。

贾相公 原来你是正经女子，为逃难到此，无以为生，出于无奈，才做这事的。也罢，我与你也是前生结下露水③姻缘，今晚在此住宿，明日再作道理。（关门，与陈淑媛下）

〔周宗武上。

周宗武 （念引）

> 万里从军，
> 才搏得官高一品④。

（诗白）

> 自幼生来气量高，

---

① 丝罗：即菟丝女萝，这两种植物的茎蔓互相牵缠，象征情感的缠绵，多用来比喻夫妻。《古诗十九首·冉冉孤生竹》："与君为新婚，菟丝附女萝。"五臣注："菟丝女萝并草，有蔓而密，言结婚情如此。"

② 玉门关：古关名。汉武帝时置，因西域输入玉石取道于此而得名。故址在今甘肃省敦煌市西北小方盘城，长期为中西交通要道，宋以后逐渐衰落，遂废圮。现有玉门关遗址。

③ 露水：露水晚上产生，第二天清晨消失，比喻短暂的、易于消失的。

④ 一品：古代官品的最高一级。自三国魏以后，官分九品，最高者为一品。

万人头上称英豪。

一朝幸遇风云会，

铁马金戈拥节旄①。

（白）下官周宗武，乃山东人氏。父亲早亡，老母在堂。娶妻陈氏，成亲之后，我便到玉门关从军。不料三年之内，屡立大功，仰蒙圣恩，官授建威将军②之职。本想寄信回家，怎奈中原道阻。现今军务告平，传闻山东年岁荒旱，不免赶回家去，探母望妻。人役侍候。

〔四手下上。

四手下　侍候了。

周宗武　与爷带马。（唱"北路慢皮"③）

别家庭已三载不通音信，

但不知高堂母她可安宁。

还有那小娇妻温柔情性，

成亲后抛撇她往外从军。

临别时她愿我身登荣庆，

我荣归她定然喜笑盈盈④。

叫人来你与爷引路前进，

一心要转家乡戴月披星⑤。

（带众同下）

〔周王氏、陈淑媛同上。

周王氏　（念）

青春容易过。

陈淑媛　（念）

住此一年余。

---

① 节旄（máo）：本意是符节上装饰的牦牛尾，这里指统领部队的信物。《汉书·苏武传》："杖汉节牧羊，卧起操持，节旄尽落。"

② 建威将军：古代武官名，意为皇帝钦封的建立威严之将军。始见于西汉，后世沿用。

③ 北路慢皮：见本剧"慢皮"注。

④ 盈盈：充满的样子，这里指满脸笑容。

⑤ 戴月披星：也作披星戴月，身披星星，头顶月亮，形容不分昼夜地奔波。

	（白）婆婆请坐。婆婆，我们住此一年有余了，现在身边积有银钱，不如回转故乡，不做这等下贱丑业了。但是媳妇要买一个生得好的丫环，带回家中使用。
周王氏	如此甚好，且等房主到来商量。婆媳稍坐一时。
	〔朱氏上。
朱　氏	（念）
	美人上门来，
	今年大发财。
	（白）我家自从新姑娘到此，天天有客，今日天气好，不免到她房中坐坐。原来你婆媳都在此地，不知商议何事吓？
陈淑媛	姊娘，想我婆媳在此一年有余了，如今想回转家乡去，烦你替我买一个绝色女子带回去使用。要十六七岁的，只要生得好，不怕要钱多。
朱　氏	姑娘要买丫环，要买年小的才好教管，才用得久吓。何必要十六七岁的！年纪大了，使用不久又要嫁去；况且年纪大的又不听使唤，又难教管吓。
陈淑媛	你不晓得，大的才能做得重事。奴家自有道理，请你即去办来。
朱　氏	前几天有一位老妈妈带了一个女儿来卖，只做使女不肯为娼。待我替你问去。（下）
周王氏	媳妇儿呀，买丫环本来要买十一二岁的才好使唤，何必要买年纪大的呢？
陈淑媛	婆婆哪里知道，年纪大的才好服侍你老人家。闲话少讲，我们收拾行李预备启程罢了。
	〔朱氏带丫环上。
朱　氏	少奶奶，这个女子有十七岁了，身价银子要三百两，你看中意不中意？
陈淑媛	倒也生得美貌。好，就兑三百两银子。（交银）姊母，你将银子送去，女子留下，还要写张字来。哎，天呀！天

呀！

朱　氏　三百两银这样好一个女子，怎么喊起天来？少奶奶舍不
　　　　得银子，就莫买她呀。

陈淑媛　哎，你哪里知道我的心事！我们就要启程了，再烦你代
　　　　雇两驾车来。

朱　氏　我将银子送去，叫她写张卖身契，顺便将车子雇来便是。
　　　　（下）

周王氏　（看丫环）媳妇儿呀，你买这样大一个丫头回去，用不
　　　　上两年又要嫁她，岂不是白费了银子？

陈淑媛　婆婆，丫环越大越好。（背场流泪）哎，她哪里知道我的
　　　　心事！
　　　　〔朱氏拿卖身契并雇车上。

朱　氏　卖身契拿来了，车子也雇来了。（交契）在此怠慢，你婆
　　　　媳休要见怪。

周王氏　大嫂，我婆媳在此打扰你一年有余，多蒙你照看，今日
　　　　就此拜别。打车上来。（坐车）

陈淑媛　婶娘，我婆媳就此拜别了。（叫丫环）来，跟我一同坐车。
　　　　（带丫环同坐一车，周王氏独坐一车，同下）

朱　氏　我不送了，以后我再去拜访你们。哎，又走脱了我一个
　　　　钱桶，不知哪天才有这样的好货来啊。（下）
　　　　〔四手下引周宗武骑马上。

周宗武　（唱"北路二流"）
　　　　一路上哪管得风尘①苦况，
　　　　不觉得来到了久别故乡。
　　　　（白）来此已离家乡不远，天色将黑，观看前面有一庙
　　　　宇，不免暂宿一宵，明早再行，岂不是好。还要转过。
　　　　（半圆场）来此已是，待我看来。桃花庵。想是尼姑住
　　　　的，待我进去。（进庵）老尼师哪里？

---

① 风尘：比喻旅途劳累。

〔尼师上。

尼　师　（念）

　　　清静参禅①地，

　　　忽闻车马声。

　　　（白）原来一位官长。阿弥陀佛②！

周宗武　师父有礼。

尼　师　官长到此何事？

周宗武　下官远道还乡，路过此地，天色将黑，求在宝庵借宿一
　　　宵，明早即行，不知可否？

尼　师　小庵本不便留客，既然贵客到此，殿旁有空房三间，不
　　　嫌怠慢，即请停留。

周宗武　如此打扰了。左右，将行李打进庵去。（与手下同下）

　　　〔周王氏、陈淑媛、丫环坐车上。

周王氏　（唱"北路二流"）

　　　一路上坐车辇十分安稳，

陈淑媛　（接唱）

　　　不觉得日西沉天已黄昏。

周王氏　（接唱）

　　　看前面到家中路还不近，

陈淑媛　（接唱）

　　　月色现风声响不见行人。

周王氏　媳妇儿呀，到家中路途还远，天色已晚，如何是好？

陈淑媛　观看那旁有一尼庵，不免前去借宿一宵，明早再行便是。

周王氏　如此一同下车。（同下车到庵前）里面有尼师父么？

　　　〔周宗武上。

周宗武　（念）

---

①　参禅：佛教术语，意为静虑，将心专注于某一个对象，通过反观内心，觅求心性，达到
明心见性的一种修行法门。

②　阿弥陀佛：梵语 Amitābha Buddha 音译的简称，意译无量光佛、无量寿佛，为西方极乐
世界教主，净土宗主要信仰对象。《阿弥陀经》："念此佛名号，深信无疑，即能往生净土。"

门外车声响，

何人到此来。

（白）待我开门看来。（开门看。背白）喔呀，那好似我的老母、妻子一般，她们怎么到此处，待我冒叫一声。

陈淑媛　（同时看宗武）哎呀，那旁站的好像是我的丈夫一般，他怎么是军官打扮？

周宗武　那旁来的敢是我的母亲？

周王氏　你敢是我儿周宗武么？

周宗武　正是。哎，娘呀！

周王氏　哎，儿呀！

周宗武　那旁敢是我的陈氏妻么？

陈淑媛　正是。

周宗武　哎，妻呀！

陈淑媛　哎，夫呀！

　　　　〔三人同哭。

周宗武　一同进去。（同母、妻、丫环进庵）母亲，贤妻请坐。

周王氏
陈淑媛　一偕同坐。

周宗武　请问母亲，你婆媳因何到此？

周王氏　只因连年地方干旱，颗粒无收，婆媳二人逃荒到此。我儿为何军官打扮？

周宗武　孩儿自从外出从军，屡立大功，得授建威将军之职。本应早日修书①回家，怎奈路途阻隔，因此今日请假还乡，看望老母，不料在此相遇。

周王氏　这也难怪。媳妇儿呀，你丈夫今日身登荣耀，也不枉你受苦一场了。

周宗武　请问母亲，你们逃难之人，为何媳妇身上穿得这样华美？

周王氏　这件事情么？儿呀，哎，为娘的却不好意思对你说了。

---

① 修书：写信。

周宗武　母亲，这话又太古怪了，母子夫妻之间，又无外人，有
　　　　甚么不好意思呀？

周王氏　（边说边看媳妇）且等到家再讲罢了。

周宗武　孩儿性急，求母亲快说明白了罢。

陈淑媛　（流泪）哎呀，婆婆呀，事到如今，无可隐瞒，待媳妇
　　　　对他说明了罢。

周宗武　贤妻，你快说了呀！

陈淑媛　哎，夫呀！（唱"北路慢皮"）
　　　　未开言好教奴羞愧难忍，
　　　　止不住珠泪儿似泻如倾。
　　　　自从你从军去杳无音讯，
　　　　我婆媳耐着苦紧守家门。
　　　　又不料去年间饥荒太甚，
　　　　只吃得树无皮草也无根。
　　　　我婆媳随大家一同逃命，
　　　　无意中走到了一个圩村。
　　　　一碗饭二百文钗环典尽，
　　　　可怜我四下里举目无亲。
　　　　你妻子纵饿死还不要紧，
　　　　你母亲在中途定丧残生。
　　　　我只得当娼妇救娘性命，
　　　　才能够今日里共返家庭。
　　　　幸喜你立功劳官高一品，
　　　　叹奴家无颜面来见夫君。
　　　　（哭白）哎，夫呀！（转唱"二流"）
　　　　并非是你妻子杨花水性，
　　　　这是我无福气做你的夫人。

周宗武　（带怒）哼，这才可恼！

周王氏　（站起）儿呀，你不要发怒怪她，这都是为着为娘的性
　　　　命呀！（抚慰陈）哎，媳妇儿，有为娘在此，你莫哭呀！

陈淑媛　哎呀，婆婆呀，媳妇今生不能再亲近我的丈夫了！前日买的丫环，媳妇早已预备留与丈夫为妻。从今以后，媳妇情愿独守空房，了此残生罢了！

周宗武　娘子不必悲伤，我于今明白了。这是你的孝心，为丈夫的决不怪你，夫妻还要一同安宿才是。

周王氏　好呀！我孩儿既不怪你，你夫妻还要同宿才是。

陈淑媛　此地乃是尼庵，佛门之地，男女同房是有罪过的，万万不可。丫环，你去侍奉老夫人与老爷，让我一人在那边单房住罢。

丫　环　遵命。（扶王氏下）
　　　　〔周宗武随下，

陈淑媛　哎，我到那边单房去罢。（下）
　　　　〔桃花仙姑上。

桃花仙姑　（念引）
　　　　忍辱含羞，
　　　　救婆婆世间少有。
　　　　（转念诗白）
　　　　夫婿从军去，
　　　　荒年救母亲。
　　　　可怜行孝妇，
　　　　污垢化冰清。
　　　　（白）吾乃桃花仙姑是也。今有陈氏淑媛，舍身为娼，行孝救母，其志可嘉，其行可悯。今晚在桃花庵中毕命，吾神特往引其灵魂，皈依净土，还要转过。（下）
　　　　〔陈淑媛上。

陈淑媛　（念）
　　　　只为闹饥荒，
　　　　做事岂寻常。
　　　　（进房。闭门。坐。接念）
　　　　原知有今日，

煞自费思量。

（白）且慢。想奴家舍身养亲，丈夫虽然不怪于我，奴家又有何颜面再去陪伴丈夫？思想起来，真是好苦呀！

（唱"赶板"）

可怜我红颜女生来苦命，

虽然是养婆婆却也寒心。

留下了美丫环替奴共枕，

奴不如寻一死及早归阴。

（白）想我荒年为娼，失身救我婆婆。今日留得婆婆命在，她们母子能够相会，也就是了。我这条苦命要来则甚？不免拜过婆婆、丈夫，寻个自尽罢了！（接唱）

跪尘埃谢婆婆恩高义尽，

没奈何哭一声恩爱夫君。

做娼妇救婆婆行为可悯，

我并非那杨花水性妇人。

你母子得相会奴脱重任，

若有缘我和你再结来生。

（白）罢罢罢！（接唱）

解下了三尺带了此苦命，

（哭白）老婆婆，夫君呀，呃呀！（接唱）

可怜我薄命女死在佛门！

（哭白）罢！罢！舍了！（吊死）

〔桃花仙姑上。

桃花仙姑　陈氏淑媛听者，西方王母娘娘念你舍身行孝，随吾神去罢。

〔陈淑媛换衣，将原衣服吊于原处，随桃花仙姑下。

〔五更，鸡叫。

〔尼师上。

尼　师　天已大亮，少夫人可醒了？（叫门，不应。由窗眼窥看）哎呀！不好了！有请老夫人。

〔周王氏、周宗武、丫环同上。

周王氏　尼师父打叫何事？

尼　师　你们少夫人悬梁自尽了。

周王氏
周宗武　不好！（与尼师、丫环连场进房，把陈尸放下）

周王氏　哎，媳妇儿呀！（唱）

　　　　一见媳妇丧了命，

　　　　好似钢刀刺我心。

　　　　可怜你失身救我命，

　　　　（哭白）哎，媳妇儿呀！（接唱）

　　　　反使你无辜把命倾。

　　　　（哭）

周宗武　哎，妻呀！（接唱）

　　　　贤德妻子丧了命，

　　　　不由下官泪淋淋。

　　　　你失身是为救我娘性命，

　　　　（白）哎，妻呀！（接唱）

　　　　留下孝名万古存。

　　　　（白）母亲不必啼哭了，命人将她尸首搬回家乡，厚礼
　　　　安葬便了。

周王氏　想她在生之前，也曾言道，将她买的这个丫环留与我儿
　　　　以为继室。我儿不可推辞，免她九泉不安。

周宗武　孩儿遵命就是。尼师过来，下官这里有银子五十两，作
　　　　为本庵香灯之费；另有银子一百两，快去买衣衾棺椁①来
　　　　收殓尸首。下官今日就要启程。

尼　师　叩谢。我即刻去备办。（下）

周宗武　人役侍候。

　　　　〔手下两边上。

---

① 棺椁（guǒ）：内棺和外棺，泛指棺材。

手　下　侍候了。

周宗武　少刻①等尼师父买衣衾棺椁回来，将少夫人的灵柩打往
　　　　车上前行。

手　下　遵命。

　　　　〔尼师上。

尼　师　棺椁已装殓整齐。

周宗武　抬灵枢上车。

　　　　〔手下抬灵柩下。

周王氏　尼师父，我们少陪你了。

周宗武　吩咐将车辇打往前行。带马侍候。

　　　　〔周王氏与丫环坐车，周宗武骑马下。

尼　师　不能远送。（关庵门下）

　　　　〔剧终。

---

① 少刻：少同"稍"，少刻意为一会儿，不多时。

燕子楼①

人物

关盼盼　许　安　丫　环　四歌女　白居易

家　院　医　生　玉　女　仙　女　车　夫

〔关盼盼上。

关盼盼　（念引）

歌舞风流，

好时光无福消受。

（诗白）

自入朱门②后，

承恩奴最多。

主人离别后，

消息近如何？

（白）奴家关盼盼③。主人张建封④，官拜尚书⑤之职。

---

① 燕子楼：古代楼名，在今江苏省徐州市，唐代工部尚书张愔为其妾关盼盼建的小楼，因其飞檐挑角，形似飞燕，每年春天有燕子栖息于此，故名"燕子楼"。

② 朱门：朱即红，古代的富贵之家都把门漆成红色，朱门即指富贵之家。杜甫《自京赴奉先县咏怀五百字》："朱门酒肉臭，路有冻死骨。"

③ 关盼盼：唐代著名歌妓，工部尚书张愔（剧中误为张建封）之妾，著名诗人白居易曾写诗称赞她："醉娇胜不得，风袅牡丹花。"张愔死后关盼盼独居燕子楼，至死不再嫁。本剧即是根据关盼盼的这段经历演绎而成。

④ 张建封（735－800）：邓州南阳县（今河南省南阳市）人，唐代中期名臣、诗人，曾平定淮西节度使李希烈叛乱，得到唐德宗宠信，官至检校尚书右仆射。事详见《新唐书·张建封列传》《旧唐书·张建封列传》。本剧说张建封是关盼盼的丈夫，实际上张建封的儿子张愔才是关盼盼的丈夫，古人混淆了俩父子。

⑤ 尚书：古代官名，六部（户部、刑部、礼部、吏部、工部、兵部）的长官。战国始置，为管理文书的小吏。隋唐时为六部长官，沿袭至清代。

自从买了奴家，学习歌舞，在这徐州起了一座高楼，取名燕子楼，大家姐妹俱住在此。主人现回洛阳，闻说有病在身。奴曾遣人前去问候，尚未回来，连日心惊肉跳，好不闷煞人也。（唱）

老主人回洛阳已经半载，

闻说他身有病常挂心怀。

奴也曾着①人去问个好歹，

算路程千里远还未转来。

占喜鹊卜灯花②教人急坏，

闷恹恹坐闺房一刻难挨。

〔许安上。

许　安　离了洛阳，走得慌忙。在下，关姑娘的家人许安便是。她差我前往洛阳，探望主人的病。谁知老主人已亡故了，只得赶回徐州，报与姑娘知道。不觉已走到了。丫环在哪里？

丫　环　（上）许二爷回来了？快去见姑娘回话。

许　安　见过姑娘。

关盼盼　许安你回来了。老主人病可好了？

许　安　老主人已亡故了。

关盼盼　怎么讲？

许　安　老主人实是亡故了。

关盼盼　不好了！（昏倒）

许　安　怎么就昏倒了？众姐妹快来！

〔四歌女上。

四歌女　有甚么要紧的事情，喊得这样慌张？

许　安　关姑娘昏倒了。

四歌女　哎呀，得了甚么急病，就昏倒了！姐姐快醒！

---

① 着：派，叫。

② 占喜鹊卜灯花：古人认为喜鹊和灯花是祥瑞，如果碰到喜鹊和点灯形成灯花，就会有好运，反之就会倒霉。

关盼盼　（唱）

　　　　闻听得老主人魂归天上，

四歌女　好了，转过气来了。

关盼盼　（接唱）

　　　　霎时间不由人痛断肝肠！

四歌女　姐姐为甚么昏倒了？

关盼盼　你们还不知道，老主人在洛阳已经亡故了！

四歌女　哎呀，不好了！（哭）我的老主人呀！

关盼盼　（唱）

　　　　一家人只哭得泪如泉样，

　　　　劝大家且莫哭慢慢商量。

　　　　（白）众位姐妹听着，我想老主人在日，待我们十分恩
　　　　厚。今日主人亡故，我们只好守节报答他的恩情。

四歌女　老主人在日，待我们确是恩厚。但是以后我们无依无靠，
　　　　怎么守得？

关盼盼　安心要守，有甚么守不得？就是受苦，也说不得了。

四歌女　我们年轻，无儿无女，守到哪一天呢？

许　安　呸！没有良心的，就让你们这些贱骨头找老公去罢！

四歌女　不消你说，我们过几天就各自找媒人去了。（同下）

许　安　唉，主人费了心肠，养了一班没有良心的东西！

关盼盼　守节随着各人情愿，只好由她们自由罢了。丫环，去打
　　　　扫燕子楼，点起香，待我前去祭奠。

丫　环　是。（下）

关盼盼　你还在此不在，任凭于你。

许　安　主人待老奴恩重，既然姑娘守节，老奴就跟随左右罢了！
　　　　（唱）

　　　　老主人弃红尘一朝丧命，

　　　　众歌女都散了无义无情。

　　　　独有我关姑娘主意拿定，

　　　　愿守节在空房不顾年轻。

　　　　　　我行将入黄土何惜老命，

　　　　　　愿与你耐悲苦看守门庭。

关盼盼　　如此就是好的。一同转过燕子楼。（与许安同下）

　　　　　　〔场面设帐，挂燕子楼扁额。

　　　　　　〔丫环上。上楼，打扫，摆香案。下楼。

丫　环　　请姑娘上楼。

关盼盼　　（内唱）

　　　　　　周身上穿缟素①容颜消瘦！

　　　　　　（上。接唱）

　　　　　　叫丫环搀扶我同上高楼。

　　　　　　一步步把紧了栏杆靠手，

　　　　　　（与丫环上楼。接唱）

　　　　　　一见到香和烛珠泪双流。

　　　　　　将身儿忙跪下哀哀叩首，

　　　　　　（三叩首。接唱）

　　　　　　想起了当年事何等风流。

　　　　　　朝怜香晚惜玉十分恩厚，

　　　　　　又谁知去洛阳便不回头！

　　　　　　丢下奴在徐州空房独守，

　　　　　　今日里来祭酒，酒酒酒——

　　　　　　（白）主人呀！（接唱）

　　　　　　你有灵须回到燕子楼头。

　　　　　　（白）丫环，收了香烛。从今后我就住在楼中，永不下
楼去了。正是：尚书门第改②，孀妇枕衾寒！（与丫环同
下）

　　　　　　〔白居易上。

────────────

　　① 缟（gǎo）素：白色的生绢，这里指丧服。《战国策·魏策》：“若士必怒，伏尸二人，流血五步，天下缟素，今日是也。”

　　② 门第改：门第指家族在社会上的地位等级。门第改即改变了社会地位，是死的含蓄说法。

白居易　（念引）

退居林泉①，

诗留得人间传遍。

（诗白）

世界升平运，

公卿风雅名：

袖中诗卷富，

襟上泪痕深！

（白）下官，白居易②，表字乐天，官拜太子少傅、刑部尚书之职。现已告老还乡，倒也逍遥自在。只因路过洛阳，想起故人张建封去世已有十年，他的坟墓就在此地。因此欲往祭奠一番，以尽旧情。家人在哪里？

家　院　（上）忽听主人唤，急忙到堂前。老爷叫老奴何事？

白居易　我要去祭奠故人张尚书，你去准备香烛来。

家　院　遵命。

白居易　叫车伺候。

家　院　车子快来。

〔车夫推车上。白居易登车。

白居易　出得城来，好风光也。（唱）

洛阳城本来是繁荣世界，

出城来却都是绿树苍苔，

更有那好风光翠横郊外，

坐车儿缓缓地一路走来。

家　院　来此已是张尚书的坟墓了。

白居易　待我下车，摆好香烛。（下车，行祭礼）哎，张兄吓！（唱）

---

①　林泉：山林与泉石，比喻隐居之地。

②　白居易（772—846）：字乐天，唐代著名诗人，生于河南新郑，号香山居士。其倡导"文章合为时而著，歌诗合为事而作"，发起新乐府运动，在文学史上影响巨大。代表作有《长恨歌》《琵琶行》《新乐府五十首》等，有《白氏长庆集》传世，官至太子少傅、刑部尚书，故又称"白太傅"。事详见《新唐书·白居易列传》《旧唐书·白居易列传》。

见坟台撩袍袖倒身下拜，

哭一声张故人好不悲哀。

想当初歌舞地名扬四海，

那时节白乐天朝夕相偕。

兄忽然弃红尘门庭全改，

那歌台和亭榭堆满尘埃。

叹光阴如流水转眼十载，

白杨树空伴着冷静坟台。

白乐天留人间兄今何在？

一杯酒盼仁兄驾鹤归来。

（白）且慢。张兄故后，闻他有一歌女关盼盼，住在徐州燕子楼中，青春守节，却也难得。现我闲居无事，不免往徐州看那女子一回。家人，回家收拾行李，我要到徐州一行。正是：青年孀妇少，白首故人稀。（上车，下）

〔家院随下。

〔关盼盼、丫环同上。

关盼盼　（诗白）

十载高楼上，

春风燕子肥；

如何人独宿，

不见效①双飞！

（白）奴家，关盼盼。自从主人亡故，奴在这燕子楼守节十载，做了燕子楼诗三百首。想起刑部尚书白乐天与主人友好，不免求他作一篇序文，或可留传后世。丫环，叫许安进来。

〔丫环出门。

丫　环　许二爷，姑娘叫你。

〔许安上。

---

① 效：效仿，效法。

许　安	闷坐门庭，度日如年，姑娘守节，我也冷清得很。我的年纪老了，也还耐得。姑娘，叫老奴何事？
关盼盼	你去打听刑部尚书白乐天现在何处。
许　安	闻得白尚书昨日到了徐州，还要来看看姑娘。
关盼盼	这样凑巧！这里有书信一封，燕子楼诗三百首，你去送与白尚书观看，要候他的回信。
许　安	遵命。（下楼）这白尚书听说住在府门口，待我前去打听。（走圆场）这间大公馆想是他的了，待我问来。门上有人么？ 〔家院上。
家　院	哪个？
许　安	这里可是白尚书的公馆么？
家　院	正是。
许　安	烦你通报，说张尚书的家人求见。
家　院	候着。（转身进门）有请尚书。
白居易	（上）何事？
家　院	有张尚书老家人求见。
白居易	叫他进来。
家　院	（出门，对许安）同我进去。（引许安进）
许　安	小的叩见大人。
白居易	你好像是许安管家，怎么在此？
许　安	自从主人去世，关姑娘独在燕子楼守节，老奴只得在此伺候。
白居易	原来如此，也真是个义仆了。你来见我何事？
许　安	关姑娘有信一封，诗三百首，送与老大人观看。
白居易	（接过观看）盼盼还能作诗，真是才貌双全。这诗一时观不完，序文也不能即做，只好暂且耽搁。唉！我想女子守节，却也难得。但她乃张家一个歌女，守到后来也无结果，倒不如早早死去也罢。待我做几首诗打动于她。（写诗。封好）许管家，这里有几首诗，你带去回复关

姑娘，说序文随后送去，改日还要见面。

许　安　遵命。（下）

白居易　关盼盼吓，这不是老夫催你的性命，这是我成就你的名
　　　　声吓！（唱）
　　　　这女子在楼中十年不嫁，
　　　　也算得有情义难得娇娃。
　　　　倒不如弃红尘早归泉下，
　　　　做一个贞烈女名满天涯。
　　　　（下）
　　　　〔许安上。

许　安　方才那老头的话倒也古怪。这里面又有甚么诗，不知捣
　　　　甚么鬼，只得送与姑娘去看。到家了，（进门，上楼）丫
　　　　环快来。

丫　环　（上）许二爷回来了？有请姑娘。

关盼盼　（上）许安，你回来了？

许　安　白尚书有回信在此。

关盼盼　（接书）你下楼去罢。

许　安　是。（下）

关盼盼　待奴拆书一看。哦，原来是诗。待我念来。（念）
　　　　满窗明月满帘霜，
　　　　被冷灯残拂卧床，
　　　　燕子楼中寒月夜，
　　　　秋来只为一人长①。
　　　　黄金不惜买蛾眉，
　　　　拣得如花四五枝，
　　　　歌舞教成心力尽，
　　　　一朝身去不相随②。
　　　　今春有客洛阳回，

---

① “满窗”四句：白居易《燕子楼三首·其一》。
② “黄金”四句：白居易《感故张仆射诸妓》。

　　　　　曾到尚书墓上来，

　　　　　见说白杨堪作柱，

　　　　　争教红粉不成灰①。

　　　　　（白）哦，白尚书诗中之意，奴家明白了。丫环，你到
　　　　　后房歇息。

丫　环　是。（下）

关盼盼　白尚书吓，你取笑奴不随主人到那九泉之下，倒也有理，
　　　　待奴仔细思来。（唱）

　　　　　他笑我不跟随主人泉下，

　　　　　奴本是薄命女没有娘家。

　　　　　又没有儿和女空空守寡，

　　　　　倒不如早埋了败柳残花。

　　　　　（白）且慢。奴家死总是要死的，但是如何死法？哦，
　　　　有了。从今后假装有病，不进饮食，挨到七天就饿死了。
　　　　（唱）

　　　　　从今后假装病饮食不下，

　　　　　到九泉寻主人陪伴于他。

　　　　　（白）就是这个主意了。

　　　　　〔丫环上。

关盼盼　我今天好似有病，不思茶饭。扶我到床上睡去。

丫　环　是。（扶关盼盼上床睡下）姑娘，你要保重。你想吃些甚
　　　　么？

关盼盼　我不想吃。你到后房去罢。

丫　环　姑娘好好歇息。（掩帐）姑娘病了，待我煮点粥预备罢。
　　　　（下。复捧粥上，挂帐扶关盼盼坐起）姑娘，你吃点粥
　　　　罢。

关盼盼　我不想吃。夜已深了，你歇去罢。

丫　环　我倒杯茶来，姑娘吃一口罢。

————————————

①　"今春"四句：白居易《燕子楼三首·其三》。

关盼盼　我不想吃，你莫操心。我要睡了。

　　　　　〔丫环开窗。场面打五更。

丫　环　天已明了，待我下楼，请许二爷去请医生来。（下楼）许
　　　　　二爷。

许　安　（上）有甚么事？

丫　环　姑娘病了，快去请个医生来。快去快去！

许　安　就去就去。（下）

　　　　　〔丫环上楼，坐帐边。

　　　　　〔许安带医生上。

许　安　先生，我家姑娘住在楼上，你有年纪的人，慢慢上去罢。
　　　　　（引医生上楼）丫环，先生来了。

　　　　　〔丫环请医生把脉。

许　安　请问先生，是什么病？

医　生　六脉①和平，并无疾病。

许　安　昨日一天一夜未吃茶饭，怎么没有病？

医　生　实在没有病，却又不吃茶饭，这就怪了。我不敢开方子，
　　　　　你们另请高明罢。告辞了。（下）

许　安　先生好走。姑娘病得古怪，看病的也古怪，我倒糊涂了。

丫　环　哪有这样的先生，请来看病，不开方子就走了。另请一
　　　　　位来。

许　安　这里没有好先生，刚才那位老夫子，就算数一数二的了。
　　　　　有位金先生，手段最好，离这里却有三天路程，来回要
　　　　　走六天，如何是好。

丫　环　许二爷，你快去请来。想姑娘的病，捱到六天还不要紧
　　　　　的。

许　安　那我就立刻起程。你告知姑娘，我去请医生去了。
　　　　　（下）

丫　环　姑娘，你起来坐坐，吃些东西呀。

---

① 六脉：中医切脉的六个部位。人的左右手腕各分寸、关、尺三脉，合称"六脉"。

关盼盼　我不想吃。昨晚没有睡，你休息去罢。

丫　环　（掩帐）姑娘病了两天，水米不沾，如何是好！

　　　　（唱）

　　　　看姑娘这病情有些不好，

　　　　闷恹恹从昨晚睡到今宵。

　　　　送茶来送饭来她总不要，

　　　　许二爷请医生却又路遥。

　　　　可怜我女儿身百事不晓，

　　　　且到那后房内坐到明朝。

　　　　（下）

　　　　〔数仙女撑扇、伞等引玉女上。

玉　女　（念）

　　　　女儿无贵贱，

　　　　节烈最为先。

　　　　（白）吾乃玉皇案①前玉女是也。今有人间关盼盼青年
　　　　守节，安心饿死。玉皇命我前往燕子楼，引她灵魂早升
　　　　天界，以免受苦。左右，驾动祥云，前往燕子楼。（与仙
　　　　女等下）

　　　　〔丫环上。

丫　环　许二爷去了几天，还未回来。连日姑娘不进水米，病体
　　　　加重，如何是好？（挂帐）姑娘，你总要吃点茶饭呀！

关盼盼　我实在吃不下，你不必操心。

丫　环　姑娘连日不吃，饿也饿坏了。

关盼盼　我守节到老，饿坏也就罢了。

丫　环　（唱）

　　　　听姑娘这言语叫人难受，

　　　　她本是红颜女性情温柔。

　　　　自那日老主人一朝分手，

————————————

　　① 案：桌子。

丢下她青年女住在徐州。

众姐妹都改嫁各人散走，

只有她愿守节不爱风流。

忽然间得了病猜详①不透，

难道是愿死在燕子楼头？

回头来见姑娘容颜消瘦，

若是有不测事奴仗谁收？

关盼盼　唉！丫环，你不必着急。你服侍我多年，犹似女儿一般。我看许安乃有义之人，他的儿子现已成人，就将你许配他的儿子罢。我的首饰钱财可值数千银子，我死之后，尽都予你。你好好过日子就是。

丫　环　（唱）

谢姑娘待丫环情深义厚，

你何苦将性命付与东流？

待许安请来了回春妙手，

奴情愿服侍你共把行修。

（跪，哭）

关盼盼　丫环吓！（唱）

老主人弃红尘十年之久，

我生在阳世间怎不含羞！

但只是舍不得你等情厚，

你起来且听我细说根由。

丫　环　（起）姑娘有何吩咐？

关盼盼　你打开箱子，把我的舞裙歌扇，拿了出来，用火焚去。

丫　环　姑娘何苦如此？

关盼盼　不要多言，快快取来。

丫　环　（取裙、扇）取来了，

关盼盼　这些舞裙歌扇，都是我前生孽债，你们用不着的。取火

---

① 猜详：猜度，揣测。

来烧了罢。

丫　环　烧了也好，与姑娘消灾除难。（取火烧裙、扇）

关盼盼　我实在难过，要睡了。（睡下）

许　安　（上）在家千日好，出外一时难。我去请金先生，谁知他又到别处去了。往来已经六天，不知姑娘病体如何，快快赶回家去。不觉已经到家，待我进去。（进门）转过楼上。（上楼）丫环在哪里？

丫　环　二爷回来了。金先生请来没有？

许　安　那金先生别处去了，空走一趟。姑娘病体如何？

丫　环　姑娘一连七日，水米不沾。金先生没有请到，如何是好？姑娘，许安回来了。

许　安　老奴见过姑娘。老奴去请金先生，却未请到。

关盼盼　请不到就罢了，我的病也是治不好的。我有几句话吩咐于你，我死之后，丫环嫁与你的儿子为妻。我的首饰衣服可值数千金，都予你们使用。

许　安　（跪）谢过姑娘。老奴还望姑娘保重。

关盼盼　你们起来，主仆分别，就在顷刻了。（唱）
　　叹一声主仆们就要分手，
　　劳你等侍候我十载春秋。
　　我的病本来是无药可救，
　　我一死也落得万古名留。
　　霎时间坐不住神昏气走，
　　三魂儿飞出了燕子高楼。
　　（白）我要睡了，你们休息去罢。

许　安　丫环姐，你好好侍候姑娘，她恐怕过不了今夜了。（下）
　　〔丫环侍坐，渐渐睡着。
　　〔玉女上。

玉　女　驾起祥云走，来到燕子楼。只因关盼盼今晚命尽，玉皇有旨，封为节烈夫人。关盼盼，同我回复玉诏去罢。（引关盼盼灵魂下）

丫　环　（醒）且慢。姑娘睡了半夜，待我看来。哎呀，哎呀，
　　　　没有气了！许二爷快快来，姑娘没气了。

许　安　（上）怎么，姑娘没气了？（上楼）姑娘！姑娘！唉，
　　　　真是没有气了！（跪。哭）我哭，哭了一声贤姑娘！我叫，
　　　　叫了一声贤主人！（唱）
　　　　你分明要饿死何曾有病，
　　　　好叫我主仆们难舍难分。

丫　环　（接唱）
　　　　你一死成了名令人钦敬，
　　　　恨不得随姑娘同到天廷。

许　安　（接唱）
　　　　在帐前只哭得咽喉哽哽！

丫　环　（接唱）
　　　　从今后燕子楼谁是主人？

许　安　你好生看守，待我去购办棺椁。我去去就来。（下）
　　　　〔白居易、家院上。

白居易　佳人多薄命，烈女最传名。闻得关盼盼七日不食，果然
　　　　是烈性女子，我且去看她一看。已到燕子楼，家人通报。

家　院　门上有人么？

许　安　（上）是谁？

家　院　白尚书来了。

许　安　我家姑娘方才断气了。

家　院　哦！（对白居易）姑娘刚才断了气。

白居易　我们进去。（进门）

许　安　自从老大人送诗与她，她就病了，七日不沾水米，刚才
　　　　去世。

白居易　她何曾有病，她是安心饿死的。我想她不忘故主，不如
　　　　早到九泉，完了名节，倒是好的。她今死了，真是难得。
　　　　我要上楼祭奠一回。

许　安　这却不敢当。

白居易　她是节烈女子，理应祭奠。

许　安　老奴引路。（引白居易、家院上楼）

白居易　关姑娘吓！（唱）

　　　　叹一声关姑娘灵魂何在？

　　　　节烈女恭敬你却也应该。

　　　　（跪）

　　　　〔许安、丫环、家院同跪。

白居易　（接唱）

　　　　一炷香我愿你早升天界，

　　　　你真是有义气绝代裙钗。

　　　　行罢礼坐一旁听我分派，

　　　　（起立）

　　　　〔许安、丫环、家院亦起立。

白居易　（接唱）

　　　　这事儿还须要一一安排。

　　　　（白）你们听着，你们跟着关姑娘受苦十年，甚有义气。

　　　　但是关姑娘死后，你们如何安顿？

许　安　蒙姑娘将这丫环许与老奴的儿子为妻，她的首饰衣服值

　　　　得数千银子，全都交予我们使用。

白居易　如此甚好。快备衣衾棺椁，将她殓殡罢了。家人，打轿

　　　　回去。（与家院下）

许　安　我备办棺椁去罢。（下）

丫　环　姑娘，你的灵魂还要来看我呀！（下）

　　　　〔剧终。

曹娥①投江

人　物

曹　盱　曹　娥　陶　氏　周　氏　划船众

男观众　女观众　鬼　卒

　　　　〔曹盱上。

曹　盱　　（念）

　　　　五月五日庆端阳②，

　　　　纪念屈原好忠良。

　　　　（白）老汉曹盱。今日乃端阳佳节，惯例大扒龙船。刚
　　　　才众好友推老汉做会首，不免回家告诉小女曹娥，就此
　　　　回家走走。（唱）

　　　　今乃是端阳节龙舟大会，

　　　　数十只美龙船游满长江。

　　　　众朋友他举我来做会长，

　　　　归家去与小女慢作商量。

　　　　（白）来此已是家门。（进屋）女儿走来。

曹　娥　　（在内）来了。（上。唱）

　　　　移步儿来至在草堂之上，

---

　　① 曹娥（130—143）：会稽上虞（今浙江省绍兴市上虞区）人，东汉著名孝女，其父曹盱在
端午节溺水而亡，曹娥投江殉父，百姓感其孝心，建曹娥庙、立曹娥碑纪念。《后汉书·列女
传》："孝女曹娥者，会稽上虞人也。父盱，能弦歌，为巫祝。汉安二年五月五日，于县江溯涛
婆娑迎神，溺死，不得尸骸。娥年十四，乃沿江号哭，昼夜不绝声，旬有七日，遂投江而死。
至元嘉元年，县长度尚改葬娥于江南道傍，为立碑焉。"

　　② 端阳：即端午节，为纪念屈原的节日。日期在农历五月初五，古代五为阳数，故又称端
阳节。

老爹爹唤女儿所为哪桩？

（白）女儿见过爹爹。

曹　盱　我儿一旁坐下。

曹　娥　女儿陪坐。

曹　盱　儿呀，今年端阳，与往年不相同，有数十只龙船在大江比赛。众人举我为首，我儿可去看看热闹。

曹　娥　闹市场中，女儿不去。

曹　盱　我儿不去，就在家中看守门户。

　　　　〔划船众上。

划船众　（念）

　　　　龙船多齐整，

　　　　等候为首人。

划船甲　众伙计，看看午时①到了，曹老伯还未曾去，我们前去看看。（走圆场）见过曹老伯。

曹　盱　不要讲礼，你们到此何事？

划船甲　外面的龙船俱已到齐，我们的龙船也早已齐备，就等你老人家了。请你老人家快去。

曹　盱　好好好，我就同你们去。儿呀，你不去，好好在家看守，我同他们去了。（与众下）

　　　　〔男观众上。

男观众　今年的龙船，比往年好得多。我们大家早一点去，找个好点的位子看罢。（下）

　　　　〔陶氏、周氏、女观众上。

陶　氏　众姐妹，今年的龙船比往年好看得多，我们大家找个好位子看罢。（与周氏、女观众等同下）

　　　　〔两只龙船上。曹站在其中一只的船首，挥舞旗子，唱龙船歌。

　　　　〔男、女观众，陶氏、周氏等挤在两旁看龙船，口中赞叹不已。

---

① 午时：古代的一天分为十二时辰，午时是中午的时辰，即今 11 时至 13 时。

〔鬼卒挥旗上，作兴风推浪手势。

曹 盱 （在船上大喊）大家当心些，江上起大风了，你们掌好舵。哎呀，要翻船了。

〔风浪益甚，龙舟翻转，舟上人下水，内中数人急游上岸。

曹 盱 不好！（落水，旋即被大浪冲走——下）

划船众 你们看看，曹伯伯被水冲去，上不来了，这如何是好！

陶 氏 不好了！（唱）

霎时间大江中起了风浪，

周 氏 （接唱）

这龙船一只只翻落在江。

陶 氏 （接唱）

曹老伯年纪迈必然命丧，

周 氏 （接唱）

到他家报信与曹娥姑娘。

〔周、陶同下。

〔曹娥上。

曹 娥 （唱）

我爹爹赛龙舟大江之上，

行不安坐不宁所为哪桩？

〔周氏、陶氏急上。

陶 氏 曹娥姑娘，不好了！

周 氏 大江之上，忽然起了大风大浪。

陶 氏 龙船都翻了。有许多人上来了，

周 氏 有许多上不来了。你的父亲……

陶 氏 生死不知……

曹 娥 不好了！（昏倒）

周 氏
陶 氏 曹娥姑娘，甦①醒呀！

———————————

① 甦：同"苏"，"苏"的异体字。

曹　娥　（唱）

　　　　听罢言唬得我魂魄飘荡，

　　　　（哭白）老爹爹，老严亲，唲呀！（接唱）

　　　　好一似被钢刀刺我胸膛！

　　　　我只得急忙忙跑去江上，

　　　　（顿足欲走，被陶、周扯住）

陶　氏
　　　　　曹娥姑娘，你去不得，去不得！
周　氏

曹　娥　你们不要扯我。（接唱）

　　　　到江边去找寻我父还乡。

　　　　（下）

周　氏　哎呀，曹娥姑娘跑到江边去了。不得了，我们一同赶去
　　　　罢！（同下）

　　　　〔划船众分划两只船上。

划船众　曹盱老伯丧在江心，我们定要寻到他的尸首才是。（划船
　　　　下）

曹　娥　（内唱）

　　　　哭啼啼出门来悲声大放，

　　　　（上，两边跌。哭白）老爹爹！（跌）老严亲！（跌）走
　　　　哇！（接唱）

　　　　顾不得高和低两足奔忙。

　　　　哭一声我的父身去何往？

　　　　抬头看见江水渺渺茫茫！

　　　　（哭白）老爹爹，你上来呀！你若死了，你的尸首也要
　　　　浮起来，看一看你的女儿呀！唉，你的女儿已来到江边
　　　　了！（唱）

　　　　叫数声哭数声全无影响①，

　　　　只哭得小曹娥泪满胸膛。

---

① 影响：影子和回响。

　　　　　　（坐地）
　　　　　〔周氏、陶氏赶上。

陶　氏　（唱）
　　　　　见曹娥坐倒在土台之上，

周　氏　（接唱）
　　　　　小姑娘你不必这样悲伤。

陶　氏
周　氏　曹姑娘，一个人生死有定①，你何必这样悲伤，还是同我们回去罢。

曹　娥　伯母，婶娘呀，我不见我的爹爹，我就死在此地，再也
　　　　不回去了。
　　　　　〔划船众分划两小船上，靠岸。

划船众　哎呀，小姑娘，我们到处都寻到了，无奈寻不着曹老伯
　　　　的尸首。陶伯母，周婶娘，望你二人劝劝小姑娘回去罢。

陶　氏
周　氏　我们劝了许久，怎奈她望父心切，不愿回去。

曹　娥　（跪）哎呀！列位伯伯叔叔呀，我求你们找寻我的父亲，
　　　　我与你们多磕几个头。（磕头）

划船众　好好好，小姑娘，你莫哭，你莫哭，我们再去寻找。（撑
　　　　船下）

陶　氏
周　氏　曹娥姑娘，他们又去找寻了，我们还是先回去罢。

曹　娥　二位老人请先回去，不见我的父亲，我死也不回去了。

陶　氏　好好好，我们也去找一找，看看浮在何处。你好生坐着，
周　氏　不要乱走呀！（同下）

曹　娥　老爹爹，老严亲，呢呀！（唱）
　　　　　丢下了你女儿有谁教养，
　　　　　可怜我亲生母早已身亡。
　　　　　哭断了肝和肠一概是枉，

————————————

① 生死有定：生死由天命决定。《论语·颜渊》："商闻之矣：死生有命，富贵在天。"

我不如下河去寻父还乡。

也不怕这江上千层波浪，

（哭白）喂呀！老爹爹，老严亲呀！（接唱）

倒不如舍性命投入长江。

（哭白）老爹爹，老严亲，女儿来了！（跳入江中）

〔曹盱浮上水面，两边看。

〔曹娥在水下两边看。

〔曹盱、曹娥互相搂抱。

〔划船众划船上。

划船甲　众伙计，那边有两个尸首荡来荡去，我们去看看。哎呀！伙计，这不是别人，就是曹老伯和曹娥的尸首。他父女抱成一堆，真是奇怪呀！

〔陶氏、周氏闻声跑上。

陶　氏
周　氏　（哭）曹老伯，曹娥姑娘，喂呀！

划船众　哎呀，你们不要哭，我们去禀告官府，将他父女安葬，坟前竖一块曹娥碑，以作纪念。唉，真是好孝顺的女孩子。正是：天公降下无情祸，万载留名小曹娥。（哭。下）

〔剧终。

虬髯传①

人物

张仲坚　张夫人　李　靖　杨　素　红　拂

李世民　刘文静　道　人　家　人　店　家

扶馀国王　二番将　家　将　太　监　童　子

丫　环　老　妈　番　臣

〔李靖上。

李　靖　（念引）

年少英姿，

问何日风云得志？

（诗白）

天下乱纷纷，

英雄未立身；

青衫②久飘泊，

何处觅知音！

（白）小生李靖③，素怀大志，饱读兵书。方今天子无

---

① 虬髯传：虬髯：两腮长着蜷曲的胡子。本剧取材于唐代杜光庭的传奇《虬髯客传》。虬髯客张仲坚、李靖和红拂被后世称为"风尘三侠"。

② 青衫：这里指书生、学生。

③ 李靖（571－649）：唐代政治家、军事家、开国功臣，初仕隋朝，后转仕唐朝。武德三年（620）平定萧铣和辅公祏，并招抚岭南诸部。贞观三年（629）以定襄道行军总管总统诸将北征，破颉利可汗，灭亡东突厥。因功拜尚书右仆射，封代国公。后封卫国公，世称"李卫公"。位列"凌烟阁二十四功臣"之一。著有《六军镜》《卫公兵法》等书，多已亡佚。事详见《新唐书·李靖列传》《旧唐书·李靖列传》。

道，游玩江都①，百姓穷愁，干戈②四起。现在司空③杨
素④留守西京⑤，不免前去献策与他，用不用只好由他罢
了。我且行走起来。（唱）

隋天子游江都万民愁怨，

乱纷纷忽起了四路烽烟。

我李靖有奇才无人雇盼⑥，

到如今依然是一领青衫。

杨司空守西京十分贵显，

满朝中都让他赫赫威权。

我且去献奇策登门求见，

大丈夫哪怕他门户巍然⑦。

（白）不觉已到司空府了，待我进去。门上有人吗？

管　家　主人官大我也大，进门见我先害怕。来者何人？

李　靖　布衣⑧李靖求见司空。

管　家　看你这个样子，怎能配见我家主人。退下去！

李　靖　烦门公与我通报，就说李靖有事求见。

管　家　多少官员还见不着我家主人，你是甚么人，谁来与你通
报！

李　靖　你若不通报，我便要……

管　家　便要怎样？

---

① 江都：即今江苏省扬州市，为隋代陪都。

② 干戈：干，盾；戈，平头戟。两者是古代常用的防御和进攻武器，因而用为兵器的通称，引申为战争。这里指战争。

③ 司空：隋代"三公"之一，与太尉、司徒并称"三公"。这是一个地位很高的荣誉称号，名义上是参与国家大事，实际上是朝廷的加官或赠官。

④ 杨素（544—606）：隋代政治家、军事家、开国功臣，早年参加灭北齐战争，屡立战功。后追随隋文帝杨坚，隋朝建立后任御史大夫，后率军灭亡陈朝，拜荆州总管，封越国公。支持杨广成为太子。杨广继位后，拜尚书令、太师、司徒，再封楚公。事详见《隋书·杨素传》。

⑤ 西京：即隋代首都大兴，在今陕西省西安市。

⑥ 雇盼：欣赏，赏识。

⑦ 巍然：形容山或建筑物高大雄伟的样子。郦道元《水经注·河水四》："关之直北，隔河有层阜，巍然独秀，孤峙河阳。"

⑧ 布衣：平民百姓。

李　靖　（抽剑）便要杀了你！

管　家　哎哟，好恶的人！这个东西不好惹的呀！我替你通报就
　　　　是。但是我家主人见与不见，都莫怪我。启禀家爷，有
　　　　布衣李靖求见。

　　　　〔杨素、红拂上。手下随上。

杨　素　（念）

　　　　留守权威重，

　　　　门前车马多。

管　家　门外来一后生，自称布衣李靖，求见家爷。

杨　素　布衣李靖向不认识，怎敢来见老夫？且慢。他既求见，
　　　　叫他进来。

管　家　传李靖觐见。

李　靖　（进府，见杨长揖）司空在上，布衣李靖拜揖。

　　　　〔杨坐不动。

李　靖　（背白）看这老儿如此骄傲，坐在上面昂然①不动，是
　　　　何道理。待我说他几句。启禀司空，当今天下大乱，司
　　　　空为朝廷重官，须要收用豪杰，以安社稷，不可拒见宾
　　　　客。

杨　素　（起立）哈哈！你说得也是。老夫一时失礼，休得见怪。
　　　　但不知来见老夫有何见教？

李　靖　特来献策。

杨　素　献的何策？

李　靖　（捧策递上）有策在此，请司空观看。

杨　素　（接策）这策上所说何事，待我留下仔细观看。（率众下）

　　　　〔红拂不动。

李　靖　你看，这老儿说不上几句话，他就进去了。我也只好退
　　　　去。（退出门）

管　家　莫多话，快出去罢。

---

①　昂然：高傲貌，仰头挺胸无所畏惧的样子。韩愈、孟郊《斗鸡联句》："大鸡昂然来，
小鸡竦而待。"

红　拂　门公，你去问这位相公住在哪里？

管　家　你问他做甚么，难道你去拜访他不成？

红　拂　你只管去问。

管　家　这才古怪了，待我去问。相公，你住在哪里？

李　靖　我住在南城兴盛坊①，门口有红灯的便是。

管　家　你去罢。

〔李靖下。

管　家　（对红拂）他住在南城兴盛坊，门口有红灯的便是。

〔红拂下。

管　家　被这个后生唠叨了许久！我睡觉去罢。（下）

〔红拂上。

红　拂　满怀心腹事，难对别人言。奴家张氏，自从来到杨家，
没有甚么好处。我看主人年老衰运，无心为国。今日看
见那后生李靖，英雄盖世，气概无双。我不免今晚改装
出去，径②到他家，投奔于他，以便终生有托。就是这
个主意。天色已晚，我便打扮起来。（更衣。唱）
自从到这杨家天天忧闷，
我主人年衰迈误我青春。
今日里得见了布衣李靖，
真是个英雄汉可托终身，
带一顶红风帽遮了两鬓，
穿一件红雪衣盖住罗裙。
我悄悄出东房③看看情景，
（四下看）

〔场面打二更。

红　拂　（接唱）
深夜里只听得二鼓连声。

———————————————————

① 兴盛坊：唐代村庄，因作坊兴盛而得名。现为兴盛村，在今陕西省西安市长安区五曲镇。
② 径：径直，直接。
③ 东房：堂屋中央正室东边的房间。

（白）且慢。此刻已打二鼓，正好出去，待我缓缓走来。

（接唱）

只恐怕遇着人前来盘问，

就说是主人的年少家人。

（走圆场）

〔二更夫上。

更夫甲　打更打更，

更夫乙　一夜不停。

红　拂　不好了，那边打更的来了，我且在他们背后行走。

〔更夫二人前面走，红拂后面跟。

更夫甲　伙计，莫要放了贼进来。

更夫乙　听那边有些响动，莫是有贼？我们上前看去。

〔红拂躲藏。

更夫乙　没有人。我们到院里去罢。（与更夫甲同下）

红　拂　哎呀，真是吓死我也！这一次是躲过了，去到大门口又
　　　　如何出去？且慢，到得门口再作道理。来此已是大门口。
　　　　门公开门。

管　家　（上）哪个要出去？

红　拂　奉了主人之命，有机密军情出去办理。快快开门，耽误
　　　　时刻，要你的狗命！

管　家　哦，开门开门。（开门，待红拂出门后复掩门）

〔红拂急下。

管　家　我不管他是谁，他说是主人叫他出去，我便放他出去，
　　　　府中人多了，管不了许多，乐得睡觉去罢。（下）

〔红拂上。

红　拂　幸喜无人知觉。来此已是兴盛坊，那一家门口挂有红灯，
　　　　定是李郎家了。待我敲门。

李　靖　（上）忽听门环响，何人到此来？（开门见红拂，惊）
　　　　郎君是谁？到此何事？

红　拂　进去再说。（进门，拜）叩见李郎。

〔李靖回拜。

李　靖　你到底是谁？

红　拂　（脱帽）李郎请看。

李　靖　（惊诧）哎呀！原来是位女郎，请问从何处而来？

红　拂　妾乃杨家侍女红拂，因慕李郎，夜奔到此，愿托终身。

李　靖　杨司空威权甚大，娘子何不从他？小生乃一个寒士，怎敢留下娘子。

红　拂　杨公衰迈，何必怕他。

李　靖　请问娘子贵姓？

红　拂　妾姓张，排行第一。

李　靖　娘子真乃天人，小生得了娘子，自是三生有幸。但恐杨家索寻，岂不惹出祸来！

红　拂　已有许多姐妹逃出在外，他也并不十分打理。

李　靖　虽然如此，但此间不可久留，明早我们就往太原去罢。
　　　　正是：美人天上降，

红　拂　名士客中逢。

李　靖　夜深了，后房歇息去罢。（偕红拂下）
　　　　〔虬髯客张仲坚提人头上。

张仲坚　十载大仇报，今朝割了头。俺，虬髯客张仲坚。杀了仇人，来到灵石县①居住。你看大乱纷纷，真是英雄得志时也。（唱）
　　　　隋天子他无道天下大乱，
　　　　游江都摆大队出了长安。
　　　　这江山看起来朝夕有变，
　　　　我本是英雄汉绝好虬髯。
　　　　斩仇人我权且住在客馆，
　　　　有几多心腹事难对人言。

　　　　（下）

_____

① 灵石县：山西县城，今隶属于晋中市，距太原市一百多公里。

〔李靖、红拂骑马上。

李　靖　（唱）
　　　　一路上净高山马行不便，
红　拂　（接唱）
　　　　风尘里消瘦了玉貌花颜。
李　靖　（接唱）
　　　　算前途前面是灵石小县，
红　拂　（接唱）
　　　　但不知何日里才到太原。
李　靖　（接唱）
　　　　看斜阳远照在树林前面，
红　拂　（接唱）
　　　　你青衫我红袖缓缓扬鞭。
李　靖　（接唱）
　　　　那一旁起炊烟定有客店，
红　拂　（接唱）
　　　　与郎君上前去寻个房间。
李　靖　来此已是灵石县了，且寻客店住下，待我下马问个明白。
　　　　（与红拂一同下马）店家你这里还有房间没有？
店　家　（上）还有房间。
李　靖　如此我们进去。（拴马，偕红拂进店）娘子，你辛苦了。
红　拂　男子志在四方，妾得跟随李郎，欢喜不尽，哪怕路途辛
　　　　苦。但是今天起得太早，妾还未梳头，我要在此梳妆。
李　靖　娘子在此梳妆，我在外面洗马。（到屋外洗马）
　　　　〔红拂在房内梳妆。
　　　　〔张仲坚上。
张仲坚　心中有事坐不稳，打开房门看一回。且慢。那房中有一
　　　　女子，十分美貌，正在梳头，不知是何人家眷。待我仔
　　　　细看来。（坐上场门看红拂梳妆）
　　　　〔李靖见张看红拂梳妆，怒。

李　靖　你看那大汉坐在对门看你梳头，真真无礼。我要前去骂他。

红　拂　（背地摇手，起向张仲坚拜揖）请问贵姓何名？

张仲坚　俺姓张。

红　拂　奴也姓张，该是妹子。请问排行第几？

张仲坚　俺行第三。请问妹子行几？

红　拂　妹行第一。

张仲坚　今天得逢一妹，可算天缘凑巧！

红　拂　李郎快来见过三哥。

李　靖　怎么叫他三哥？姑且糊里糊涂过去叫他一声。三哥有礼。

虬　髯　妹夫有礼，一同坐下。店家拿酒来。

　　　　〔店家捧酒上。

张仲坚　（唱）

　　　　兄妹们哪料得旅途见面，

李　靖　（接唱）

　　　　这都是无意中结下良缘，

红　拂　（接唱）

　　　　问三哥因何事来到客店？

张仲坚　（接唱）

　　　　我有话对贤妹慢慢来言。

　　　　（白）贤妹，我还有一件下酒的东西，待我取来。（将布包人头提上）贤妹，妹夫，你们打开来一看。

红　拂　哎呀！原来是个人头。

李　靖　（惊）三哥，这个人头哪里来的？

张仲坚　这是天下负心人的头。寻了他十年，今天才把他杀了。（抽剑砍头）将他煮熟下酒。（收起人头）请问贤妹，你们要到何处？

李　靖　要到太原。

张仲坚　我看李郎仪表非凡，此去必能发迹。不知太原有异人^①
　　　　否？

李　靖　曾认得一人，真乃天下英雄。

张仲坚　此人姓甚？

李　靖　与弟同姓，年方二十，乃州将之子。

张仲坚　李郎可引我与他一见。

李　靖　敝友^②刘文静^③与这人熟识，可到敝友家中一见。

张仲坚　如此李郎夫妇在汾阳桥上等我，同到太原。酒已够了，
　　　　俺去也。（取鞭上马，拱手）请了。（下）

红　拂　真真吓坏人也！

李　靖　他怎么是你三哥？

红　拂　他哪里是我的哥哥！因见这人行踪古怪，不敢得罪于他；
　　　　恰好他也姓张，故而认作兄妹。

李　靖　娘子算是女中英雄了。我们在此且住一宵，明日再走。
　　　　正是：世乱英雄起，

红　拂　风尘有异人。（偕李靖下）

　　　　〔刘文静上。

刘文静　（念引）
　　　　乱世英雄，
　　　　风尘中无人借重^④。
　　　　（诗白）
　　　　虎斗兽争日，
　　　　天翻地覆年。
　　　　帝王与将相，
　　　　命运总由天。

---

① 异人：不寻常的人，有异才的人。

② 敝友：敝是对自己的谦称，敝友即我朋友。

③ 刘文静（568－619）：京兆郡武功县（今陕西省武功县）人，唐代宰相、开国功臣，因支持李渊在太原起兵反隋有功，唐建立后被授予宰相，封鲁国公。后被小妾诬告谋反，遂被冤杀。唐太宗李世民继位后为其平反，恢复官爵。事详见《新唐书·刘文静列传》《旧唐书·刘文静列传》。

④ 借重：借用他人的力量以自重。

（白）在下，刘文静。方今天下大乱，隋室将亡，不知
这真命天子出在何方。唯有太原公子李世民①生有异相，
莫非就应在此人身上？但也未曾十分看透，是与不是，
好叫人猜详②不定也。（唱）
隋天子太无道人心离散，
看起来这王气落在太原。
李公子龙凤姿人间罕见，
我只得依着他且待后缘。
〔李靖、红拂同上。

李　靖　（唱）
一路上马蹄忙风尘满面，

红　拂　（接唱）
不觉得转眼间已到太原。

李　靖　娘子，此处就是汾阳桥。你那三哥说到此处相会，不知
可曾到来？

红　拂　他乃是英雄好汉，断不欺人，一定会来。我们且在茶亭
稍坐片时，等他一等。

张仲坚　（上。唱）
有几多心腹事何年如愿，
剑匣内紧藏着三尺龙泉③。
（白）且慢。我约李靖夫妇在汾阳桥上相会，算来今天
他们必然到此，待我四下看来。（观望状）哎吓，妹子妹

---

　　① 李世民（599—649）：即唐太宗，唐代第二位皇帝，祖籍陇西成纪（今甘肃省秦安县），
少年聪明机智，带兵作战。与其父李渊在太原起兵，攻灭隋朝，建立唐朝。平定薛仁杲、刘武
周、窦建德等割据势力。后发动"玄武门之变"，杀太子李建成和齐王李元吉，被立为太子。
武德九年八月初九日，继皇帝位，是为唐太宗。在位期间年号"贞观"（627—649），任用魏
徵、李靖、房玄龄、杜如晦等名臣，励精图治，恢复生产，从谏如流，攻灭东突厥，征服高
昌、龟兹和吐谷浑，史称"贞观之治"。事详见《新唐书·太宗本纪》《旧唐书·太宗本纪》。
　　② 猜详：猜度，揣测。
　　③ 龙泉：即龙泉剑，本名"龙渊剑"，因避唐高祖李渊讳，改称"龙泉剑"。相传此剑由
古代铸剑师欧冶子所铸，铸成之后，俯视剑身，如同登高山而下望深渊，缥缈而深邃仿佛有巨
龙盘卧，故名"龙渊"。《越绝书》："春秋时欧冶子凿茨山，泄其溪，取山中铁英，作剑三
枚，曰：'龙渊''泰阿''工布'。"

夫果然到了。

李　靖　小弟

红　拂　妹子　在此等候三哥。

张仲坚　我已经在城中与妹子妹夫准备了房间，我们一同进城罢。

李　靖

红　拂　有劳了。

张仲坚　走哇！（唱）

我三人在茶亭重新会面。

李　靖　（接唱）

果然是有义气能践前言。

红　拂　（接唱）

兄妹们相聚首天缘不浅。

张仲坚　（接唱）

在城中已备下绝好房间。

（白）已走到了，我带你们二人进去。（引李靖、红拂进屋）妹夫，你看这房舍可好？

李　靖　甚好，有劳三哥费心。

张仲坚　这楼下的柜子里面有十万两银子，妹子住在那里，好生看守。我去邀一道友①前来，就与妹夫同去看那姓李的异人。

李　靖　邀那道友何事？

张仲坚　我那道友最会看相，要看一看那姓李的异人相貌如何。

一妹，你到房内歇息，我与妹夫出去就回。

红　拂　三哥请便。（下）

张仲坚　我那道友在此不远，我们去邀他一路同行。

李　靖　遵命。（与张仲坚出门，走圆场）

张仲坚　到此已是道友家了。道友在家吗？

〔道人上。

———————————

① 道友：道教徒之间的称呼，指一起修道的朋友。

道　人　是哪位？哎呀，原来是张三爷。请进。（引二人进屋）

张仲坚　这是我妹夫李靖。

道　人　贫道有礼。

张仲坚　我要见那位异人，须到何处相会？

李　靖　须到敝友刘文静家中。

张仲坚　既然如此，就请妹夫带路同去。

李　靖　小弟遵命。（领张仲坚与道人走圆场）来此已是刘文静家
　　　　了，待小弟叫来。门上有人吗？

　　　　〔家人上。

家　人　哪一位？

李　靖　是我李靖，要见你家老爷。

家　人　待我通报。有请家爷。

　　　　〔刘文静上。

刘文静　何人来见？

家　人　是李靖老爷。

刘文静　有请。

家　人　有请。（引李靖三人进内）

刘文静　李兄几时到了？

李　靖　刚才到的。这位是贱内①的哥哥张仲坚；这位是张兄的
　　　　友人，特来拜访吾兄。

刘文静　（拜揖）三位光临，有失远迎。

张仲坚
　　　　（同揖）来得造次，刘兄海涵。
道　人

刘文静　请坐。各位兄台到此有何指教？

李　靖　只因张兄要会一会太原李公子。这位道友最善看相，不
　　　　妨请公子到来相一相面。

刘文静　原来这位道兄相法高明，要与太原李公子看一看相，这
　　　　事倒也容易。家人，你快去请李公子前来。

①　贱内：对自己妻子的谦称。

家　人　是。（下）

刘文静　李公子到来，还要等候一时。我们何不下棋消遣，慢慢
　　　　等他。

张仲坚　我这道友最爱下棋。

刘文静　如此甚好，待我摆起棋盘。（摆棋）小弟与道友下棋，请
　　　　张兄李兄在旁观战。（与道人下棋）

　　　　〔李世民上。

李世民　（念）

日月昏①隋室，

风云起太原。

家　人　李公子到。

刘文静　公子到了，待小弟出迎。（与张仲坚、李靖、道人一同出
　　　　迎）有人在此下棋，特请公子到来观战。

李世民　是何人在此下棋？待我看来。（进内，只管坐下，不理张、
　　　　李与道人）

刘文静　道友，我们依旧下棋。

　　　　〔道人一面下棋，一面观察李世民。

　　　　〔张仲坚几次端详李世民，然后端椅坐到一旁，抚须慨
　　　　叹。

道　人　唉！这盘棋我全输了。还下甚么，我们回去罢！

张仲坚
李　靖　我们回去吧。告辞了。

刘文静　怎么就要回去？不送了。

　　　　〔张、李、道人下。

李世民　这虬髯与那道人是哪里来的？

刘文静　都是李靖邀来的。说那道人善于看相，特来与公子相面。

李世民　哦！原来如此。我看那虬髯似有不悦之色，其中必有缘
　　　　故。

---

① 昏：动词的使动用法，意为使……昏暗。

刘文静　公子的高见。

李世民　改日再谈。

刘文静　有劳公子驾临，望祈恕罪。

李世民　好说了。（下）

刘文静　那位道人望见公子魂飞魄散，棋也不敢下了；虬髯坐在
　　　　一旁无精打彩，想是看见公子气相非凡，不免把他压倒。
　　　　（笑）哈哈！我刘文静好造化也！（唱）
　　　　刘文静依着了太原公子，
　　　　将来他必定是九五①登基。
　　　　有一朝君臣们风云际会，
　　　　苦坏了虬髯公袖手观棋。
　　　　（下）
　　　　〔张仲坚、李靖、道人同上。

李　靖　且请到小弟家中再谈。（引二人入室）请坐。请问道友，
　　　　看那太原公子相貌如何？

道　人　那太原公子气相非常，当今无两。张公呀，这世界不是
　　　　我公的世界了！

张仲坚　我已经明白了。据你这等说来，越发可信。我还有甚么
　　　　世界！

李　靖　他就是李渊②之子，名叫李世民。据你们这样说来，难
　　　　道他就是真命天子吗？

张仲坚　妹夫，你说他是异人，果然不错。我在此住不得了，楼
　　　　下那十万银子就送妹夫妹子，我派人在此与你们看守。
　　　　我回长安有事，妹子妹夫速来长安访访我。我住在牡丹
　　　　坊第四巷。会面之后我还有一番言语交代。

① 九五：即九五至尊，代指皇帝。

② 李渊（566－635）：即唐高祖，唐代开国皇帝。隋朝时任太原留守。大业十三年（617）
在太原起兵，反抗隋朝。义宁二年（618）建立唐朝，是为唐高祖。后在"玄武门之变"中被迫
退位，成为太上皇。在位期间休养生息，为贞观之治奠定基础。事详见《新唐书·高祖本纪》《旧
唐书·高祖本纪》。

李　靖　谢过三哥。小弟不日便同令妹前去长安拜访三哥便了。

张仲坚　（起立、顿足、叹气）唉，花花世界①，让与他人！道
　　　　兄，我们散去，另作道理。罢了！

道　人　天命已定，人力不能挽回，我公不必介意。

张仲坚　唉，罢了！去罢！

李　靖　不送了。

　　　　〔张仲坚与道人下。

李　靖　娘子快来。

　　　　〔红拂上。

红　拂　李郎回来了。今日与三哥见那异人，究竟如何？

李　靖　娘子请听，（唱）

　　　　今日里到刘家去寻文静，

红　拂　见了那刘文静没有？

李　靖　见着了。（接唱）

　　　　你三哥邀来了一位道人。

红　拂　那道人姓甚名谁？

李　靖　娘子呀！（接唱）

　　　　那道人我未曾问他名姓，

　　　　你三哥说他的相法高明。

红　拂　可曾与那异人看相？

李　靖　听我说呀，（唱）

　　　　那异人他不是平常下等，

　　　　他就是李渊子名叫世民。

　　　　刘文静他就唤家人去请，

　　　　他又与那道人摆起棋盘。

　　　　下的下看的看正当有兴，

　　　　霎时间忽报道公子来临。

　　　　那公子入门来昂然坐定，

————————

① 花花世界：繁华的地区。《华严经·入法界品》："佛土生五色莲，一花一世界，一叶一
如来。"

你三哥望几眼暗地心惊。

红　拂　哎呀，怎么我三哥望见李世民就害怕了？

李　靖　你三哥不是害怕他，他见到李世民，知道他没有世界了，
　　　　故而烦恼起来。

红　拂　那道人与李世民看相没有？

李　靖　请听呀！（唱）

　　　　那道人向公子两眼觑定，

　　　　把棋盘推开了叹气连声。

　　　　他说道满盘棋已经输定，

　　　　又何必还在此两下相争。

红　拂　据李郎这样说来，妾已明白了。（唱）

　　　　李公子他必是帝王异品，

　　　　他将来定能够济世安民。

　　　　那道人相法高心明如镜，

　　　　有了他那虬髯不能再争。

　　　　自古道做天子自有真命，

　　　　这盘棋果然是输与他人。

李　靖　娘子真个聪明，被你都说着了。你三哥有话吩咐，说楼
　　　　下十万两银子，一概送与我们，还派人与我们看守。他
　　　　先回长安，要我们前去访他。

红　拂　那虬髯也非寻常之辈，他必另有主张，你我不能不去。

李　靖　如此即便起程。（与红拂一同更衣，出门上马）走罢。（唱）

　　　　刚到这太原府萍踪①未定。

　　　　这时节英雄汉哪怕风尘。

红　拂　（接唱）

　　　　算起来到长安路途不近，

　　　　望郎君此一去更有前程。

　　　　（同下）

---

① 萍踪：形容行踪不定，像浮萍般四处漂浮。陆游《答交代杨通判启》：“瓜戍及期，幸
仁贤之为代，萍踪无定，怅候问之未遑，敢谓劳谦。”

〔张仲坚上。

张仲坚　别有英雄志，长安不暇居。俺，张仲坚。那日见了太原
　　　　李世民，果然天日之表，龙凤之姿①，是个真命天子。
　　　　看来中华哪有俺的世界。且等李郎夫妇到来，把俺这副
　　　　家财送与他们，让他们结交李世民，做个开国元勋。我
　　　　还要传授他们兵法，让他们辅佐李世民平定天下。俺只
　　　　好去到海外另图事业罢了。（唱）
　　　　这天下定然归李家父子，
　　　　可惜我虬髯公枉费心机，
　　　　我只得往海外扬眉吐气。
　　　　哪还要这身边百万家赀②！
　　　　〔李靖、红拂同上。

李　靖　（唱）
　　　　不觉得已行到长安胜地，

红　拂　（接唱）
　　　　访一访牡丹坊豪杰踪迹。

李　靖　这就是牡丹坊第四巷了，你看那家定是三哥住宅，待我
　　　　下马问来。门上哪位在？
　　　　〔二家将上。

家　将　来的是李郎夫妇吗？

李　靖　正是。

家　将　我家爷正在堂前等候你们到来。

李　靖　烦带我们进去。

家　将　随我来。（引李靖、红拂入见张仲坚）

红　拂　三哥在上。小妹有礼。

李　靖　三哥在上。小弟有礼。

张仲坚　妹子妹夫果然来了。请坐。妹子一路辛苦了。

---

① 天日之表，龙凤之姿：天日的仪表，龙凤的姿态，形容帝王的仪表和风范。《旧唐
书·太宗本纪上》："龙凤之姿，天日之表，其年将二十，必能济世安民矣。"
② 赀（zī）：钱财，资产。

李　靖	托三哥福气，一路平安。
张仲坚	妹夫妹子到此，待我叫你嫂子出来一同相见。
李　靖 红　拂	礼当叩见嫂嫂。
张仲坚	丫环，请夫人出来见客。 〔老妈、丫环、小童等伴随张夫人上。
张仲坚	这是李郎，这是一妹，大家见个礼罢。
红　拂 李　靖	（同拜揖）叩见嫂嫂。
张夫人	（回拜）妹夫妹子远来，未曾远迎。
红　拂 李　靖	多蒙三哥三嫂照顾。
张仲坚	妹夫妹子既已到此，愚兄有一言相告。方今天下大乱，俺本想血战几年，整顿乾坤。自到太原见了李氏公子，他乃真命天子，三五年内天下必然太平。我的百万家财和这些家童使女，一概送与你夫妇二人，你二人也好去结交新主，建立功名。一妹，你是女中豪杰，他年必享厚福。若不是一妹，绝不能认得李郎；若不是李郎，绝不能遇着一妹，你二人相遇，必有天意。愚兄从今以后，另图事业。请看十年后东南海外有一件新闻，那就是我虬髯得志之时也。（唱） 叫李郎你夫妇好生保重， 你二人生成是儿女英雄。 笑为兄在中华已不中用， 只得去大海外破浪乘风①。 这家财与童仆一概相送， 望李郎做一个开国元戎②。

---

① 破浪乘风：本意为船只乘着风势破浪前进，比喻志向远大，勇往直前。《宋书·宗悫传》：“悫年少时，炳问其志，悫曰：‘愿乘长风破万里浪。’”

② 元戎：本意为大的兵车，这里指主将，统帅。徐陵《移齐王》：“我之元戎上将，协力同心，承禀朝谟，致行明罚。”

（取兵书、账册。白）妹夫，我这里有兵书一卷，你收下细看；另有册子一本，我的家财开明在上，你夫妇一一点查收用。（指丫环家童）你们过来。这两位是你们的新主人，你们要好生伺候。

丫　环
童　仆　　遵命！

李　靖　　（跪拜张仲坚夫妇）三哥、三嫂呀，（唱）
　　　　　谢三哥和三嫂如此情重，

红　拂　　（与李靖同时跪拜接唱）
　　　　　好叫我今日里如在梦中。

李　靖　　（接唱）
　　　　　人世间哪有此非常举动，

红　拂　　（接唱）
　　　　　真算得古今来第一英雄。

张仲坚　　你夫妇二人可就此住下，我与你的嫂子立刻告别了。（与夫人带家将出门，上马）妹子、妹夫，我等去也。（领夫人、家将下）

李　靖　　（与红拂目送张等远去，才回身进门）哎呀，真是奇人奇事了！

红　拂　　我们得了这份家财，应到太原结交李公子世民，助他招兵买马，平定天下，建立功名，莫负了三哥这番美意。

李　靖　　这个自然。后堂备宴。（与红拂等同下）
　　　　　〔扶馀①国王带两将上。

扶馀国王　（念引）
　　　　　海上扶馀，
　　　　　猛然间干戈震动。
　　　　　（白）寡人扶馀国王，自从登基以来，四方无事，国泰民安。不料海外忽然来了千只兵船，十分勇猛。我军连

---

　　① 扶馀：朝鲜半岛北部与今中国东北地区的一个少数民族政权，起源于西汉，南朝宋、齐时消亡。按本剧发生的时间，扶馀已经消亡，本剧借扶馀假托为外国，并不是实指扶馀。

打败仗，不能抵挡，寡人只得御驾亲征。左右，三军可曾齐备？

番　将　早已齐备。

扶馀国王　拔①队出战。

番　将　三军伺候。

〔众兵上，走圆场，然后站立一旁。

〔张仲坚率军上，与番兵开打。番兵大败，张率军追杀，上、下场数次。

扶馀国王　贼兵杀法利害②，眼看都城不保，只好逃走了罢，（带番兵下）

〔张仲坚带兵上。

张仲坚　番王自己逃走，大众杀进都城。（领兵走圆场，然后入城）看这扶馀国虽是小国，岂可一日无主？俺不免祭告天地，出榜安民，做这一方之主，也算天从人愿了。（换黄袍，摆香案祭告天地）

〔文武官员上。

众　官　请吾王升殿受贺。

〔张仲坚坐。文武官员叩拜。

张仲坚　卿等平身赐坐。

众　官　谢坐。

张仲坚　寡人做这一方之主，还望众卿辅佐。

众　官　吾主英维盖世，乃是此邦之福。

张仲坚　还要修一表文③，差一文官去到中国，报与大唐天子知道。

众　官　领旨。

张仲坚　退朝。（与众同下）

_____

① 拔：开拔，出发。

② 利害：厉害。

③ 表文：臣子向帝王呈递的意见书。唐顺之《条陈海防经略事疏》："至嘉靖十八年，正人使硕鼎等赍献贡物，并进表文伏罪。"

〔太监引唐太宗上。

李世民　　（念引）

一统江山，

享太平十载贞观。

（白）寡人，大唐天子李世民。自登大宝①，四海升平。今日早朝，平章②李靖奏道，有海外扶馀国王进表到来，却也难得。内臣，宣平章李靖带番臣上殿。

太　监　　领旨。圣上有旨，宣平章李靖带番臣上殿。

〔李靖引番臣上。

李　靖　　（念）

九天阊阖③开宫殿，

万国衣冠④拜冕旒⑤。

（白）番臣，你且在午门候旨。（上殿）臣李靖见驾，吾主万岁！

李世民　　卿家平身，赐坐。

李　靖　　臣谢坐。

李世民　　番臣可曾带到？

李　靖　　番臣带到，现在午门候旨。

李世民　　内臣，宣番臣上殿。

太　监　　番臣上殿。

〔番臣上殿，下跪呈表。李世民看表欢欣。

李世民　　原来扶馀国王张仲坚，乃是中国人氏。他带领海船千只，

---

① 大宝：帝位。《周易·系辞下》："圣人之大宝曰位。"

② 平章：本意为商量处理，这里指官职，职同宰相。《新唐书·百官志》："贞观八年，仆射李靖以疾辞位，诏疾小瘳，三两日一至中书、门下平章事。"

③ 阊阖（chānghé）：本意是传说中的西边的天门，这里指宫门。王安石《驾自启圣还内》："尘土未惊阊阖闭，绿槐空覆影参差。"

④ 衣冠：本意是衣服和帽子，因士阶层以上的人戴冠，故借指缙绅、士大夫。

⑤ 冕旒（miǎnliú）：古代皇帝戴的礼帽，借指皇帝。

甲兵^①十万，夺取扶馀，自立为王，却也是奇事。内侍
臣，带番臣下殿，好生款待。退朝。（下）

〔太监带番臣下。

李　靖　哎吓，原来张三哥做了扶馀国王^②，真乃奇事。不免回
府报与夫人知道。（下）

〔红拂上。

红　拂　女子随夫贵，男儿当自强。奴家张氏，自从随了李郎，
辅佐唐天子，他官拜平章，乃是当朝宰相；奴也恩蒙诰
封^③，真乃三生有幸。今日夫君早朝，尚未回来，不知
有何政事也。（唱）

自那年见李郎改装相会，
逃出了司空府一去不回。
在店中见虬髯认为兄妹，
他居然赠我们百万家财。
因此上辅唐王平定世界。
这一种大恩情常挂心怀。
但不知那英雄如今何在，
想起来不由人望断天涯。

〔李靖上。

李　靖　海外传奇事，闺中报好音。（进府）

红　拂　夫君回来了？

李　靖　回来了。

红　拂　今日下朝，怎么这样晚？

李　靖　今日有一番臣前来进表，说是扶馀国王差遣来的。娘子，
你猜这扶馀国王是谁？

---

① 甲兵：士兵。

② 扶馀国王：有研究认为该剧中的扶馀国王，让人想起唐景崧的"台湾民主国总统"。
1895年5月15日，以丘逢甲为首的绅士们在台北讨论筹设防局问题，决定实行台湾自主抵抗日
本侵占，成立台湾抗日政府，定名"台湾民主国"，推选唐景崧为大总统。5月25日，唐景崧
以矛盾心情接受印旗任"台湾民主国总统"，年号永清。

③ 诰封：古代朝廷对官员的妻子授予爵位或称号。

红　拂　妾在闺中哪得知道。

李　靖　那国王就是张三哥。

红　拂　哎吓！张三哥他做了海外国王，真真的奇怪了。妾想我
　　　　们不遇三哥，哪有今日。他做了海外国王，我们应望空
　　　　叩贺。

李　靖　娘子说得有理。待我们摆列香案望空叩首，遥贺三哥。
　　　　（摆香案，与红拂同拜）三哥呀，（唱）
　　　　闻听你在海外一朝得志，

红　拂　（接唱）
　　　　果然是英雄汉威震华夷①。

李　靖　（接唱）
　　　　一炷香遥叩首略表敬意，

红　拂　（接唱）
　　　　不由人称快事喜动双眉。

李　靖　叩贺已毕，回房去罢。正是：一部《虬髯传》，

红　拂　英雄儿女情。

李　靖　英才生草泽②，

红　拂　慧眼出钗裙。
　　　　〔二人下。
　　　　〔剧终。

---

　　①　华夷：指汉族与少数民族，后亦指中国和外国。《晋书·元帝纪》："天地之际既美，
华夷之情允洽。"
　　②　草泽：本意是低洼积水野草丛生的地方，泛指民间。

高坐寺①

人物

方密之　傅以渐　王六娘　苏昆生　柳敬亭

䣝　公　彩　云　素　雪　方　升　二捕差

二家人　桐城知县　办　差　四衙役　执　事

小和尚　知县家人

〔傅以渐上。

傅以渐　（念引）

　　　　一领青衫，

　　　　求科名②未能如愿。

　　　　（诗白）

　　　　欲步青云愿未偿，

　　　　十载灯火对寒窗。

　　　　男儿若遇风云会，

　　　　自有前程万里长。

　　　　（白）小生，傅以渐③，生当乱世，未遂科名；苦坐书

---

　　① 高坐寺：应为"高座寺"，因座与坐同音近义，故讹传为"高坐寺"。古代著名寺庙，相传高僧帛尸黎密多罗讲经时端坐高台，被尊称为"高座道人"，该寺因而得名。在今江苏省南京市雨花台区雨花台风景区内。

　　② 科名：科举的名次，指科举成功。

　　③ 傅以渐（1609—1665）：山东东昌府（今山东省聊城市东昌府区）人，清代政治家。顺治三年（1646）考中一甲一名进士，为清代第一位状元。顺治十一年，授秘书院大学士。顺治十二年，改任国史院文学士，先后充任《明史》《清太宗实录》纂修。顺治十五年，加封太子少保，改任武英殿大学士兼兵部尚书，旋即上疏请假还乡。其为官鞠躬尽瘁，任劳任怨，以勤政清廉著称于世。素有文名，精通经史，兼工诗文，著有《贞固斋诗集》。事详见《清史稿•傅以渐传》。

城，犹怀壮志。但是目前有一桩心事，闻得桐城方密之①
公子，用六千金买了一绝色女子，名叫王六娘。我想走
到桐城，拜那公子，见一见那位美人，开我生平眼界，
岂不是好。主意已定，我就行走起来。（背包袱雨伞。唱）

我本是未成名山东寒士，

叹平生未享受翠绕珠围。

远闻得桐城县方家公子，

六千金买了个绝妙的蛾眉。

我虽然与公子并无交谊，

也不妨到他家请见西施②。

收拾了出门的一肩行李，

踏青山涉绿水直往桐城。

（下）

〔方密之上。

方密之　（念引）

家住桐城，

受皇恩门庭贵盛。

（诗白）

阀阅③家声远，

诗书世泽④长，

平生湖海气⑤，

---

①　方密之：即方以智（1611－1671），安徽桐城人，明清间思想家、哲学家、科学家，字密
之，少年时家境殷实，家学渊源，受到良好的教育，博览群书，学习西方自然科学。后中进
士，得到明朝末代皇帝崇祯赏识。李自成攻占北京时，其誓死不降。明朝灭亡后，被魏忠贤阉
党余党阮大铖迫害，被迫改名"吴石公"，流寓岭南一带，以卖药为生。顺治七年出家为僧，
改名弘智。康熙十年，因从事反清活动被捕，在解往广东的途中病逝于江西万安惶恐滩头。代
表作有《东西均》《通雅》《物理小识》等。事详见《清史稿·方以智传》。

②　西施：本意是春秋时期的美女西施，为古代四大美女之一，这里泛指美女。

③　阀阅：门第，家世，家族在社会上的地位。

④　世泽：世代的遗泽，主要指地位、权势、财产等。

⑤　湖海气：江湖气，豪侠气。《三国志·魏志·陈登传》："陈元龙湖海之士，豪气不除。"

结客少年场①。

（白）小生，方以智，别字密之。祖、父俱官显职②，不才③也颇有名望。今年用六千两银子，买了一绝色女子，名叫王六娘，收在后房，十分宠爱。今日无事，且到六娘房中坐坐。正是：（念）

清晨不报当关客，

新得家人字莫愁。④

（起立。唱）

自幼儿生长在豪华家内，

二十岁负才名四海皆知。

陪伴我都是些美人名士，

每日里谈文字饮酒看棋。

转过了后堂来风光明媚，

看一看那佳人可画了蛾眉。

〔设帐，王六娘短衣卧帐内。

方密之　来此已是六娘卧室，何以尚未开门？丫环开门。

〔彩云上。开门。

彩　云　公子来了，六娘还未起来。

方密之　（低声）由她睡罢，不要惊醒于她。（旁坐）

王六娘　（在帐内唱）

昨夜晚微醉后和衣而睡，

方密之　六娘醒了，待我挂起帐来。（挂帐）

王六娘　（起）公子起得这早？（唱）

翡翠衾芙蓉帐梦境迷离。

方密之　丫环捧水来。

① 少年场：年轻人聚会的场所。庾信《结客少年场行》："结客少年场，春风满路香。"
② 显职：显要的官职。
③ 不才：没有才能，古人对自己的谦称。
④ "清晨"两句：李商隐《富平少侯》："七国之边未到忧，十三身袭富平侯，不收金弹抛林外，却惜银床在井头。彩树转灯珠错落，绣檀回枕玉雕锼。当关不报侵晨客，新得佳人字莫愁。"
当关：守门人。莫愁：本意是南朝时的女子莫愁，这里借指王六娘。

〔素雪捧水上。方密之拧手巾递与王六娘，又递漱盂。

王六娘　　（唱）

　　　　叫丫环捧镜台我去梳髻。

　　　　（离床，对镜坐）

〔方密之一旁侍立。

王六娘　　（唱）

　　　　用手儿挽起了头上青丝①。

方密之　我替你戴好花儿。

王六娘　　（唱）

　　　　妆罢了穿罗裙腰间紧系，

方密之　我替你穿好裙子。

王六娘　　（唱）

　　　　爱淡妆穿一件湖水衫儿。

〔二人平坐床上。

王六娘　　（唱）

　　　　坐床前低声儿来问公子，

方密之　六娘问我甚么？

王六娘　　（笑。唱）

　　　　你缘何不读书来画蛾眉？

方密之　卑人书读罢了，特来看你。我们且到看棋亭②上下棋消
　　　　遣，六娘以为如何？

王六娘　如此甚好。丫环看棋侍候。

〔彩云、素雪捧棋盘等同走半圆场。

方密之　来此已是看棋亭。

王六娘　丫环摆起棋盘。（二人对坐下棋）

---

　　① 青丝：黑头发。上古时以青色为黑色，故青丝指黑发。

　　② 看棋亭：唐景崧隐退桂林后，自号"退怡庐老人"，他用张之洞给他的十万两银子在桂
林榕湖南面建五美塘别墅，除种菜消遣外，还在园中建看棋亭，亭中自拟对联："纵然局外闲
身，每到关怀惊劫急；多少棋中妙着，何堪束手让人先。"另，他编创的四十余部桂剧作品命
名为《看棋亭杂剧》（又称为《棋亭杂剧》或《棋亭新曲》）。

　　　　　〔傅以渐上。

傅以渐　（念）

　　　　　看花心事切，

　　　　　行路不知难。

　　　　　（白）来此已是桐城县方家门口，待我叫来。门公哪里？

　　　　　〔方升上。

方　升　何人打叫？

傅以渐　是小生。门公有礼，这里有名帖①（递帖），烦你通报，
　　　　　山东傅以渐要见你家公子。

方　升　相公与我家公子有何交情？

傅以渐　并无交情。

方　升　既无交情，不便通报。

傅以渐　你只管进去通报。

方　升　这就古怪了。好罢，相公你且候着。（转进内）启禀公子，
　　　　　山东来了一位相公，要见公子，有名帖在此。

方密之　（看帖）山东布衣傅以渐。此人向不认识，何以求见？
　　　　　且请他进来一见，问个明白。六娘，你且回房，我在此
　　　　　会客。

　　　　　〔王六娘下。

方　升　（转出）相公，我家公子有请。

傅以渐　有劳。（将包袱雨伞递与方升，转进内）山东布衣傅以渐
　　　　　拜见公子。

方密之　请坐。弟与阁下素昧平生，远道而来，有何赐教？

傅以渐　这个么，只因久仰公子大名，特来求见。还要求见公子
　　　　　的左右一人。

方密之　要见我左右何人？

傅以渐　晚生说来，公子休要见怪。听闻公子新得一佳人，名唤
　　　　　王六娘，可有此事？

----

　　① 名帖：名片。赵翼《陔余丛考·名帖》："古人通名，本用削木书字，汉时谓之谒，汉末
谓之刺，汉以后则虽用纸，而仍相沿曰刺。"

方密之　此事却有，不知问她则甚？

傅以渐　闻得这位娘子，花容月貌，天下无双。晚生步行千里，
　　　　特地前来，敢求一见。

方密之　（大惊）哦！阁下是步行来的？

傅以渐　晚生乃一寒士①，无力坐车，只因要见绝代佳人，故而
　　　　不惜步行。

方密之　要见小弟的侍妾，这有何难。但是小妾近日有恙，阁下
　　　　且在舍间小住数日，待小妾病愈，再请相见。

傅以渐　这也使得。

方密之　方升，打扫书房，带傅相公前往居住。

傅以渐　如此，却打扰了。

方密之　休得客气。

　　　　〔方升带傅下。

方密之　我看这后生倒也有些奇气，哪有非亲非故，要见别人的
　　　　姬妾的！我看此人仪表非凡，可不知他胸中学问如何。
　　　　留他多住几日，与他谈论一番，若果是名士，不妨叫六
　　　　娘与他一见。正是：（念）
　　　　唯大英雄能本色，
　　　　是真名士必风流！
　　　　（下）
　　　　〔场面陈设挂帐。
　　　　〔王六娘带彩云、素雪上。

王六娘　（念）
　　　　兰房无个事，
　　　　闲坐理丝桐②。
　　　　〔方密之上。

方密之　六娘梳洗了？

王六娘　梳洗了。

---

① 寒士：出身贫寒的士人。
② 丝桐：琴的代称。

方密之　现有一件奇事，要与六娘说知。前日来了位傅相公，闻
　　　　得娘子美貌，由山东步行到此，求见娘子，你说奇也不
　　　　奇？

王六娘　这人与相公有亲？

方密之　非亲。

王六娘　有故？

方密之　非故。

王六娘　非亲非故，要见人家的姬妾，这却冒昧。公子可曾答应
　　　　于他？

方密之　我见此人仪表非凡，但不知他胸中学问如何。留他在此
　　　　谈论几日，果然是个名士。今日请他进来与你相见。我
　　　　就出去带他进来。（转出）傅兄在书房么？
　　　　〔傅以渐上。

傅以渐　晚生在此。

方密之　请阁下进到书房，叫小妾拜见。

傅以渐　不免造次了。（同入）

方密之　六娘过来，拜见傅相公。
　　　　〔王六娘拜傅。傅以渐答拜，低望两眼。

方密之　请坐。

傅以渐　晚生告辞，即刻启程。

方密之　何以这等匆忙？

傅以渐　晚生特来瞻仰美人，既已得见，就可告辞。

方密之　不妨在此小坐，小弟尚有话说。
　　　　〔傅以渐坐。

方密之　阁下为这个女子，千里远来，可称奇士。但非小弟，也
　　　　不肯叫姬妾拜见生人。我二人的举动，世上的俗人，是
　　　　做不到的。

傅以渐　因知公子气概非常，晚生方敢冒昧。但晚生并无他事干

求①公子，就告辞了。（起身）

方密之　请坐，还有话说。我想阁下既爱六娘，天下的美人名士，最难得的是这知己。小弟就将六娘送与阁下，成了眷属，岂非美事？

傅以渐　（惊）哪有这等奇事！公子取笑了。

方密之　天下奇事，是奇人做出来的。我家再买美人，也不为难。阁下推却，便是俗人了。

傅以渐　但不知佳人意下如何，肯从我寒士否？

方密之　六娘意下如何？

王六娘　奴本薄命之人，似飘泊杨花，哪由得自己做主！

方密之　如此甚好。你所有的妆奁②，约值数万金，你都带去。还有三千金，送与傅相公，以为读书之费。又有使女二名，一唤彩云，一唤素雪，以便途中服侍。方升哪里？

〔方升上。

方密之　你去雇二辆车来，送傅相公、王六娘启程。

方　升　是。

傅以渐　公子如此豪举，如此盛情，晚生唯有感激不尽，拜谢而已。（作揖。唱）

向公子施一礼感激不尽，

不知是哪一世种下的前因。

傅以渐是布衣风尘困顿，

也不敢说将来报答恩情。

倘能够有一朝风云侥幸③，

那时节与公子整顿乾坤④。

---

① 干求：请求，求取。《三国志·魏志·王观传》："爽等奢放，多有干求，惮观守法，乃徙为太仆。"

② 妆奁（lián）：梳妆用的镜匣，后泛指嫁妆。

③ 风云侥幸：比喻科举成功。

④ 整顿乾坤：整顿混乱局面，恢复天下的秩序。汪藻《退老堂》："心如金石气如虹，整顿乾坤指顾中。"

方密之　你看世乱纷纷，国事危急。但愿阁下及早得志，同扶天
　　　　下。六娘，你好生服侍傅相公，不可骄傲。这傅相公，
　　　　将来必发达的。你到了寒士家中，不比我家富贵，一切
　　　　需要节俭。

王六娘　谨遵公子吩咐。

　　　　〔方升上。

方　升　车辆到了。

方密之　车辆到了，将妆奁搬上车去。你二人就此启程。

　　　　〔傅以渐、王六娘、彩云、素雪同跪。

傅以渐　（唱）

　　　　上前来告别了心中耿耿，

王六娘　（唱）

　　　　蒙公子恩义重安顿分明。

傅以渐　（唱）

　　　　这一去待何年再来亲近？

王六娘　（唱）

　　　　今日里叫奴家难以为情。

方密之　你二人早上车罢。

　　　　〔傅以渐与王六娘坐车下。彩云、素雪坐车随下。

方密之　正是：（唱）

　　　　愿天下有情人都成了属眷，

　　　　是生前注定事莫错过姻缘。

　　　　（下）

方　升　哪有这样的事！这傅相公千里迢迢，非亲非故，来看人
　　　　家的女眷，已是古怪了。我家公子就将六娘送了与他，
　　　　又将值几千金的妆奁也送了他，还送他三千银子、两个
　　　　丫环，这就越更古怪得很！哎，我这穷汉也有人送个老
　　　　婆就好了！（下）

柳敬亭　（内唱）

乱纷纷猛然里江山改变^①，

〔柳敬亭、苏昆生抱弦索鼓板坐船随艄公上。

苏昆生　（唱）

抱管弦不由人涕泪^②涟涟^③。

柳敬亭　在下柳敬亭^④。

苏昆生　在下苏昆生^⑤。

柳敬亭　苏兄，现在大明江山已经亡了，众公子四下逃散，你我二人逃往何处？

苏昆生　此刻还有何人收留我们，只好走江湖卖唱了！闻得卞玉京^⑥、李香君^⑦都在西湖出家，我要前去访她们一访。

柳敬亭　闻得方密之公子，他在高坐寺出家，我也正想去访他。

苏昆生　如此，你便往桐城，我便往西湖，二人各换船前去罢。

（唱）

想起了当年事满怀仇怨，

柳敬亭　（唱）

---

① 江山改变：比喻改朝换代。

② 涕泪：眼泪。王粲《赠蔡子笃》："中心孔悼，涕泪涟洏。"

③ 涟涟：泪流不断的样子。

④ 柳敬亭（1587—1670）：南直隶扬州府通州（今江苏省南通市通州区）人，原名曹永昌，后改名柳敬亭，因脸上有麻子，人称"柳麻子"，明末评话艺术家。少年时因犯法流落在外，听艺人说书，后自己也说书，讲述生动，富有感染力，颇受时人欢迎。后追随明末将领左良玉。左良玉死后，被魏忠贤阉党余党马士英、阮大铖追杀，四处流亡。晚年重操说书的旧业，穷困潦倒。死后葬于苏州。明末学者黄宗羲和清代诗人吴伟业都著有《柳敬亭传》。

⑤ 苏昆生（1600—1679）：河南固始人，原名周如松，明末歌唱家，人称"南曲天下第一"。以善歌出入公卿府邸和青楼妓院，曾为歌妓李香君拍《玉茗堂四梦》等曲。投明末将领左良玉幕下。左良玉死后，他出家为僧。清代诗人吴伟业著有《楚两生行并序》记其生平。

⑥ 卞玉京（约 1623—1665）：金陵（今江苏省南京市）人，明末歌妓，"秦淮八艳"之一，通诗琴书画，尤擅小楷，兼通文史。幼时家道中落，被迫沦落风尘。青年时与诗人吴伟业相互倾慕，但未成眷属。崇祯末年，清兵南下，为避免掳掠，出家做道士，看破红尘。晚年隐居无锡惠山。有画作《兰石图》《暗香疏影》传世。吴伟业《听女道士卞玉京弹琴歌》记其技艺。

⑦ 李香君（1624—1654）：又名李香，南直隶苏州（今江苏省苏州市）人，明末歌妓，"秦淮八艳"之一。与明末名士侯方域定情，后侯方域因科举落榜离开南京，淮扬巡抚田仰强纳李香君为妾，李香君不从，以头撞墙，血溅折扇。侯方域之友杨龙友拾起折扇，就鲜血画桃花，遂成"桃花扇"。清代剧作家孔尚任以此事迹创作戏曲《桃花扇》。明亡后，李香君与侯方域在其老家商丘生活。终因歌妓出身而被赶出侯家，后终日郁郁寡欢，患上肺痨而逝。侯方域《李姬传》记其生平。

　　　　　这世界乱纷纷何日安然？

苏昆生　（唱）

　　　　　叫艄公你把这船头掉转，

柳敬亭　（唱）

　　　　　我二人各去寻鸿雪因缘①。

　　　　　（与苏昆生、艄公同下）

　　　　〔傅以渐上。

傅以渐　（念引）

　　　　　圣代②开科③，

　　　　　三百辈英雄让我。

　　　　　（白）下官，傅以渐。自从方密之公子赠我王氏六娘，并送我许多财帛，因此发奋攻④书。不料江山改变，圣主龙兴⑤，今乃康熙十六年，下官状元及第。但不知方公子何处去了，思想起来，好不伤感人也！（唱）

　　　　　黄榜上占鳌头⑥文章有命，

　　　　　这都是方公子助我前程。

　　　　　他自从入翰林⑦大明已尽，

　　　　　要与他见一面何处找寻？

　　　　　（下）

　　　　〔方密之和尚装上。

---

　　① 鸿雪因缘：鸿雁四处飞翔，但是会在雪地上留下爪印，比喻人生漂泊无定，但总会留下难以磨灭的痕迹。苏轼《和子由渑池怀旧》："人生到处知何似，应似飞鸿踏雪泥。泥上偶然留指爪，鸿飞那复计东西。"

　　② 圣代：指清代。

　　③ 开科：开展科举考试。

　　④ 攻：攻读，学习。

　　⑤ 龙兴：比喻新朝代兴起，建立。

　　⑥ 鳌头：本意是大鳌的头，泛指状元或第一名。传说羲和部落的首领伯益在扶桑山鳌头石梦遇魁星，后人遂尊魁星为文运功名禄位之神。因此唐代后让状元站在鳌头上，表示第一名。故后世用"鳌头"泛指状元或第一名。

　　⑦ 翰林：翰林院的成员，主管编修国史、记载皇帝言行的起居注、进讲经史以及草拟有关典礼的文件。翰林是高级官员的重要储备官职，明清两代多从翰林中选拔人才做高级官员。

方密之　　（念引）

莽莽①乾坤②，

披袈裟泪痕湿尽。

（诗白）

大地江山转眼非，

桑田沧海是何时！

虽然跳出红尘外，

万种凄凉只自知！

（白）贫僧，方密之，曾官翰林院检讨③。只因国破家亡，在这高坐寺削发为僧。满腹悲怀，谁人晓得？我且佛堂烧香去者。（唱）

高坐寺最清闲无人来往，

镇日④里锁禅房独自悲伤。

披袈裟已变了当年形象，

我且到佛堂去洗手烧香。

（跪在佛堂敲木鱼，诵经）

〔柳敬亭上。

柳敬亭　　（念）

一路风光好，

山中访故人。

（白）来此已是高坐寺了，待我进去。（四面寻瞧）不知方公子住在哪所僧寮⑤，我且到佛堂问去。（进佛堂）这跪着念经的好像就是方公子，待我问来。公子，柳敬亭来了。

---

①　莽莽：广阔，辽阔。

②　乾坤：天地，世界。

③　检讨：古代官名，掌修国史。唐代始置，明代于翰林院史官置，位次编修。清代沿置，多由庶吉士之留馆者为检讨。

④　镇日：整日。

⑤　僧寮（liáo）：僧舍。

方密之　（起。惊）敬亭！你缘何到此？

柳敬亭　特来访寻公子。

方密之　劳你远来看我，且到方丈①坐去。（二人分坐）几年不见，
　　　　你近来何以谋生？

柳敬亭　自从众公子逃散，我与苏昆生卖唱为生，已不是从前光
　　　　景了！公子在此间可好？

方密之　哎！还有甚么好呀！（唱）
　　　　只因为做臣子未能尽难，
　　　　在佛堂结了这香火因缘。
　　　　到如今把世事都已看淡，
　　　　只难忘众公子诗酒当年。
　　　　那名士与美人纷纷逃散，
　　　　满地里是干戈消息难传。
　　　　你终岁走江湖可曾相见？
　　　　你不妨对着我一一明言。

柳敬亭　（哭）公子！（唱）
　　　　方公子念众人风流云散，
　　　　柳敬亭说起来却也泪涟。
　　　　侯朝宗②倚高杰③离了雪苑④，

---

①　方丈：住持的居室，因其一丈四方，故称"方丈"。后引申为寺庙的住持。

②　侯朝宗：即侯方域（1618—1655），字朝宗，河南归德府（今河南省商丘市）人，明末
士人、文学家、复社领袖，"明末四公子"之一，其文章风采，著名于时，与歌妓李香君相
爱，故事被清代剧作家孔尚任编写为《桃花扇》。明亡后流落江南。清顺治八年（1651）参加乡
试，被人讽刺不能守节。后见复国无望，又思念李香君，悲愤伤痛，英年早逝。代表作有《壮悔
堂文集》《四忆堂诗集》。

③　高杰（？—1645）：陕西米脂人，明末将领。早年追随李自成参加农民起义，后归顺明
朝，成为明朝将领，升任总兵。明朝灭亡后，在江南拥立福王朱由崧登基。事详见《明史·高杰
传》。

④　雪苑：古代苑囿，在今河南省商丘市。源于西汉梁孝王的梁苑，南朝宋文学家谢惠连游
玩此地，写作《雪赋》，遂有"雪苑"之称。侯方域在此主持创立雪苑社，为明末重要文学社团。

吴次尾^①他殉难死在江边，

冒辟疆^②被^③难后家财失散，

水绘园^④都成了蔓草荒烟！

卞玉京出了家道姑打扮，

李香君无下落消息茫然，

还有那苏昆生江湖走遍，

更无人来问他铁板铜弦。

都只为这江山一朝改变，

顷刻间海茫茫成了桑田。

今日里说不尽胸中伤感，

这庙中慈悲佛定也凄然。

方密之　原来众人情形如此，我做了和尚，都不知道了。

柳敬亭　公子在此间，不便留客，柳敬亭就此告辞了。

方密之　我也不便留你，你无事时可再来看我。好生去罢。（与柳敬亭分头下）

〔甲、乙二捕差拿锁链上。

差　甲　（念）

出京去拿人，

差　乙　（念）

两脚不留停。

_____

① 吴次尾：即吴应箕（1594—1645），原字风之，改字次尾，南直隶贵池县（今属安徽省池州市石台县）人，明末文学家、社会活动家、复社领袖，年少时才气过人，后参加复社，揭露讨伐阉党余党阮大铖。清军攻占南京后，吴次尾在家乡起兵抗清，后失败被擒，旋即被杀，留下绝命诗一句："半世文章百世人。"事详见《明史·吴应箕传》。

② 冒辟疆：即冒襄（1611—1693），字辟疆，南直隶扬州府泰州如皋（今江苏省如皋市）人，明末文学家，"明末四公子"之一。早年才华横溢，却屡试不第。与歌妓董小宛相爱，后纳为妾。参加复社，揭露讨伐阉党余党阮大铖。后明朝灭亡，阮大铖在南明朝廷当权，报复冒襄。冒襄四处逃亡，颠沛流离。后隐居家乡，不仕清朝。晚年卖字为生，穷困潦倒，但坚守气节，决不仕清。代表作有《巢民诗文集》《影梅庵忆语》等。事详见《清史稿·冒襄传》。

③ 被：遭遇，遭受。

④ 水绘园：著名园林，在今江苏省如皋市，冒襄和董小宛曾居住于此。现为旅游景点、全国重点文物保护单位。

差　甲　我们奉刑部①大堂的火票②，去捉拿甚么方以智。伙计，
　　　　天已晚了，我们快走罢。

差　乙　我们走罢。(与甲同下)

　　　　〔傅以渐上。

傅以渐　(念引)

　　　　身受皇恩，

　　　　掌刑部生杀权柄。

　　　　(白)下官，傅以渐。自从那年中了状元，不到十年，
　　　　已做了刑部尚书。今天公事太多，带了案卷，在家细看。
　　　　家人掌灯上来。

　　　　〔家人送灯上，即下。

傅以渐　(翻阅公文，唱)

　　　　终日里在衙门办理公事，

　　　　回家来还要把案卷来批。

　　　　这一案他不肯把头来剃，

　　　　这一案做野史诽谤当时。

　　　　内一人他姓方名叫以智，

　　　　(大惊，白)哎呀！这方以智不是那方密之公子么？他
　　　　也犯罪要拿，这，如何是好！(唱)

　　　　野史上他为何也把名题？

　　　　闷恹恹坐书房伤心叹气，

　　　　〔王六娘带丫环上。窃听。

傅以渐　(唱)

　　　　好叫我要救他无计可施！

王六娘　老爷独坐书房，长吁短叹，不知为着何事，待我进去问
　　　　来。(进房)老爷，你为何一人在此长吁短叹？

傅以渐　原来是六娘来了。六娘哪里知道，那方公子犯了大罪，

---

　　① 刑部：清代六部之一，中央司法部门，掌刑法、监狱、审判等职。

　　② 火票：清代递送紧急公文的凭证。徐珂《清稗类钞·物品·火票》："凡马递公文，皆
用兵部凭照，令沿途各驿接递，谓之火票。言其急速如火也。"

要拿到刑部斩首了。

王六娘　哎呀，有这等事！老爷，你做刑部堂官①，难道不想个法儿救方公子吗？

傅以渐　我正在此要想个法儿救他，只是还想不出。

王六娘　你我二人非遇公子，哪有今日，老爷务必想个法儿救他。

傅以渐　六娘不必着急，你老爷自有道理，我不但救他，还要保举他出来做官。听闻他在高坐寺做了和尚，我即写信请他来京。（修书毕）丫环，你去叫家人进来。

彩　云　老爷叫家人。

〔家人上。

家　人　（念）

忽听老爷叫，

匆忙到上房②。

（白）老爷叫家人何事？

傅以渐　这里有书信一封，你带到桐城高坐寺③去，找一个姓方的和尚，交付与他，问他要一信带回。

家　人　是。（下）

傅以渐　夜已深了，我们安睡去罢。（与王六娘同下）

〔甲、乙二捕差上。

差　甲　背时倒运，

差　乙　枉自出京。

差　甲　我们领了刑部的火票，去拿方以智。他是个阔公子，打算讹诈他一注大钱。不知是哪位大人又将他的罪名开脱了！

差　乙　你想靠此讨个老婆，也讨不成了。（与甲同下）

〔傅以渐、王六娘同上。

傅以渐　（念）

---

① 堂官：明清各衙署长官统称，意为"堂上之官"。这里指尚书。

② 上房：正房。

③ 桐城高坐寺：高座寺在南京，此是作者笔误。

寄书高坐寺，

王六娘　（念）

不见转回程。

傅以渐　六娘，我修书与方公子，你猜他来不来？

王六娘　方公子志气高迈，他既做了和尚，哪肯出来做官。妾料他一定不来。

傅以渐　他若不来，何以报他的恩情？

王六娘　老爷开脱了他的罪名，也就是尽到心了。

〔家人上。

家　人　（念）

走了一个月，

两脚走出血。

（白）不觉到了家。老爷在上，这是那和尚的回信，请老爷观看。

傅以渐　（看书毕）哎！方公子果然不来，如何是好！

王六娘　妾倒有一计，不知老爷肯否？

傅以渐　六娘有何妙计？

王六娘　除非妾亲自到高坐寺中，请他来京。但也只能与老爷一见，大约要他做官，他是不肯的。

傅以渐　请得公子来京，一见也好，做官不做官，原不敢勉强于他。既然如此，便请六娘即刻启程。家人、丫环伺候。

〔二家人、彩云、素雪带轿上。

王六娘　待妾穿戴。（穿衣）

傅以渐　六娘，你务必请他前来。

王六娘　遵老爷的吩咐。（上轿，与丫环、家人同下）

（傅以渐下。

〔桐城知县上。家人随上。

知　县　（念）

做官不论大小，

总要四面周到。

（白）下官，桐城知县。闻得刑部尚书傅大人的家眷，要到桐城。他乃京中大员，也要巴结巴结。家人。

家　人　在。

知　县　傅大人的家眷，不日就到此间，你们快去预备公馆^①、执事^②，拿我的手本，前去迎接。一切总要办得体面，这种钱是要花的。你们小心伺候。

家　人　是。（下）

〔知县下。

〔办差、家人上。

办　差　（念）

差事匆忙，

差　人　（念）

实在难当。

办　差　刑部大堂傅大人的家眷要到桐城，大老爷派我等在此办差，高搭彩棚，预备公馆。你看，前面有坐大轿的，想是来了。执事人等，赶快上前迎接。

〔大锣、彩旗、街牌上。大过场，王六娘领丫环、家人坐轿上。

〔办差、知县家人拿禀帖^③跪迎。

办　差
知县家人　桐城知县请太太安。

傅家人　免，起去。

〔全体下而复上。

办　差　备有公馆在此。

知县家人　请太太安歇。

王六娘　（领丫环、家人入公馆）吩咐县里的家人、执事人等暂且退去。

---

① 公馆：古代公家所建造的馆舍。

② 执事：仆人，仆从。

③ 禀帖：古代老百姓向官府或官员向上司报告、请示的帖子。这里指后者。

办　差
知县家人　　是。（带执事人等下）

王六娘　此间有一高坐寺，我换便衣前去。（换衣）

傅家人　轿子伺候，就到高坐寺去。

〔王六娘领家人、丫环走圆场。

傅家人　来此已是高坐寺了。和尚哪里？

〔小和尚上。

小和尚　是哪里来的？

傅家人　我们是京城来的，是傅大人的家眷，要见你寺中的大师父。

小和尚　这也古怪。待我通报。（进内。复出）大师傅说，官家女眷，不便相见。

傅家人　（向王六娘）他们的大师父说官家女眷，不便相见。

王六娘　你说是王六娘请见。

傅家人　（向小和尚）你说是王六娘请见。

小和尚　王六娘是傅大人甚么人？

傅家人　你不必管他，且去通报。

小和尚　（进内。复出）我们大师父说，若是王六娘，更不便相见。

傅家人　（向王六娘）他们大师父说，若是王六娘，更不便相见。

王六娘　我们直走进去。（带领众人入寺）

傅家人　（向小和尚）大师父在哪里？

小和尚　此间便是。有请师父，客进来了。

方密之　（内唱）

　　　猛然间引起了风流孽债，

小和尚　大师父出来了。

〔方密之上。

〔王六娘带家人、丫环跪下。

方密之　（唱）

　　　禅房内忽来了绝代的裙钗。

　　　　　　上前来施一礼俺是方外①，

　　　　　　（白）贫僧有礼。（唱）

　　　　　　贵人们且请起莫跪尘埃。

　　　　　　（白）贵人们请起，方丈叙话。

王六娘　　（起）公子身体可好？

方密之　　我现在不是公子，贵人休得如此称呼，称我师父便了。

王六娘　　（掩泪）遵命。（随方密之进方丈）

方密之　　贵人请坐。

王六娘　　妾不敢坐。

方密之　　哪有不坐之理。佛家四大②皆空，从前之事，不必提了！

王六娘　　妾谢坐。妾夫君傅以渐和③大师父请安。

方密之　　傅尚书名震海内，贵人依着他也算得其所了。但不知贵
　　　　　　人何故到此？

王六娘　　妾夫君前有书信，请大师父出山④。大师父不肯，只得
　　　　　　遣贱妾亲来请师父出山，聊尽报答之情。

方密之　　傅尚书开脱我的罪名，便是报答我了，贫僧感激不尽。
　　　　　　要我出山，却是不能。

王六娘　　师父呀！（唱）

　　　　　　听师父这言语十分坚韧，

　　　　　　教贱妾亲到此难以为情。

　　　　　　想当年傅尚书蒙君厚赠，

　　　　　　他方能有今日锦绣前程。

　　　　　　大师父你还有胸中学问，

　　　　　　又何妨出山去同事⑤新君。

　　　　　　纵不肯再做官恐人议论，

---

　　① 方外：世俗之外。《庄子·大宗师》："彼游方之外者也。"

　　② 四大：地、水、火、风，佛教认为这四种物体是构成物质的基本元素。

　　③ 和：桂柳话，意为向，跟。

　　④ 出山：比喻隐居的人出来担任官职或做事。《晋书·谢安传》："谢安神识沉敏，少有重名，高卧东山，屡辟不出。及桓温请为司马，始出仕治事，终为朝廷重臣。"

　　⑤ 事：服事，侍奉。

也不妨见一面重叙交情。

方密之　哎！贵人，你哪里知道呀！（唱）

叫贵人你本是聪明绝顶，
岂不知江山改另有君臣？
傅尚书中状元官居一品，
他自然要做个开国元勋。
我已是出家人山中养静，
当容我做一个故国遗臣。
劝贵人你回去婉言上禀，
方密之断不能再到红尘。

彩　云
素　雪　（跪）师父说哪里话来！六娘不惜辛苦，亲身到此，请师
父出山。师父再三不肯，难道不念旧情么？

方密之　你这两个丫环叫何名字？一时却想不起来了。

彩　云　我是彩云，她是素雪，是师父陪嫁与六娘的。记得师父
在六娘房中替六娘戴花穿衣，何等怜香惜玉，为何今日
又这样古板了！

方密之　（惊起）哦，啊！（唱）

听她言想起了当年情性，
我本是风流汉怜惜佳人。
她今日路迢迢亲自来请，
见一见傅尚书也是人情。
　　（想，心动，转定）哎！（唱）
我要把这心肠牢牢按定，
要出山终究是万万不能！

王六娘　（起）师父呀！（唱）

叫师父听贱妾再三哀请，
请不去奴夫主定要生嗔[①]。
跪下去不由人珠泪滚滚，

---

① 嗔：生气，愤怒。

　　　　　（哭。白）呀！我的师父呀！

彩　云　　（跪哭）我的主人呀！
素　雪

王六娘　　（唱）

　　　　　大师父可怜奴长跪尘埃！

方密之　　贵人请起。

王六娘　　大师父若不从妾的哀请，妾拼了这性命，死在山门！

方密之　　贵人起来，慢慢商量。

王六娘　　总要大师父肯出山去，妾才起来。

方密之　　我去就是。

王六娘　　那妾就起来。（起立）

方密之　　我去是去，但我还有几句言语吩咐寺中的和尚，待我出
　　　　　去对他们说了，便同贵人启程。

王六娘　　请师父说了，快些进来。

方密之　　（出外，向小和尚）我出寺去了。你进去替我对她们说
　　　　　道，我已离了此寺，不再回来，请贵人回京去罢。（下）

小和尚　　好好一个师父，被这女人逼走了！（进内）大师父有话，
　　　　　他已离了此寺，不再回来，请贵人回京去罢。

王六娘　　（哭）原来公子骗我，他已离了此寺，叫我回京。哎，
　　　　　这也是公子的好处！高坐寺，高坐寺，你真是高不可攀
　　　　　了！

傅家人　　桐城县知县派有执事来接，在外候着。

王六娘　　启道回京。（同下）

　　　　　〔剧终。

附 录

论《看棋亭杂剧十六种》的思想倾向
与艺术成就①

朱江勇

一 唐景崧与《看棋亭杂剧十六种》

唐景崧（1841—1903），字维卿（一作薇卿），广西灌阳县人。清同治四年（1865）中进士，职翰林院庶吉士，第二年授吏部候补主事。因法国殖民者派遣侵略军侵占越南，唐景崧于光绪八年（1882）上书光绪帝，以"绥藩固圉说"主动请缨出关，光绪十一年（1885）奉命回国，因在援越抗法中有功，清廷晋升他二品秩，加赏花翎，赐号"霍伽春巴鲁图"，同年十月被命为福建台湾道台，光绪十七年（1891）升为台湾布政使，光绪二十年（1894）升为台湾巡抚。中日甲午战争爆发，台湾失守，唐景崧于光绪二十一年（1895）逃回大陆，当年隐退桂林。

回桂林后，在仕途无望、百无聊赖之际，唐景崧寄予梨园。他不仅会演、排戏，还会教戏、编剧本，1896 年他在看棋亭旁建了一座戏台，组建"桂林春"班，并将一些旧剧本改编成桂剧，唐景崧回桂林至此后的六七年间，他将部分旧本删改润色，并据小说编撰新戏，经他润色、改编、创作的桂剧本总共有四十个，总名曰《看棋亭杂剧》，

① 该文为拙著《桂剧研究》（2013 年，广西师范大学出版社）中第三章第一节"唐景崧的桂剧创作"部分，曾刊发于《河池学院学报》，2011 年第 3 期。今略做改动。

因而他被誉为"桂剧第一个剧作家"。由于《看棋亭杂剧》散佚，目前所知四十种中仅存二十九个剧目，分别为：《晴雯补裘》、《芙蓉诔》、《黛玉葬花》（《看花泪》）、《绛珠归天》、《宝玉哭灵》、《中乡魁》、《马嵬驿》、《一缕发》、《九华惊梦》、《独占花魁》、《杜十娘》、《游园惊梦》、《拷艳饯别》、《救命香》、《曹娥投江》、《木兰从军》、《虬髯传》、《燕子楼》、《圆圆记》、《苧萝访美》、《可中亭》、《醉草吓蛮》、《大闹酒楼》、《桃花庵》、《高坐寺》、《桃花扇》、《星沙驿》（《得意缘》）、《张仙图》（《花蕊夫人》）、《杏花楼》（《相公变羊》）等。

《看棋亭杂剧十六种》原是广西桂剧传统剧目鉴定委员会的挖掘本，1956年该委员会为了抢救桂剧剧目遗产，一共整理了唐景崧的十八个剧本，后来《可中亭》和《苧萝访美》遗失。《看棋亭杂剧十六种》经多方面的查证校勘，可以确定与原作大体无异，是研究唐景崧作品的可靠依据。虽然《看棋亭杂剧十六种》只占唐景崧全部剧作的五分之二，但内容所涉及的范围相当广泛，"上至西汉，下至清代；无论帝皇显贵、名流侠客，还是贫民妓女、丫环奴仆；也不论义举奇闻、风流韵事、下层人民（特别是妇女）的不平遭遇，都有所描写，有所表现。"[1]113 十六个剧本中有十个是根据前人作品改编，六个是跟据古代经传记载、野史传闻中有影响的故事改编，分别为：《晴雯补裘》《芙蓉诔》《绛珠归天》《中乡魁》《一缕发》《马嵬驿》《九华惊梦》《游园惊梦》《杜十娘》《独占花魁》《燕子楼》《救命香》《虬髯传》《高坐寺》《曹娥投江》《桃花庵》等。

二　《看棋亭杂剧十六种》的思想倾向

以往对《看棋亭杂剧十六种》思想倾向的研究，较多地从中挖掘唐景崧的民主主义思想，认为康有为第二次来桂林与他有密切的交往，唐景崧与康有为、岑春煊等人创办宣传维新变法的"圣学会"和《广仁报》，以及新派的"体用学堂"，在政治上、文艺创作上都卷进了改良主义的浪潮，这些变化自然反映到戏剧上[2]89。唐在与康频繁的交往中，不可能不受到康的改良主义思想的感染，必然影响到其戏剧创作的思想、结构以及技法[3]42。我们首先承认这些观点合理性的一面，但过多地从唐景崧剧本挖掘他的民主主义思想有失公允。唐景崧在政治上受挫后与桂剧结缘，隐退后他更多的是愤懑、惆怅、不甘潦倒的复杂心理，因此唐景崧的桂剧剧本，正是研究他晚年思想的重要参考资料。

纵观《看棋亭杂剧十六种》，其中改编的作品在思想上大多并未超越原作，除表达一些朦胧的民主主义思想外，仍有很多封建意识的残留，还有很多是表达他对过去功名的追忆和现实的无奈，呈现出复杂多样的思想倾向：首先，十六个作品几乎都有鲜明的女性形象，如杨玉环、晴雯、林黛玉、杜丽娘、杜十娘、莘瑶琴、桂三娘、红拂女、王六娘、陈淑媛、关盼盼、曹娥等，她们中有贵妃、深闺少女、妓女、妻妾、贞节烈女等各式各样人物，在她们身上体现出唐景崧朦胧民主主义思想和封建意识交织的女性观。其次，唐景崧既留恋过去，又要面对现实的无奈，因而产生了消极无为的思想。他便通过剧中一些人物的建功立业，来表达他的功名态度和人生思想。以下就从上述的两个方面来谈《看棋亭杂剧十六种》的思想倾向。

一、朦胧民主主义思想与封建意识交织的女性观。唐景崧笔下的女性，大多为"被损害""薄命如云"的女性，这类有杨玉环、晴雯、林黛玉、杜十娘、关盼盼、陈淑媛等，她们"或抱恨终身，或委曲求全，或多情遭嫉，或逆来顺受，或坚贞守节，或代人受过"[4]25，作者为她们的处境给予同情，为她们鸣不平，体现出朦胧的民主主义思想。在三出杨玉环戏中，作者强调的是杨玉环遭妒失宠、代人受过的哀怨，对杨玉环给予了很大的同情。《一缕发》中杨玉环以美色取悦唐明皇，唐明皇宠爱她时便海誓山盟，奉若天仙，但是盛怒之下又可以随时将她撵出宫门。《马嵬驿》中杨玉环又是作为保护唐明皇地位和性命的牺牲品被奉献出去的，虽然唐明皇为一国之君，但是无力保护自己的爱妃，更无力捍卫风雨飘摇的江山，除了痛哭流涕外，最终还是牺牲贵妃来保全自身。《九华惊梦》中杨通幽问阎王在阴曹有没有杨玉环的魂魄时，作者借阎王之口表达对杨玉环的同情："杨贵妃生前无甚罪过，或者她死后成仙，在那海上仙山，逍遥自在。我阴曹管不着她，所以她不在此。你到仙山去寻她罢！"[5]49 杨玉环生前并没有罪过，无疑是有力地鞭笞了唐明皇的虚伪、懦弱与昏庸，结尾让杨、唐两人天上地下永久不见，这种大胆的处理方式加深了悲剧性的力度，在思想上超越了原作。

《晴雯补裘》和《芙蓉诔》塑造了晴雯的形象。《芙蓉诔》中的晴雯更是感人至深，作者在剧中大声疾呼，为晴雯表白、控诉，特别是晴雯绝命前的唱词在当时脍炙人口，差不多桂剧艺人都会唱，就是文人学子也多背诵得出。光绪二十三年（1897），康有为第二次到桂林讲学，由两广总督岑春煊在官邸邀饮观剧，唐景崧作陪客，同座的还有广西按察使蔡希邠，演出新排的《芙蓉诔》，由名旦一枝花扮演晴雯，周梅圃扮演宝玉。一枝花声容俱佳，康有为深深赞赏，即席赋诗：

> "九华灯色照朱缨，千里莺花入桂城。万玉哀鸣闻宝瑟，一枝秋艳识花卿。芙蓉城远神仙梦，芍药春深词客情。新曲应知记顽艳，从来侧帽感三生。" [6]36

康诗与唐剧一时传遍桂林，一枝花及《芙蓉诔》亦因之声名大振。

杜十娘、莘瑶琴、杜丽娘是追求爱情的女性形象，唐景崧在改编时竭力忠于原著，保持原著精神所在，集中地表现了被摧残女性在礼教重压下为掌握自己的命运所做的挣扎、斗争，赞扬了封建礼教束缚下的青年女子敢于追求自由和幸福的愿望。特别是妓女杜十娘、莘瑶琴，尽管她们的结局截然不同，但都控诉了封建社会的阴暗和残暴。作者站在这些弱女子一边，为她们鸣不平。

唐景崧的作品有较浓厚的封建意识，充分体现在他塑造的符合封建伦理与道德规范的女性中，不时流露父权、夫权的封建男权观念。像《曹娥投江》歌颂"从父而终"的封建主义"节操"，《燕子楼》更是宣扬女子不但"为夫守节"，而且要"为夫殉节"的封建节操。《桃花庵》中集吃苦耐劳、敬老恤贫传统美德化身的陈淑媛，在决心以死雪洗耻辱之前，还要用卖身赚的钱为丈夫购置一个填房，似乎女性的生存意义必须通过男性认可才能实现。甚至，女性是作为封建男权、男性的"物"的存在，《救命香》中朱元璋看过后的桂三娘变成了皇室专有之物：

  桂三娘　想小妇人曾经伺候过驸马，今日又得瞻仰龙颜，若是交官媒发卖，似乎不可。

  朱洪武　你的话却也有道理。比如一样物件，经朕看过，却也不可亵渎，何况你曾伺候过驸马，也不可嫁与别人，就把你赏与驸马为妾便了。[5]174

  《高坐寺》中美貌的王六娘也是男人的私有之物，方密之花重金将她购买，又把她推出来任人玩赏，还因与山东奇士傅以渐志趣相投，把她拱手相送。作者赞扬的是王六娘温顺随和，唯男人意志是听的禀性。她不管人家怎样摆布，都甘愿顺从，王六娘的刻画同陈淑媛、关盼盼、桂三娘的刻画一样，都反映了唐景崧对妇女的看法仍旧摆脱不了封建礼教观念。

  二、对以往功名留恋与现实无奈的矛盾思想与复杂心态。唐景崧是在仕途青云直上之际，由于中日甲午战争导致他的人生发生陡转式变化，政治上失意的他狼狈退隐桂林，以湖光山色和戏剧排遣愤懑，但他对功名追求之心未死。光绪二十四年（1898）到天津策划收复台湾和光绪二十八年（1902）到广州活动意欲复起，他都以失败告终。唐景崧对以往功名的留恋与现实无奈的矛盾思想反映在他作品中，个别作品还产生了消极无为的复杂心态。

  唐景崧在甲午战争中成了腐败清政府的替罪羊，遭到国人的谴责。由洪昇《长生殿》中《献发》和《复召》两出改写的《一缕发》，词句多袭用原作，该剧用杨玉环的哀怨和代人受过的苦衷来比喻自身，借杨玉环之口说："君恩似水付东流，得宠翻添失宠愁。莫向樽前奏花落，凉风只在殿西头"，感叹"禁中明月，已无照影之期；苑外落花，已绝回春之望"[5]25。他希望能像杨玉环的"一缕发"那样，有高力士那样的人代达天命，重新得到君王的恩宠。剧中高力士向唐明皇转奏杨玉环对君王的眷恋之情说："娘娘说她有罪，此生此世，不能重见龙颜，谨献此发，以表依恋之心。"[5]30 正是唐景崧对君王"依恋之心"的抒写。

唐杜光庭的《虬髯客传》只提及张仲坚在海外建功立业，而唐景崧在《虬髯传》中仿明张凤翼的《红拂记》，大肆渲染张仲坚带领海船千只，甲兵十万，远征扶馀建功立业，来追忆自己于中法战争期间在越南立下的汗马功劳。剧中的扶馀国国王，又很容易使人想起他当年的"台湾民主国总统"。唐景崧在光绪八年（1882）赴越南征路上曾写《红拂诗》赠给朋友，来表达自己建功立业的志向。唐景崧在光绪二十八年（1902）欲谋复起，途经香港时还将此诗为潘兰史题《红拂图》，可见在晚年时仍旧壮心不已，也不难窥见他写此剧的用心。

《高坐寺》以明末清初隐士方以智的轶事为蓝本，作者在剧中有意叫人把方密之看成是自己的影子，方密之家里也有一个下棋消遣的"看棋亭"，过着悠闲舒适的生活。方密之不惜把重金和美色赠送他人，得到开脱罪名的回报，我们从中看到台湾失守后，遭到国人谴责的唐景崧，花钱贿赂清政府要员，求得开脱的努力。该剧着力讴歌方密之不同流合污，一味孤芳自赏的品格，方密之国破后先是在高坐寺为僧，后王六娘哀求他出山，他又离高坐寺而去。《高坐寺》不同于《一缕发》和《虬髯传》对以往功名的留恋，而是体现了方密之那种逃离现实，永不再出山的消极无为思想，无疑是作者隐退后既壮心未已又消极动摇的复杂矛盾心态的反映。

三 《看棋亭杂剧十六种》的艺术成就

唐景崧写戏的动机，主要是闲情寄怀、排遣愤懑，在邀朋、宴客和观戏中显耀他的才华。唐景崧写戏的动机直接影响到他剧作的思想倾向和艺术成就，就艺术成就而言，一般认为他的剧作总体水平不高；从编剧技法上讲，"十六个剧本除《马嵬驿》和《游园惊梦》之外，都有一个共同的弱点，即过分注重交待人物行为和事件发展的过程，而不善于把握核心环节，集中笔墨深入地展现矛盾冲突和人物性格，所以大多数剧本仍显得拖沓松散，甚至平淡、枯涩。有些剧本在情节描写上，还嫌重复累赘。"[1]20-21 这种看法比较公允，唐景崧也许未完全掌握我国古典戏曲编剧技法，也并未刻意从中取长补短，《马嵬驿》和

《游园惊梦》之所以没有出现以上所说的弊病，大概是原作提供的基础十分缜密的原因。但是，唐景崧具备较高的文学素养，又熟谙戏剧，他的剧作在艺术上也有很多不能抹杀的可取之处。笔者认为可以从以下几个方面来认识唐景崧剧作的艺术成就：

一、注重从主题角度增删剧中情节和组织戏剧结构，来表达自己对主题的理解。唐景崧无论是改编前人著作还是沿用古人轶事，都不是原封不动地照搬，而是在艺术构思中融入自己的思考，力图赋予作品新的意图。一些作品中他特别注意删削繁枝赘叶，个别作品又意外地增加情节，目的都是使主题更突出、清晰。《九华惊梦》中，作者大胆地改变《长生殿》原有的格局，尽量删削表现天孙、织女的篇幅，而是突出地表现杨玉环的哀怨，并一反《长生殿》让唐明皇和杨玉环在天孙、织女的热忱帮助下，得以"真人""仙子"的身份在天宫团圆的结局，以杨唐永不相见的悲剧性结尾突出"此恨绵绵无绝期"的情绪。《独占花魁》一剧，以往根据小说改编的传奇或其他戏曲本子，大多节外生枝地增加许多累赘的情节，作者没有受到这些影响，反而把小说中朱家和莘父这两条线删去了，人物关系也变得相对简单了。《虬髯传》中作者也删去了传奇和其他戏曲本子虚构乐昌公主这条副线，牢牢地把握张仲坚的贯串性动作为主线，使主题和内容都不分散。《杜十娘》的结尾，则是在原话本之外增加了杜十娘的丫环出于愤怒，毅然追随十娘投水自尽，李甲仆人李宏和船家众伙计因愤怒痛打孙富的内容，加深了作品的主题。

中国古典戏曲过于拘谨的结构形式，对于表现复杂多变的生活显然是一种束缚，许多剧作出现一味要求篇幅长、场面大、行当齐全的弊病，唐景崧的剧作却没有这种弊端。从十六个剧作来看，它们都是不拘一格的短剧，既不追求成本成套，也不同于一般的折子戏，都能从内容出发，构成一个完整的故事，并视主题需要决定篇幅的长短。因而他的剧本大都脉络清晰，主题明确，这种结构形式无疑是一种突破，应当予以肯定。

二、从演出角度和演出效果出发创作剧本。唐景崧的剧作，都是为演出而创作的，绝非案头读本。他还注重演出的效果，按照班里角色的长处来编戏，据参加唐景崧"桂林春"班的桂剧艺人林秀甫说："唐维老编写剧本，第一是按照班里的角色来编，第二是抒写他自己的牢骚。"[7]当时桂林春班演员最出色的角色是旦角、小生、小丑，从康有为诗中观一枝花和周梅圃演《芙蓉诔》，以及其他剧本角色安排来看，可以证实林秀甫的说法是对的。根据角色长处编戏创作，角色扮演之佳，加上行头考究，道具齐全，桂林春班为当时桂林各班之冠。民国期间，有人观唐景崧《九华惊梦》还有较高的评价："所编'九华惊梦'一出，渲染太真外传而成，尤为精粹之作，一夕演至马嵬驿一幕，饰杨玉环雏伶某，于赐帛时，因表演过于逼真，竟至香销玉殒，座客惊散，剧犹照常扮演也。"[8]

三、采用桂剧弹腔创作，顺应历史潮流。在艺术形式的运用和处理上，现存的十六个剧本一律都采用桂剧弹腔。桂剧包含有高、弹、昆、吹四种声腔，桂剧中的昆腔戏和昆曲一样，由于花部兴起，加上曲高和寡而逐渐衰落，被桂剧的高腔戏和弹腔戏所代替。虽然桂剧的高腔戏很有特色，老一辈艺人和观众都对它有偏好，但是在填词，用吹乐伴奏，唱、做的节奏和程式上比较刻板；从创作和表演的角度看，它又不如弹腔那样灵活自如，易于表现现代生活。相比之下，桂剧中的弹腔最富有生命力，成为桂剧各声腔的主体。唐景崧剧作不追求古雅而专用弹腔，一方面表明他对花部戏剧发展的意义有所认识，有意顺应历史潮流，契合了桂剧发展的必然趋势；另一方面客观上充实了桂剧弹腔的剧目。

四、浪漫主义手法的运用。唐景崧的剧作运用了多种表现手法，像《救命香》运用现实主义讽刺笔法，把朱元璋刻画成荒淫昏庸的人物，以闹剧的形式宣告弱小者的胜利。《一缕发》对唐明皇的昏庸也有辛辣的讽刺，借高力士之口说："你看堂堂天子，被人献了一缕头发，便打动了心肠。要是被妇人一哭，岂不心更软了？可见英雄好汉，都打不过女色一关，真真奇怪！但是我高力士也是天下第一个拉马扯皮条的了！"[5]32这样近乎嘲讽式的台词，无疑增强了作品的表现力度。然而，唐景崧剧作中浪漫主义手法运用更为常见，像杨玉环死后魂魄到了海上仙山、晴雯死后变为芙蓉花神、林黛玉死后变为潇湘妃子、陈淑媛死后随桃花仙姑而去、关盼盼死后玉皇封她为节烈夫人等等，都是作者给这些女性的"光明尾巴"。中国古典戏曲往往艺术地采取象征、变形、寓意等方式，在作品中体现一种精神不死的乐天精神，唐景崧在剧中给予众多女性的光明出路，显然是借鉴了中国古典戏曲中常用的浪漫主义手法。这种手法本质上是将戏剧的矛盾冲突加以理性的控制，使它能在一定的伦理范围之内获得解决，事理、人心才能重新回到和谐状态，符合中国观众审美心理和文化特质。

四 结语

唐景崧的《看棋亭杂剧十六种》作为桂剧第一批作品，是桂剧史上一份极为宝贵的遗产。以往对唐景崧《看棋亭杂剧十六种》思想倾向的研究，过多地从中挖掘其民主主义思想，对《看棋亭杂剧十六种》艺术成就的认识不够，这是有失公允的。他的桂剧创作推动了清末时期桂剧的发展，在思想倾向和艺术成就上都值得研究。另外，唐景崧生前正是京剧崛起之时，皮黄与各地方剧种的剧目时有交流，如唐景崧编的《星沙驿》与尚小云所演《得意缘》为同一故事，至少说明唐景崧的剧本对其他皮黄剧种也有一定的影响。

但我们应该看到，唐景崧的戏剧创作与实践，并非自觉地以自己的实践去影响和推动桂剧的发展，而是停留在自我抒发和自我陶醉的层面，他的戏班也从未迈出唐家大门，剧本也只是在少数人的圈子中散发与鉴赏，因而对桂剧的影响很快消失了。真正自觉地认识桂剧社会功能，对桂剧进行改革的是唐景崧的学生马君武和戏剧家欧阳予倩，他们在桂剧发展史上续写了唐景崧未写完的篇章。

参考文献：

[1]杨荫亭. 顾曲琐见——《看棋亭杂剧十六种》校点随笔[M]//唐景崧. 看棋亭杂剧十六种. 广西戏剧研究室，1982：13，20-21.

[2]杨荫亭. 唐景崧与桂剧[J]. 学术论坛，1984（1）：88-91.

[3]金虹，肖因果. 唐景崧与《看棋亭杂剧》[J]. 桂林文化研究，1988（2）.

[4]顾乐真. 唐景崧和他的《看棋亭杂剧》[J]. 戏曲艺术，1989（2）：22-27.

[5]唐景崧. 看棋亭杂剧十六种[M]. 广西戏剧研究室，1982：49，174，25，32.

[6]康有为. 游桂诗集[J]. 桂林文史资料，1982（2）：89.

[7]吴山. 唐景崧对桂剧的贡献[N]. 广西日报，1961-09-16（4）.

[8]悔庵. 唐景崧提倡桂剧[N]. 小春秋日报，1947-05-28（3）.

后　记

　　唐景崧是近代历史名人，官至台湾巡抚（1894—1895），他得意于中法战争，失意于中日甲午战争。1895 年甲午战争失败后，台湾失守，唐景崧逃回大陆隐退故乡桂林。

　　从政者隐退，通常意味着政治生涯的终结，但似乎并不完全是一件坏事，因为有意或无意的政治生涯终结，都可能开启另外一种有价值的生命境界。何况是隐退故乡，他们在倍感亲切的同时又尽力去营造属于自己的诗意栖居空间，寻找心灵的归宿。陶渊明辞官隐退后盖草屋八九间，榆柳荫后檐，桃李罗堂前，宅边遍植菊花，他留下了《归园田居》《饮酒》《桃花源记》等脍炙人口的作品；汤显祖效法陶渊明绝意仕途，他隐退老家临川构筑玉茗堂，写下《临川四梦》，受后人敬仰。唐景崧隐退故乡桂林后，他用张之洞给他的银两，在榕湖南岸建私邸五美塘别墅，并在私邸中建看棋亭，亭子旁边建一戏台，还组建家庭戏班，开启了教戏、编戏的晚年生活，给桂剧留下了宝贵的遗产，同时极大地推动了清末桂剧的发展。

　　经唐景崧润色、改编、创作的桂剧剧本总共有四十余出，总名曰《看棋亭杂剧》（又称为《棋亭杂剧》或《棋亭新曲》），他改变了桂剧剧本长期移植兄弟剧种的历史，被誉为"桂剧第一位剧作家"。《看棋亭杂剧》曾由当时桂林三经堂①刻印社刻印成本，抗战前一些桂剧艺人和与桂剧有过关系的文化人曾藏有这些剧本的刻印本或手抄本，曾有人赞誉为"选材精辟，词藻风华""词雅意深"等。1944 年桂林举办"西南剧展"资料展览时，曾由朱建原献展集刻藏本一册，收《星

---

①　一说在蒋存远堂出版："唐景崧新编的桂剧约有四十出左右，由桂林依仁坊街蒋存远堂雕刻出版，名'看棋亭杂剧'"。吴山. 唐景崧对桂剧的贡献[N]. 广西日报，1961-09-16（4）.

沙驿》《救命香》《桃花庵》《九华惊梦》四出。据传抗战时期桂林沦陷前，有上海某文化商人将三经堂所刻之原版购买，拟将在上海重版，但其后踪影全无①。1944 年桂林沦陷后饱受兵火之劫，《看棋亭杂剧》逐渐遗失。

目前所知中国艺术研究院戏曲研究所藏有唐景崧剧本集，集子名为《五十年前台湾抗日英雄唐景崧手编戏本》，收有《一缕发》《马嵬坡》《虬髯传》《百宝箱》《占花魁》《星沙驿》《九华惊梦》《桃花庵》《高坐寺》《圆圆记》《花蕊夫人》②《燕子楼》《曹娥投江》《芙蓉诔》《救命香》《游园惊梦》《绛珠归天》《可中亭》《中乡魁》等剧本③。

本书以 1982 年广西戏剧研究室编印的内部刊物《看棋亭杂剧十六种》为底稿进行校注，而这部底稿是 1956 年广西桂剧传统剧目鉴定委员会的挖掘本，根据桂剧艺人口述整理而成，艺人中有参加唐景崧组建的家庭戏班——"桂林春"班的成员林秀甫（桂剧名艺人，人称"压旦"）。《看棋亭杂剧十六种》经多方面的查证校勘，可以确定与原作大体无异，学术界认为是研究唐景崧剧作的可靠依据。鉴于之前《看棋亭杂剧十六种》没有得到正式出版，为了让它更好地和广大读者见面，我觉得以校注形式出版这本书是一项有意义的工作。

今天本书能够出版，首先感谢前辈桂剧艺人（林秀甫、黄淑良等）的口述挖掘工作，前辈学者的整理研究工作（周游、邹文光、杨荫亭、顾乐真等），以及一些收藏者（蒋燕麟、廖榕炘、颜玉英、张明昕等）的呵护，没有他们的努力，《看棋亭杂剧十六种》不可能完整地流传至今。其次，感谢厦门大学博士生导师郑尚宪教授、武汉大学博士生导师郑传寅教授长期以来对我从事桂剧研究的指导与帮助，感谢吉林省艺术研究院国家一级编剧刘勤女士的关心，感谢曲阜师范大学朱乐朋教授的指导，感谢桂林知名摄影家刘涛先生和古建筑研究专家周开保先生！感谢南开大学出版社王霆老师的辛勤付出！最后，感谢桂林旅

---

① 杨荫亭. 唐景崧与桂剧[J]. 学术论坛，1984（1）：88-91.

② 又名《张仙图》。

③ 顾乐真. 唐景崧剧本的发现与说明[M]//顾乐真. 广西戏剧史论稿. 北京：中国戏剧出版社，2002：161-186.

游学院高层次人才科研资助项目经费的资助，感谢桂林旅游学院人事处、文化与传播学院、发展规划处、图书馆等部门的支持，感谢桂林旅游学院钟泓教授、周其厚教授、陈小燕教授、王亚娟教授、张坚教授、李永强教授、陆栋梁教授、周弥馆长等诸多领导和师友的热心支持！

限于我们的学识与水平，本书不足之处敬请专家和广大读者批评指正！

朱江勇

2022 年 12 月

于桂林旅游学院

三里店骖鸾校区思齐斋